Vrouwe Veronique Vertelling

Esther de Blank

ISBN 978 94 91546 075

Omslagontwerp: Esther de Blank
Omslagfoto: An ter Borg

Cover design: Esther de Blank
Cover photo: An ter Borg

www.estherdeblank.nl

Voor mijn trouwe makker

Isabel

Voorwoord

Tijdens een wandeltocht kwamen we in een prachtige, door steile hellingen omgeven vallei terecht. Er stroomde een riviertje, vanaf de hoge bergen aan het einde van de vallei, dwars er doorheen en verdween vervolgens door de smalle opening waarlangs wij binnenkwamen. Hoog op de helling, aan de zuidzijde, zagen we een losstaande, kale, zwarte rots. Er bovenop was een vierkante toren gebouwd. Aan de voet van de rots waren de contouren van een breed bouwwerk zichtbaar. Rechts van het geheel kwam water, verdeeld over een groot aantal trappen, naar beneden storten. We werden zo nieuwsgierig, dat we naar het bouwwerk toe klommen. Halverwege kwamen we langs ruïnes van een dorp. We klommen verder, eerst gingen we de gebouwen boven ons bekijken. Toen we er eindelijk waren, ontdekten we dat het de resten van een enorme vesting waren. Muren en funderingen van torens waren nog duidelijk te herkennen. Vanaf de muren hadden we een adembenemend uitzicht over de weidse vallei. Nadat we alles bewonderd hadden, daalden we weer af naar het dorp en bekeken daar de resten van de huisjes. Daarna volgden we een smal pad, dat ons bij een van de waterbekkens van de watervallen bracht. We gingen met onze vermoeide voeten in het koude water zitten en genoten. Langzaam ontspon zich een verhaal in mijn hoofd. Ik stelde me voor, dat hier - honderden jaren geleden - de bezitster van de vesting gezeten had. En dat zij, net als ik nu, van de prachtige vallei genoot. Hoe zou haar leven er hebben uitgezien? Thuis gekomen, begon ik aan het schrijven van dit verhaal.

1. Door al het geschreeuw, bonkende voeten en overslaande stemmen op de trap, die de kamer met de laagste etage van de vesting verbindt, kijkt vrouwe Veronique verstoord op en kan het niet nalaten om hartgrondig te vloeken. Het is duidelijk dat de luidruchtige dwazen op de trap die vloek niet hebben gehoord. Dan zou immers het kabaal direct verstommen en de herrieschoppers zouden zachtjes angstig wegkruipen, om gevrijwaard te blijven van haar woede-uitbarsting. Begeleid door nog meer gekrijs en gevloek van Yann, de leider van haar horigen, en zijn vrouw, sleuren ze een zwaar gehavende man het vertrek in en smijten de ongelukkige aan de voeten van vrouwe Veronique op de stenen vloer.

'Kijk,' krijst de vrouw van Yann met haar tandeloze mond naar vrouwe Veronique die boven haar uittorent, 'dit vuil stuk vreten heb ik in mijn tuin betrapt terwijl hij mijn wortels stond op te vreten. De vuile klootzak.' Ondertussen trapt ze de liggende man nog een keer in zijn ribbenkast. Het hemd van de gewonde man verbergt nog amper zijn toegetakelde met bloederige strepen bedekte lichaam. Yann, haar in lompen gehulde echtgenoot, spuugt ook nog maar eens naar het slachtoffer.

'Verdomme,' brult vrouwe Veronique naar het lawaaierige stelletje, 'wat kan mij dat verdomme schelen, wat doen jullie hier met hem, waarom hebben jullie hem niet in jullie tuin de hersens ingeslagen. En nou opgedonderd en neem dat stuk ongeluk met je mee, schiet op, wegwezen.'

'Nou, ziet uwe hoogheid,' begint Yann stamelend en lijkbleek van schrik na de woede-uitbarsting van vrouwe Veronique,' hij ken wel eens een spion wezen, eentje van die verrekte papen uit het zuijen, uwe hoogheid, we dochten dat......'

'Kop dicht, Yann, en wat zei ik nou, wegwezen en neem die vrouw van je mee, ga verdomme eens een poosje in de rivier zitten man, ongelooflijk, jullie stinken als een stel otters.'

'Ja maar,' waagt de vrouw toch nog te berde te brengen, ondanks de reputatie van vrouwe Veronique en op het gevaar af dat het haar de kop kost, 'als tie nou een spion is, dan, enne, wij slaan hem de kop in, dan ken ie niet meer vertellen voor wie tie spioneren deed.'

'Heb je het aan hem gevraagd, Yann, of niet?' Vrouwe Veronique buigt zich dreigend over het magere, kleine mannetje dat van angst nog verder in elkaar kruipt. Hij heeft spijt als haren op zijn schurftige hoofd. Wat stom, dat hij met zijn vrouw ingestemd heeft om die vent naar boven te slepen, in plaats van hem doodgewoon de kop in te slaan. En het lichaam van het terras, waarop zijn tuin zich bevindt, naar beneden in het ravijn te donderen, zodat de wolven en andere dieren de dief zouden opvreten. Wie weet kwam de beer, die hij vorige week nog aan de rivieroever zag, wel terug en zou die hem meesleuren naar zijn hol. Dan waren ze er mooi en zonder problemen vanaf geweest. Nu liepen ze het risico dat vrouwe Veronique hen van de Oostelijk toren liet gooien en dat zijzelf in dat berenhol terecht zouden komen. Als, neemt hij zich stellig voor, ze hier ooit nog levend vandaan komen, zal hij zijn vrouw een ongenadig pak slaag geven. Het is dat hij haar nodig heeft en er niet zomaar een vervangster voorhanden is, anders kon ze linea recta achter dit stuk bloederige ellende aan, de afgrond in, naar de voet van de vesting.

'Hoe zit het, Yann, heb je het hem gevraagd of niet?'

'Ja, vrouwe Veronique, maar hij zei van niet, enne, dus dacht ik dat u hem wel kon late praten.'

Vrouwe Veronique heft haar handen naar het stenen gewelf boven haar en kan met moeite haar geduld bewaren. Het liefst zou ze reageren conform haar reputatie, die ze overigens volkomen ten onrechte heeft, want de daden die ze haar toeschrijven zijn zwaar overdreven. Wat moet ze toch met dit ongelooflijk dom stelletje stinkende debielen dat haar vader haar heeft nagelaten, nadat hij vertrok om slag te leveren met een of andere machthebber uit de grote vallei. Had die man niet wat beter kunnen zorgen voor zijn directe omgeving in plaats van zich te bemoeien met het gezeur over geloof en aanverwante zaken. De vesting begint langzaamaan op een bouwval te lijken en die verrekte steenhouwer schiet niet op met de nieuwe raamkozijnen.

Als het winter wordt zal ze vernikkelen, omdat de noordenwind dan vrij spel zal hebben in haar vertrekken. Daar zal geen haard tegen opgewassen zijn, en het brandhout begint toch al een probleem te worden. In haar eigen bos is al veel te veel gekapt en om hout te gaan vragen aan die tiran aan het einde van de vallei, een stuk stroomopwaarts, dat verdomt ze gewoon.

Maar wat moet ze nu doen, ze heeft geen idee wat ze met die vent, die ze naar haar woonvertrek gesleept hebben, aan moet. Wat verwachten ze nou van haar? Denken ze nu echt dat hij haar wel zal antwoorden? Ze kunnen hem beter meteen maar uit het gat in de muur, waar ooit haar nieuwe raam moet komen, werpen en daarna opdonderen, aan het werk gaan in de tuinen. Waar heb je anders lijfeigenen voor. Tja, ze moet het niet laten merken, maar ergens heeft die vrouw wel een punt. Stel dat het een spion is, dan is het handig om dat te weten, daarna kunnen ze hem alsnog naar buiten gooien. Maar hoe kan ze daar achter komen.

'Yann, nu wegwezen en aan het werk, neem die vrouw van je mee en zeg beneden tegen die halfbakken wacht dat hij boven moet komen.'

Even wil Yann nog wat tegensputteren, maar de boze blik van vrouwe Veronique is meer dan genoeg om hem er samen met zijn vrouw vandoor te laten gaan. Vrouwe Veronique gaat weer op een brok steen in de toekomstige raamopening zitten en geniet van de koele wind die door het grote gat blaast. Het is dagen lang extreem warm geweest en de anders zo koele vertrekken beginnen nu ook onaangenaam te worden. Als die steenhouwer niet zo stom geweest was om zijn hand onder het blok graniet te krijgen, was de boel allang klaar geweest. En aan die leerling van hem heb je ook niet veel. Nog wat meer tegenslag en problemen en ze springt zelf uit het gat. Wat moet ze toch met dit bouwval aan? Er zijn vast niet genoeg horigen om de boel te herstellen. Was ze maar niet begonnen aan die nieuwe raampartijen. Die verrekte steenhouwer ook, met zijn mooie praatjes. Ze had niet naar hem moeten luisteren. Nu is het te laat en zit ze met een aantal grote openingen in de muur waar die nieuwe kozijnen in moeten komen.

Gerammel en slepende voetstappen kondigen de komst van de wachter aan. Hij klimt steunend en piepend de laatste paar treden op en gaat daarna, leunend op zijn speer, in de deuropening op opdrachten staan wachten.

Vrouwe Veronique komt met een diepe zucht overeind en gaat tegenover de wachter staan.

'Had je dat stelletje idioten niet kunnen tegenhouden, waarom heb je ze verdomme dit bloederige stuk vlees naar boven laten slepen?'

'Het spijt me, vrouwe Veronique, maar ze zeiden dat ze orders van u hadden, dat die vent ondervraagd moest worden.'

'Jij gelooft ook maar alles, maar goed, pak hem op en zet hem op de haardbank.'

De wachter begint de man naar de bank te slepen. Het was niet helemaal duidelijk wie het hardst kreunde, de wachter of zijn slachtoffer. Met veel moeite weet hij hem op de bank te zetten, maar als hij hem loslaat valt de zwaar gewonde man weer voorover. Nadat de man opnieuw op de bank gehesen is, maakt vrouwe Veronique de wachter duidelijk dat hij hem rechtop moet houden. Ze schept een beker water uit de schaal op tafel en gooit de inhoud in het gezicht van de ongelukkige. Die reageert amper en een tweede beker blijkt nodig om hem enigszins bij bewustzijn te brengen. Met lodderige, bloeddoorlopen ogen staart hij vrouwe Veronique aan.

'Vertel op,' snauwt ze hem op gebieden toon toe, 'waar kom je vandaan en wat moet je hier?'

'Van nergens en overal,' stamelt de vreemdeling.

'Geen onzin mannetje, anders gooien we je naar beneden, waar vandaan en wat doe je hier?'

'Ik zit op de bank en ik kom vanuit het Oosten.'

'Gaan we bijdehand doen, soldaat werp hem in het ravijn.'

De wachter sleurt de man naar de muur, naar het gapende gat, waaronder in de diepte zich de riviervallei bevindt. Gelukkig voor de bejaarde soldaat is de onderzijde van de opening vlak boven de vloer, dus kost het niet al te veel moeite om de verdoemde er door te werken.

'Wacht,' schreeuwt vrouwe Veronique op het allerlaatste moment, ze bedenkt ineens dat ze was vergeten te vragen voor wie hij spioneert. De soldaat haalt onverschillig zijn schouders op, daardoor glipt de indringer bijna toch nog naar beneden. Nog net op tijd trekt hij de stakker door het gat terug, waardoor de scherpe stenen de buik en borst van het slachtoffer nog extra openhalen. Vrouwe Veronique wacht tot hij de ongelukkige min of meer tegen de ruwe muur zet om vervolgens de kom water over hem leeg te gieten.

'Zo en nu geen flauwekul meer, waar vandaan kom je en voor wie loop je hier te spioneren?'

De man veegt met zijn rechterhand het water uit zijn ogen en kijkt haar met zijn gezwollen gezicht even aan, dan laat hij zijn hoofd weer zakken. Het is duidelijk dat het duo hem flink heeft toegetakeld. Ze moeten hem overrompeld hebben, hij ziet er gehavend uit, maar in normale toestand zou hij een imposante indruk maken. Het bloed, verdund met water, drupt op zijn stevige benen. Door de scheuren in zijn kleed kan ze zijn gespierde borstkast zien. Zijn handen wekken de indruk gewend te zijn aan zwaar werk. Bij gebrek aan horigen is het eigenlijk zonde om zo'n goede werkkracht in de diepte te werpen. Zou ze hem niet kunnen dwingen voor haar te werken? Maar hij straalt bepaald geen angst uit. Niet iedereen is op de hoogte van de mythe, die door roddelaars en kletskousen wordt rondverteld. Maar als hij inderdaad voor iemand uit de grote vallei spioneert en ze laat hem vertrekken, is de kans groot dat hij doorgeeft hoe armzalig en bouwvallig de vesting erbij staat. Zolang ze niet alle reparaties heeft laten uitvoeren, is de hele vesting niet veel anders dan een versterkte boerderij. Bij de eerste de beste aanval kan ze niet veel anders doen dan in de toren boven op de rots gaan zitten wachten tot de vijand vertrekt. De vesting zelf is zo gesloten als een gatenkaas.

De man valt plots op zijn zijde. De soldaat, die lui tegen de muur geleund staat, heeft hem losgelaten. Hij trekt de man aan zijn haar weer overeind. Als hij hem loslaat valt de man meteen weer om.

'Nou, die doet het niet meer,' mompelt de soldaat laconiek, 'zal ik hem eruit kiepen of heeft u nog vragen voor hem?' Hij grinnikt om zijn eigen grapje. Vrouwe Veronique staart hem met een strak gezicht en vuurspuwende ogen aan, waardoor het lachen hem snel vergaat.

'Laat hem liggen en raak hem niet meer aan, je blijft staan waar je staat tot ik terugkom en als ik je betrap omdat je weer staat te slapen, smijt ik je persoonlijk uit dat gat, begrepen?'

De man begint ijverig ja te knikken, hij is juist wel heel goed op de hoogte van haar reputatie, net als iedereen en dus ook totaal ten onrechte.

2. Ze daalt de trap naar de onderste verdieping af en werpt een blik in de keukenruimte. Kokkie en twee vrouwen zijn druk in de weer met het bereiden van de maaltijd voor straks. Geuren van gebraad prikkelen de neus van vrouwe Veronique.

'Hoe lang nog, Kokkie,' roept ze naar de hevig transpirerende man, die bezig is bij het grote vuur in de haard.

'Niet lang, vrouwe Veronique, niet lang, we bellen.'

Vrouwe Veronique besluit dat ze nog voldoende tijd heeft om naar het dorp van de horigen af te dalen, om te gaan kijken hoe het met de steenhouwer staat. Ze duwt de buitendeur open en loopt door de smalle gang naar de Oosterpoort. Daarvan hangt de zware deur nog altijd scheef in de hengsels. Iedereen kan ongehinderd in en uit lopen, vandaar dat ze de wachter hier ook overdag had neergezet. Nou ja, veel onverwacht bezoek verwacht ze niet.

Ze begint aan de lange afdaling langs het steile kronkelende pad naar het dorp in de diepte, aan de voet van haar vesting. Allerlei wilde bloemen sieren de natuurstenen gestapelde muurtjes die het pad omzomen. Hier en daar woekert een bramenstruik op de rotsachtige helling eronder. Op verschillende niveaus grenzen kleinere en wat grotere plateaus aan het pad. Het zijn de afgeplatte toppen van grote rotspartijen die trapsgewijs haar vesting omringen. Smalle doorgangen in de muurtjes geven toegang tot de tuinen die er op zijn aangelegd. Overal groeien knollen en wortelen of fruitbomen, op de grootste kleurt de tarwe al geel. Op weer andere plateaus staan druivenstruiken of koolplanten. Bloemen verspreiden heerlijke geuren, hoe anders ruikt het tussen de kleine stenen huizen van haar horigen. Het stinkt er naar stront en vuil water loopt langs het pad naar beneden. Ze neemt het zijpad dat naar het huis van de smid en naar de woning van de steenhouwer leidt. De smid is verwoed aan het hameren op zijn aambeeld. Plots bedenkt ze dat ze hem de indringer moet laten ketenen, dan kunnen ze afwachten of hij de aframmeling overleeft en zien of ze hem nog ergens voor kan gebruiken.

Ze loopt naar het afdak waaronder de smid werkt en tikt hem op zijn schouder. De man schrikt, maakt een misslag, en de grote hamer schampt het aambeeld en raakt zijn rechter scheenbeen. Vloekend en tierend draait hij zich om terwijl hij de arm met hamer al heft om de idioot die hem liet schrikken terstond plat te slaan. Hij schrikt nog heviger als hij merkt tegen wie hij de hamer opheft en, gelukkig, ziet hij kans om de slaande beweging te stoppen. Hij deinst angstig naar achter waardoor de punt van het aambeeld hem in zijn zijde steekt. Hij negeert de pijn en stamelt verontschuldigingen tegen vrouwe Veronique.

'Uitkijken wat je doet, smid,' bijt ze hem toe, maar ondertussen kost het haar de grootste moeite om te verbergen hoe erg zij geschrokken is. Die mokerslag had zonder meer een einde aan haar leven gemaakt.

'Luister,' gaat ze op gebiedende toon verder, 'in mijn vertrekken ligt een gevangene, zorg dat je hem boeit. Maak stalen banden om zijn polsen en enkels en verbind ze met een ketting. Maak de ketting vast aan de muur, geef hem niet te veel ruimte. Zorg dat het klaar is voor hij bij zijn positieven komt, want ik denk niet dat de wacht hem de baas kan.'

Zonder er een groet of iets dergelijks aan toe te voegen draait ze zich om en vervolgt haar weg naar de steenhouwer. Het is nog een eindje tegen de helling op, maar het kloppen van de houten hamer is al hoorbaar. Als ze om de laatste bocht komt, ziet ze wat hogerop de steenhouwer en de leerling samen op de grond zittend een deel van een raamkozijn bewerken. De baas heeft een dikke lap rond zijn rechterhand gewikkeld. Ondanks zijn verwonding ziet hij toch kans om de hamer vast te houden en krachtig te kloppen. Daardoor krijgt vrouwe Veronique nieuwe hoop. Als de steenhouwer weer kan werken is de kans groot dat de ramen nog voor de winter af zullen zijn. Ze trekt zich wat verder terug en verborgen achter een grote vlierstruik kijkt ze nog een poosje hoe het werk vordert. Ze wil de baas en leerling niet storen, als ze haar zien komt het vast weer tot een hele verhandeling. De steenhouwer is bepaald niet kort van stof en kan eindeloos uitweiden over de nieuwste modellen poorten en raam-nis-banken. Opnieuw bedenkt ze dat het stom was om zich te laten ompraten, wat kan haar al die nieuwigheid schelen. Dat de poort goed sluit, dat is belangrijk en dat in de winter de wind geen vrij spel in haar vertrekken heeft, dat is nog veel belangrijker. Als ze het goed ziet is een raamstijl al klaar en schiet de tweede al aardig op. Ze draait zich om en daalt af naar het hoofdpad.

Ze heeft zin om zich even bij een van de waterbekkens, die zich gevormd hebben onder de verschillende trappen van de waterval, te gaan wassen en met haar voeten een poosje in het water te gaan zitten. De warmte is haast niet te verdragen. Het is drukkend weer. De benauwende walm stijgt op uit het dorp. Kon ze die mensen maar eens duidelijk maken dat het helemaal niet gevaarlijk is om zich een keer te wassen. En om de latrines op tijd te legen in de mesthoop en er daarna wat aarde over te spreiden. Het zou ook geen kwaad kunnen als ze de geitenhokken eens op tijd uitmestten. En kunnen ze die bok niet beter ergens anders dan midden in het dorp vastzetten. Het is haar niet duidelijk hoe ze het er uit houden, je zou toch gek worden van die stank. En het ergste van alles is, dat als de wind uit het zuiden komt, de penetrante geur doordringt tot in haar verblijven. Als aan het eind van het jaar de regentijd begint zal hen toch eens opdragen de boel flink uit te mesten en zich te wassen. Zolang ze bang voor haar zijn moet het lukken ze tot verandering te dwingen.

Het is onmogelijk om het hele stuk door het dorp met ingehouden adem af te leggen dus geeft ze op en zuigt haar longen vol met de stinkende lucht. Vliegen krioelen om haar hoofd en ze voelt er zelfs al een onder haar tuniek kriebelen. Ze slaat woest op haar linkerdij en voelt hoe de onverlaat wordt geplet en zijn vocht op haar blote huid kleeft. De aan een stevige ketting vastgezette bok doet een uitval naar haar, als ze haar stok had meegenomen had ze die eens flink afgerost. Er is niemand te zien op de lapjes grond voor en naast de huisjes.

14

Daar mogen de horigen hun eigen voedsel verbouwen. Alles ligt er florissant bij, daar mankeert het niet aan. De muurtjes rond de tuinen voorkomen dat de schapen zich daar volvreten. Hier en daar scharrelt een modderig varken in een met takken en staken afgezet stukje. Kippen vliegen op als ze te dichtbij komt en rennen luid kakelend weg.

Het pad loopt daarna kronkelend tussen kleine akkers en druivenaanplant door naar beneden. Steeds lager. Hier ruikt het naar bloemen en vers gemaaid gras. Insecten zoemen, vogels zingen en zwaluwen vertonen hun capriolen. Nog een bocht, en dan bereikt ze de kleine rivier. Althans, nu is hij klein en klateren de watervallen tree voor tree naar beneden. Maar in de herfst en na de winter verandert het stroompje in een woeste neerstortende watermassa, die al wat op zijn weg komt meesleurt. Het neerstortende water klettert dan trapsgewijs van bekken naar bekken de diepte in en polijst de harde rotsen. Door de eeuwen heen heeft het water een steil aflopende smalle kloof gevormd, omringd door woest hoog oprijzende met grillige scheuren doorkliefde rotspartijen aan beide zijden. Hier en daar weet een boom zich op wonderlijke wijze vast te houden in een smalle rotsspleet. Ook een enkele struik heeft kans gezien wortel te schieten. De rivierbedding is smal en bestaat helemaal uit trapsgewijze gevormde spiegelglad geslepen massieve rots. Onderaan elke trap van de waterval bevindt zich een ondiepe poel gevuld met glashelder water, waaruit vrouwe Veronique gulzig met beide handen het koele vocht opschept en drinkt. Geknoeide waterstraaltjes kleuren haar tuniek donker. Ze gaat aan de rand van een poel op de gladde rotssteen zitten en steekt haar voeten in het koude water. Ze schept nog een paar handen vol die ze over haar hoofd giet. Het water stroomt langs haar haar en hals de opening van haar tuniek in. Ze huivert even maar is dan blij met de verkoeling die het water biedt. Ze voelt zich even volledig ontspannen en geniet van het ruisende geluid en de rust die over haar neerdaalt. Sinds de rampzalige gebeurtenis is ze niet meer zo ontspannen geweest.

Met haar ogen gesloten laat ze haar gedachten dwalen naar andere tijden, naar haar jonge leven naast haar vader en moeder, die als trotse edelen de vesting en het landgoed met bekwame hand beheerden. Het was een prachtige, veelbelovende jeugd geweest, tot een gruwelijke ziekte haar moeder in zijn greep kreeg en ze korte tijd later stierf. Groot verdriet overmande haar vader, die vanaf die dag een gebroken man was. Niets kon hem meer schelen of boeien. Alles verslonsde en verviel. Zij en haar oudere zuster moesten hun eigen verdriet negeren en alle zeilen bijzetten om de voedselproductie opgang te houden. Lijfeigenen morden en van tijd tot tijd verdwenen er een aantal als dieven in de nacht. De eens zo prachtige, florerende vesting verviel en er was een eind gekomen aan haar geluk. Maar daar wil ze nu niet aan denken, en al helemaal niet aan de verschrikkelijke gebeurtenis die er na een aantal jaren op volgde.

Ze duwt alle donkere gedachten ver weg en geniet van het kabbelende riviertje en het heerlijk verkoelende water aan haar voeten.

3. Een steentje rolt plots van de rots achter haar naar beneden. Vliegensvlug draait ze zich om en ziet nog net een gezicht achter de uitstekende rots verdwijnen. Razendsnel komt ze overeind en stormt tegen de steile helling op. Een jonge knaap probeert via het smalle rots-paadje, dat het riviertje kruist, naar de andere kant te ontsnappen. Maar ze is snel en snijdt hem de pas af. Met drie flinke sprongen is ze vlak achter hem, grijpt zijn wapperende haren vast en rukt zijn hoofd woest achterover. Hij komt met een smak met zijn rug op het smalle pad terecht en zijn achterhoofd bonk hard op de kale gladde rots. Vrouwe Veronique blijft hem achterwaart trekken tot ze er zeker van is dat ze hem in haar macht heeft. Vlug grist ze haar vlijmscherpe dolk vanonder haar tuniek vandaan en zet de jongeman het mes op de keel.

'Zat je me te bespioneren, ventje, wat moet dat, en,' nu ziet ze pas dat hij een onbekend gezicht heeft, 'wie ben jij verdomme eigenlijk?' Ze rukt een aantal keer stevig aan zijn haardos en ze ziet dat de tranen bij het ventje in de ogen schieten.

'Nou,' sist ze hem dreigend in zijn oor, 'zeg op, wie ben je, wat doe je hier, geef antwoord, anders snijd ik je strot door.' Het mes onderstreept haar woorden met een ondiepe haal, net genoeg om hem te laten voelen dat ze het meent. Het bloed loopt langs zijn hals op de harde grond en vloeit samen met het rivierwater naar de volgende waterval trap.

'Johan,' stamelt de knaap met een van angst vertrokken gezicht.

'Johan wat en wat doe je hier?' Ze rukt hard aan de haren en trekt hem nog wat verder naar achter waardoor hij met zijn achterhoofd in het water komt te liggen. Hij maakt een schrikbeweging en vrouwe Veronique kon nog net voorkomen dat het mes een fatale wond veroorzaakte.

17

'Genade, genade,' smeekt hij, 'verdrink me niet, ik zal alles vertellen.'

'Dat is je geraden ook, begin maar met te vertellen hoe je hier bent gekomen en waar je vandaan komt.'

'Via de grotere rivier beneden in het dal, samen met mijn meester, hij is doodgeslagen en naar het kasteel op de rots gesleept. Ik wacht tot ze zijn lichaam naar buiten gooien zodat ik hem kan begraven.'

'Wat klets je voor onzin, wie is je meester?'

'De heer van Bollène, hij is gaan dolen nadat de Papen al zijn bezittingen en zijn kasteel vernielden.'

Dus die vent daarboven is de meester van dit ventje, bedenkt ze dan. Mooi is dat, komt er een vijand van de Papen op bezoek, slaan die verrekte Yann en zijn vrouw hem half dood. Ze trekt het joch aan zijn haren omhoog en zet hem op zijn voeten. Het met het water verdunde bloed drupt van zijn lange blonde haren en kleurt zijn tuniek roze.

'Zo, ventje, kom jij maar eens mee naar boven, dan zal ik je bij je meester brengen. En probeer niet om hem te smeren, want ik stuur de honden achter je aan, die maken korte metten met indringers.' Het laatste is pure bluf, alle honden die er in de vallei zijn doen wat ze willen, ze heeft al jaren geen jachthonden meer. Ze begint met stevige pas het pad naar boven te beklimmen. Het pad is zo steil dat het bij deze hitte niet lang duurt tot het zweet bij vrouwe Veronique van het hoofd drupt. Als ze bij het dorp komt schreeuwt ze de naam van Yann, maar er komt geen reactie. Ze zijn waarschijnlijk beneden op de Westelijke velden aan het werk. Ze geeft de bok een schop onder zijn kont als hij dreigend op haar af komt en laat de kippen weer kakelend wegvluchten. Al gauw is ze door het dorp en tussen de kleine veldjes aan weerszijden van het steil klimmende pad. Na enkele minuten lopen ze langs de muur van de Oostelijke toren en beklimt ze het laatste stuk naar de scheefgezakte poortdeur.

Hijgend klimt ze via de stenen traptreden in de hoofdtoren naar haar verblijven en gaat naar binnen.

'Zo, heer van Bollène, kijk eens wat ik gevonden heb, je hulpje om je wonden te verzorgen.'

De smid was druk in de weer geweest en had de heer voorzien van brede pols- en enkelbanden. Een dikke schakelketting verbindt de enkels. Een andere, iets minder zware ketting, zijn polsen. Daaraan vast heeft hij een ketting verbonden met een dikke stalenring hoog aan de muur. De man hangt er min of meer aan. Hij ziet er beroerd uit. Met zijn doorgezakte benen en in slierten afhangende haren vol korsten geronnen bloed maakt hij een verslagen en hopeloze indruk. Zijn hoofd rust scheef op zijn borst die nog amper wordt bedekt door het besmeurde kleed.

Hij reageert totaal niet op haar woorden, maar blijft roerloos hangen. Opnieuw kijkt vrouwe Veronique met bewondering naar zijn gespierde lichaam. Nu de jongen verteld heeft wie hij is en ook hoe hij in de buurt van haar vesting terecht gekomen is, trekt er een golf medelijden door haar heen. De schildknaap is na het slaken van een kreet van ontzetting langs haar heen geschoten en ondersteunt zijn meester zo goed mogelijk. Over zijn schouder kijkt hij haar met grote verwijtende ogen aan. Ze negeert hem, draait zich om en daalt de stenen traptreden naar de keuken af. De meiden staan op het punt om met schalen voedsel naar haar toe te komen. Ze stuurt één van hen naar de smid, met het bevel om direct bij haar te komen en de man die tegen haar muur hangt te bevrijden. 'En haast je,' schreeuwt ze haar na. De kok en het andere keukenpersoneel geeft ze opdracht om voor twee te dekken in haar verblijf en dat ze straks het hulpje van die man wat te eten moeten geven. De oudste meid beveelt ze om met water en doeken naar boven te gaan en daarmee de heer te reinigen en te verzorgen. Het koksmaatje stuurt ze naar het meest afgelegen deel van haar landgoed om daar de vrouw te halen die over geneeskrachtige kruiden beschikt. Niemand vraagt naar het hoe of waarom. Ze weten allemaal allang dat Yann een man naar boven gesleept heeft. En de plotselinge verandering in de houding van vrouwe Veronique schrijven ze toe aan de grilligheid van haar karakter.

4. De heldere stem van het jonge meisje klinkt als klaterend water door het dichte, donkere bos. Ze zit fier op de rug van haar pony en berijdt het dier als een ervaren amazone. Haar moeder rijdt links van haar en haar tante aan haar rechterzijde, beide op zwaargebouwde werkpaarden. Blonde staarten zwiepen nu en dan langs de flanken van de rustig voortstappende dieren. Toch blijven wolken vliegen het groepje hardnekkig volgen. De moeder maant het kwetterende kind tot stilte. Ze is bang dat het hoge stemmetje de roversbende zal aanlokken. Ondanks het escorte van zwaar bewapende soldaten, twee voor en twee achter hen, vreest ze de gruweldaden waarover ze de meiden in de keuken hoorde praten. Het berust vast allemaal op geruchten en kletspraat van die keukenmeiden, maar stel dat de verhalen toch waar zijn, dan zou ze die bende liever niet willen ontmoeten. Bij de gedachte alleen al lopen de rillingen haar over de rug.

Ze zijn op weg naar het stadje om daar stoffen en andere benodigdheden op de grote jaarmarkt te gaan kopen. Het is een van de zeldzame keren dat ze hun landerijen verlaten. Sinds de dood van hun moeder is het zelfs de eerste keer, dat ze de vertrouwde omgeving verlaten. Ze kunnen niet eeuwig blijven treuren om het verlies. En nu ook nog hun vader is vertrokken, zijn ze helemaal op zichzelf aangewezen, kunnen ze niet langer rekenen op de bescherming van die man. Moeten ze de vesting zonder hem instant houden, dat is vanzelfsprekend. Dus nu moeten zij zelf de gevaarlijke tocht ondernemen en de noodzakelijke inkopen gaan doen

Verbaasd kijkt vrouwe Veronique naar haar oudere zuster die plotseling voorover van haar rijdier glijdt. Het kind gilt en ineens zijn er woeste gezichten om hen heen. Een man met het uiterlijk van een trol heft zijn strijdbijl en klieft het kinderhoofd in tweeën. De soldaten achter haar hebben amper tijd hun zwaard uit de schede te trekken, de één na de ander stort ter aarde. De paarden beginnen woest te steigeren, de pony schudt het dode lichaam van het kind van zijn rug. Vrouwe Veronique valt van haar paard en belandt met haar gezicht in de vochtige varens naast het pad. Voor ze beseft wat ze doet, grist ze het zwaard uit de hand van een van de gevallen soldaten. Als een gek begint ze om zich heen te slaan. De eerste rover die haar aanvalt, hakt ze zijn rechter arm net onder de schouder af. Ze springt als een wild dier naar een andere aanvaller en hakt hem met een woeste zwaai het hoofd van de romp. Een derde bespringt haar van achter, ze laat zich voorover vallen, grist ondertussen haar dolk uit de schede en nog voor ze de grond raakt, heeft ze die in de zijde van de man gestoken. Ze voelt zijn greep verslappen, schudt hem woest van zich af, springt weer overeind en hakt op de volgende aanvaller in. Krijsend en schreeuwend laat ze het zwaard door de lucht suizen. Verblind door woede stort ze zich op de laatste man die nog staat en merkt nog net op tijd dat het een van haar soldaten is.

Ze laat het wapen vallen, kijkt verbijsterd om zich heen, kijkt naar het gevallen lichaam van haar zuster, naar het lijk van haar zojuist nog zo vrolijk kakelende nichtje. Dan pas naar de gevallen soldaten en gedode aanvallers. Eentje beweegt nog en kreunt zachtjes. Een rode waas komt voor haar ogen en zonder te beseffen wat ze doet, grijpt ze de gevallen strijdbijl van de grond en hakt eerst de linker arm van de rover af, daarna zijn rechter. Zijn linker onderbeen, het andere, zwiept de bijl in zijn kruis, slaat met de platte kant op zijn gezicht. Hakt en hakt, ze hakt maar door, zonder te merken dat de man allang dood is. Dan, als er niets meer over is om op in te hakken, stort ze zich op de tweede, daarna op de derde, vervolgens op de vierde. Ze hakt als een waanzinnige op de lichamen in, onophoudelijk, gunt zichzelf geen moment rust, gaat net zolang door tot ze is uitgeput en de bijl niet langer kan heffen. Plots vliegen alle afgehakte delen door de lucht, zoeken naar de romp waarvan ze werden gescheiden. In blinde woede klikken ze aan willekeurige lijven vast. Het been van de een zet zich vast op het lijf van een ander. Alles raakt kriskras door elkaar. De gedrochten pakken her en der verspreide wapens van de grond en massaal vallen ze vrouwe Veronique aan. Ze is machteloos, kan de aanval niet pareren, slag naar slag treft haar en ze valt voorover in een diepe, diepe duisternis.

Gillend schiet ze overeind, schudt haar bezwete hoofd en beseft dat ze, net als zoveel eerdere nachten, opnieuw dezelfde nachtmerrie heeft die haar sinds die verschrikkelijke gebeurtenis kwelt. Ze laat haar benen uit het bed glijden, staat vertwijfeld op en wist het zweet en de tranen uit haar ogen. Komt er dan nooit een einde aan die verschrikkelijke dromen? Zal ze nooit meer normaal kunnen slapen, bedenkt ze wanhopig. Ze pakt haar mantel van het voeteneinde en slaat die om haar schouders, schiet haar klompen aan en stapt naar de opening in de muur waar ooit het nieuwe raamkozijn moet komen. Ze huivert, die verrekte steenhouwer ook met zijn mooie praatjes over moderne ramen en wijds uitzicht, ze zou hem wel kunnen wurgen. Maar dan rest er niets anders dan de muur maar weer dicht te laten metselen. En eigenlijk vindt ze het wel fijn dat ze nu naar de sterrenhemel kan kijken, zonder dat ze de trappen naar het dak moet beklimmen. De eerste stenen zitbank heeft hij al in de opening geplaatst dus kan ze daar op gaan zitten. Het is de bedoeling dat er straks twee schuin tegenover elkaar geplaatste banken in de muur nis zullen staan, net onder de onderste raam-balk, zodat ze opzij naar buiten kan kijken. Met haar rug tegen de open gehakte dikke muur leunend, tuurt ze naar de donkere hemel met de fonkelende sterrenpracht. Nu en dan roept er een jonge uil naar zijn ouders. Vleermuizen schieten amper zichtbaar voorbij. Vaag hoort ze de waterval klateren. Een witte wolkensliert trekt traag langs de donkere hemel. Ze probeert niet langer aan die ongeluksdag te denken. Aan de slachtpartij waar ze haar reputatie als gevaarlijke woesteling aan ontleent. Die idioot van een soldaat ook met zijn praatjes. Had hij niet beter zelf die laatste rover gedood en voorkomen dat ze volledig uit haar dak ging. Ach, wat maakt het nog uit. Ze staat er verder gewoon alleen voor. De verantwoording voor de vesting rust nu op haar schouders. En hoe moet ze in godsnaam de boel op gang houden. In godsnaam, laat dat god maar achterwege, bedenkt ze, die heeft haar mooi in de steek gelaten. Misschien is het maar beter dat de vijanden, waar haar vader naar ging zoeken, hun legers sturen en korte metten met de vesting maken, dan is ze er tenminste vanaf.

Dat brengt haar gedachten bij de man die ze vandaag binnenbrachten. De kruidenvrouw had gedaan wat ze kon, maar het had niet veel geholpen. Ze had gedacht dat ze samen met hem zou kunnen gaan eten, maar dat bleek absoluut onmogelijk. Hij kon niet eens staan, zitten al helemaal niet. Ze hebben hem naar een ruimte in de westelijke toren gedragen en die voor de zekerheid afgesloten. De kans is groot dat die schildknaap nu bij een dode meester zit te waken. Die verrekte Yann en zijn vrouw ook, ze hadden hem, of dood moeten slaan, of direct bij haar moeten brengen, zodat zij had kunnen beslissen wat ze met die vreemdeling aan moest. Na de vondst van de schildknaap lijkt het haar sterk dat hij voor de legers van de katholieken spioneert, dan zouden die heus zijn vesting niet hebben gesloopt. Maar is ze niet erg naïef, is het niet wat voorbarig om zomaar dat ventje te geloven? De geloofsfanaten gaan net zo gemakkelijk zover dat ze zich liever laten vermoorden, dan dat ze bekennen die nieuwe Paus te dienen. Het gif en de haat voor die Paus was door haar vader er met de paplepel ingegoten. Eindeloos kon hij doorzagen over de wandaden van de Papen en hun walgelijke volgelingen die dood en verderf zaaiden onder de vrije mensen. Maar wat had het voor zin dat hij zich daar zo druk over maakte, dat hij zelfs zover ging om zich aan te sluiten bij het legertje, dat tegen het grote leger van de Paus optrok. Geen schijn van kans zullen ze hebben gehad, ze zijn vast en zeker afgeslacht en daarmee is de macht van de Papen alleen maar groter geworden. Iedereen vreest hun leger en is bang huis en haard te verliezen. Het is een wonder dat ze haar vesting nog niet overlopen hebben. In de huidige staat is het een gatenkaas in plaats van een onneembare vesting. Maar stel dat die man, die in de Westelijke toren ligt te creperen, werkelijk een spion is, betekent dat dan dat de Papen hun pijlen nu op haar en haar vesting gericht hebben? Of is het waar, en is hij zelf slachtoffer van de machtswellust van die Paus en daardoor een dolende geworden die alles verloor behalve zijn leven. Kan ze de bewering van de knaap op een of andere manier verifiëren? Dan zal ze iemand naar de grote vallei moeten sturen om daar navraag te doen over de heer van Bollène. Maar wie, wie is daar toe in staat. Haar beste soldaten zijn met haar vader vertrokken, drie stuks heeft ze er verloren bij de moordpartij in het bos en het ongeregelde zooitje dat haar rest, is nog niet eens in staat haar vesting te bewaken. En als ze een van de horigen stuurt kan ze er zeker van zijn dat ze die nooit meer terug ziet. Ze kan natuurlijk zelf naar het Oosten reizen, maar hoe zal ze haar vesting dan terug vinden. De engerd in de vallei hogerop loert al lang op een kans haar bezit in te pikken. Hij heeft bij zijn laatste bezoek duidelijk laten doorschemeren dat hij vindt dat een vrouw geen vesting kan beheren en dat het tijd wordt dat er een man aan het roer komt te staan. Hij ging zelfs zover dat hij haar een aanzoek deed. De idioot wilde desnoods zijn eigen vrouw wel opofferen voor haar hand. Wat een griezel, ze moet er niet aan denken het bed met hem te moeten delen. Die gedachte doet haar huiveren en haar maag stuwt een golf zuur naar boven. Als eerste zal ze morgenochtend opdracht geven de Oostelijke poort weer goed te hangen. Als die weer gesloten kan worden moeten ze maar beginnen met de reparatie aan het grote gat in de Westmuur, waarvan afgelopen winter een deel wegzakte. Als dat gat gedicht is lijkt het geheel weer op een vesting. Ondertussen kan ze de man en zijn knaap voor de zekerheid gevangen houden in de westelijke toren, dan heeft hij geen kans om de Papen over de toestand van de vesting te informeren. Als alle reparaties uitgevoerd zijn, kan ze eventueel naar de grote vallei reizen om daar na te gaan of die man en zijn schildknaap de waarheid vertellen. Ze geeuwt en kruipt terug in bed.

5. Nu ze ziet hoe rap de deur terug gehangen is en de Oostpoort weer gesloten kan worden, snapt ze niet dat ze niet eerder opdracht gegeven heeft. De werkploeg onder leiding van de steenhouwer en de smid zijn nu bezig met het gat in de Westmuur. Ze kan de doffe slagen tot in haar vertrekken horen. Ze besluit om eens bij het werk te gaan kijken en dan meten naar de toren te klimmen om te zien hoe het met haar gevangene gaat. Ze gordt haar wapenriem om en controleert het mes onder haar tuniek. Het is vlijmscherp en klaar voor gebruik. Haar mantel laat ze liggen, die heeft ze bij deze hitte niet nodig. Via de deuropening aan het eind van haar verblijf komt ze op de rotsrichel, waarover het pad naar het Westelijke deel van haar vesting loopt. Ze leunt even op de borstwering, die op de rand van de richel gebouwd is. Zonder die muur zou je gevaar lopen in de diepe afgrond te storten. Ze tuurt naar de Westmuur waar haar horigen met boomstammen en planken in de weer zijn om een stellage te bouwen waarmee ze het weggezakte deel kunnen bereiken. De muur had daar op een zwakker deel in de steile rots gesteund en was bezweken onder het gewicht van de zware stenen, waaruit de hoge dikke muur is opgetrokken. De steenhouwer heeft gezegd dat hij een deel van de rots wilde wegkappen en vervangen door grote stenen. Die dan als fundering dienen waarop ze het nieuwe stuk muur kunnen bouwen. Ezels, voortgedreven door hun begeleiders, slepen de eerste stenen, die tijdens de instorting naar de diepe vallei rolden, over de steile helling terug naar boven. De kreten van de ezeldrijvers kaatsen tegen de kale rots samen met de hamerslagen van de timmerlieden. Bevelen worden geroepen, touwen suizen langs katrollen van de takelage waarmee de zware stenen moeten worden opgehesen. Scheldend en tierend drijft de stem van de steenhouwer zijn werkploeg tot het uiterste om de zware blokken natuursteen op de stellage te hijsen. Haal na haal stijgt de zware last. Het touw is gespannen als de snaar van een draailier en het is te hopen dat die niet breekt, omdat anders de ezels en hun drijvers door het zware blok als kegels van de helling geveegd zullen worden. Steen na steen bereikt zijn doel en als het in dit tempo doorgaat verwacht vrouwe Veronique dat tegen de avond het fundament klaar is en dat ze morgen kunnen gaan beginnen met het sluiten van het gat. Op de top van de Westelijke muur ziet ze nu dat andere werkers onder leiding van de smid bezig zijn met het opzetten van een tweede takelage. Daarmee zullen ze de stenen vanaf de top van de bouwsteiger naar het gat in de muur kunnen hijsen Nu ze al haar horigen zo in de weer ziet, zou je haast zeggen dat ze toch over voldoende menskracht beschikt. Maar normaal zijn al die mensen met heel andere taken belast. De velden moeten bewerkt worden, er moet bier en wijn worden geproduceerd, gezorgd worden voor de paarden en lastdieren. De kelders moeten worden gevuld met wintervoorraad. Er zijn zoveel monden en zoveel lege magen die moeten worden gevuld, als de tuinen onder de sneeuw zijn verdwenen. Het zou een stuk eenvoudiger zijn als ze ergens verscholen in het woud alleen voor zichzelf hoefde te zorgen. Dan zou ze genoeg hebben aan het schieten van een hert of wild varken. Nu rust de verantwoordelijkheid voor de vesting en haar bevolking zwaar op haar schouders. Te zwaar vindt ze vaak. Maar door afstamming is haar lot bepaald en ze heeft geen andere keuze dan het dragen van haar last. Het heeft geen zin te weeklagen over de toestand, ze moet ophouden met het zwelgen in zelfmedelijden en de haar opgelegde taak vervullen. Als straks de muur klaar is, zal ze zich bezig gaan houden met het opleiden van soldaten, die ze zal moet kiezen uit haar horigen. Haar verdedigingswerk heeft geen waarde zolang het niet kan worden bemand door boogschutters en zwaardvechters. Het zal niet eenvoudig worden, maar die taak heeft ze al te lang voor zich uit geschoven, ze moet niet langer blijven stilstaan bij het verlies van haar zuster en diens kind. Anders kan ze beter naar de top van de vesting klimmen en zichzelf in de afgrond storten.

Ze vervolgt haar tocht naar de Westelijke toren. De poort aan het einde van het smalle pad op de rotsrichel is gesloten en wordt bewaakt door een van de soldaten die haar resten. Ze groet hem kort en snauwt hem toe de poort gesloten te laten. Zij slaat linksaf en loopt door de boogvormige opening, waardoor ze op het langwerpige rotsplateau aan de binnenkant van de Westelijke muur terecht komt. Het plateau vormt de verbinding tussen de Westelijke toren en het hoofdgebouw van de vesting. Links van haar bevind zich het gapende gat. Er doorheen lopen touwen van de takelage schuin omhoog, naar top van de muur aan de andere zijde van het smalle plateau. Balken steken door de muuropening, die weer kruislings met anderen balken verbonden zijn, om te voorkomen dat de bouwstelling naar beneden stort. Het gehamer en geschreeuw galmt door de omsloten ruimte en doen zeer aan haar oren. Snel loopt ze naar de voet van de toren en opent de deur waardoor ze op de onderste treden van de wenteltrap, die in de dikke muur is uitgespaard, terecht komt. Ze klimt naar boven en laat de opening waarlangs ze in het onderste vertrek kan komen, links liggen, en klimt verder. Aan de top van de trap komt ze in een kleine, haast donkere ruimte waar een wachter in de houding springt, als hij haar in het schemerige licht herkent.

'Doe die deur open en wees alert,' snauwt ze hem op bevelende toon toe. Er is geen andere manier, ze moet wel zo bot doen. Zodra ze zwakte zal tonen, zullen haar horigen de vesting leeg roven en haar over de kling jagen. Zolang ze het idee hebben dat ze gevaarlijk is en in staat zich te verdedigen, zullen ze haar gehoorzamen en het niet wagen haar aan te vallen. Maar ze wordt zo langzamerhand doodmoe van het in stand houden van haar imago. Aan de ene kant had ze liever gehad dat de soldaat, die haar met de bijl in de weer had gezien, er niet was geweest, dan was ze binnen de kortste keren gedood en verlost van haar lotsbestemming. Aan de andere kant wil ze het werk dat haar voorvaderen in de vesting geïnvesteerd hebben niet verloren laten gaan.

De deur zwaait kermend open, de scharnieren moeten nodig geolied. Het vertrek erachter wordt vaag verlicht door een smalle spleet in de dikke muur. Ze kan de man amper op de strozak zien liggen en nog net, dat de jonge knaap opspringt en zich beschermend voor zijn meester opstelt. Het is duidelijk dat hij hem tot het uiterste zal verdedigen, al kost het zijn leven. Ze stapt over de stenen drempel de bedompte ruimte in en zegt op bevelende toon dat de jonge man zich in de hoek moet terugtrekken. Hij negeert haar bevel, kijkt haar een poosje dreigend met opgeheven vuisten aan, maar reageert dan op een zacht gemompelde opmerking van zijn meester. Hij gaat naar de verste hoek en leunt daar tegen de muur. Met zijn ogen houdt hij vrouwe Veronique angstvallig in de gaten. Die doet een stap in de richting van de strozak en vraagt aan de man hoe het met hem gaat. Nog voor hij kan antwoorden snauwt ze over haar schouder dat de wachter de deur moet sluiten en wachten op haar klopsignaal voor hij hem weer mag openen.

'Ik heb me wel eens beter gevoeld,' antwoordt de liggende man moeizaam.

'Is het nodig dat ik de kruidenvrouw vraag terug te komen, of is rust voldoende voor je om te herstellen?'

'Het zal wel gaan,' antwoordt hij kreunend als hij overeind probeert te komen. Hij wenkt amper zichtbaar naar de knaap die hem direct te hulp schiet. De plotselinge beweging laat vrouwe Veronique schrikken, waardoor ze in een reflex haar zwaard trekt en zich nog net kan inhouden om te voorkomen dat ze de knaap neer maait. Ze blijft het wapen dreigend voor zich uithouden Ze kijkt gespannen toe hoe het ventje zijn meester voorzichtig helpt om tegen de muur te gaan zitten. Met een van pijn vertrokken gezicht weet hij zich zuchtend en steunend omhoog te werken. Er trekt een vage glimlach over zijn gezicht als hij opkijkt en haar met geheven zwaard ziet staan.

'U bent erg snel aangebrand en klaar om anderen in de pan te hakken,' weet hij in één keer over zijn lippen te krijgen.

De woorden raken haar diep, beelden flitsen over haar netvlies. Beelden waar ze al meer dan genoeg door wordt gekweld. Zijn opmerking is als zout in een open wond. Gevoelens van haat doen haar ogen fonkelen. Ze laat haar ingehouden adem sissend ontsnappen en bijt hem toe dat ze inderdaad in staat is om toe te slaan.

'O, ongetwijfeld,' reageert hij zachtjes, maar op een toon die duidelijk aangeeft haar niet al te serieus te nemen. De neerbuigende klank in zijn stem raakt haar al even diep als de woorden daarvoor. Haar woede laait nog hoger op en ze moet zich tot het uiterste beheersen om niet toe te slaan. Het feit dat hij een ongewapend heer is, is zijn redding. Haar vaders training bestond niet alleen uit het perfect en zeer doeltreffend hanteren van wapens, maar hij heeft haar ook een hoffelijke houding tegenover gelijken bijgebracht.

'U bent ongewapend en te zwak om u te weren, heer van Bollène, maar daar kan op den duur verandering in komen.' Terwijl ze zijn naam uitspreekt houdt ze nauwlettend, in zoverre het geringe licht dat toestaat, zijn gezichtsuitdrukking in de gaten. Ze staart strak naar zijn ogen, speurend naar een verbaasde reactie bij het noemen van die naam, waardoor ze zou kunnen vaststellen dat de jongeling haar heeft voorgelogen. Het kan natuurlijk zo zijn dat de jonge man zijn meester had ingelicht, maar toch is ze er van overtuig dat de mimiek van de man bevestigd dat hij gewend is op deze manier te worden aangesproken.

'Behelzen uw woorden een uitdaging,' reageert hij op spottende toon Zijn woorden zijn als olie op het vuur dat in haar hoofd woedt. Ze doet een dreigende stap naar voren en de knaap springt tussen haar en zijn zittende meester in. Ze zet de punt van haar zwaard op zijn keel en sist hem toe dat hij goed voor zijn meester dient te zorgen, zodat er misschien een gelegenheid komt om hem te laten zien wie hier de dienst uit maakt. Woedend draait ze zich om en bonkt luid met de knop van het gevest op de houten deur. Die zwaait direct open en de wachter dekt met getrokken zwaard haar aftocht.

6. Er volgen weken waarin ze de heer van Bollène niet ziet nog spreekt. Ze laat hem in zijn sop gaarkoken. Er wordt hem regelmatig eten en wijn gebracht. Ze heeft ook kleding, die van haar vader geweest is, laten bezorgen. Maar de torenkamer blijft voorlopig zijn cel en het zelfde geldt voor zijn jonge metgezel. Het werk aan de muur is eindelijk voltooid. Nu kan de steenhouwer, die inmiddels zijn hand weer gewoon kan gebruiken, zijn volle aandacht op haar raamkozijnen richten. Ze heeft nog altijd spijt dat ze die moderne raamopeningen heeft besteld, maar nu de eerste helemaal af is, en ze de luiken erin kan openen of sluiten, heeft ze een wijds uitzicht vanuit haar woonverblijf. En frissere lucht, dat is een groot voordeel. De smalle spleten die voorheen voor frisse lucht moesten zorgen waren totaal ontoereikend. En het ziet er naar uit dat ook het andere gat in de muur voor het invallen van de winter van een dergelijk modern raam voorzien zal zijn. Daarmee is haar woonverblijf in de vesting helemaal aangepast aan de nieuwe tijd.

Genietend brengt ze uren mijmerend en turend zittend op de stenen bank in de raam nis door. Daarvandaan heeft ze onbelemmerd uitzicht over het dorp en de uitgestrekte landerijen in de vallei onder haar vesting. Ze kan nu, zonder naar buiten te gaan, volgen hoe de horigen op de velden aan het werk zijn.

De keukenmeid, die de heer van Bollène van voedsel voorziet, rapporteert haar dagelijks over zijn toestand. Afgaand op de laatste berichten verwacht ze, dat ze binnenkort een beslissing over zijn lot moet nemen. Laat ze hem tot in lengte van dagen in de toren zitten, of geeft ze hem zijn vrijheid terug en loopt ze dan het risico dat hij toch een spion van de Papen is. Als dat zo blijkt te zijn, zal het niet lang duren voor de legers van de Paus haar vesting belegeren en heeft ze slechts uitstel bewerkstelligd. Weliswaar heeft ze dan de oogst gered en kan ze daardoor de belegering een winter lang uitzingen, maar zal ze toch genoodzaakt zijn in het voorjaar de poorten te openen en zich over te geven aan de willekeur van de nieuwe geestelijk leider.

Gekrijs van de meid rukt haar los uit de overpeinzingen. Gillend stormt de meid haar verblijf binnen.

'Hij is los, hij is los,' roept ze steeds weer. Angstig kruipt ze achter de rug van vrouwe Veronique en wijst met een sidderende hand richting de doorgang naar de Westpoort. De gestalte van de gevangen vult opeens de opening en hij heft het zwaard, dat hij kennelijk van de wachter ontfutseld heeft, dreigend in de richting van vrouwe Veronique. Vrouwe Veronique ziet kans haar schrik te verbergen achter een koele gezichtsuitdrukking. Ze blijft staan waar ze staat, doet geen poging om bij haar wapengordel te komen. Die hangt aan een haak in de muur, halverwege tussen haar en de indringer. Koortsachtig zijn haar hersenen op zoek naar een reactie waarmee ze de controle over de situatie behoudt. De man stapt langzaam haar vertrek binnen en laat het zwaard zakken en zet het met de punt naar beneden voor zijn voeten op de grond. Hij steunt met beide handen op het gevest. Het is hem aan te zien dat de uitbraak hem een groot deel van zijn nieuw verworven krachten gekost heeft, al speelt er een vage glimlach om zijn lippen. De knaap verschijnt plots naast zijn meester en kijkt haar dreigend aan. In zijn rechterhand houdt hij een dolk, het is duidelijk dat de soldaat die voor hun celdeur op wacht stond overmeesterd en ontwapend is.

'Zo heer van Bollène, ik zie dat u enigszins hersteld bent.' Haar stem is vast en luid, er klinkt totaal geen angst in door.

'Zeker, vrouwe, ik ben zo goed als hersteld en kom eens informeren naar uw bedoelingen. Is het de gewoonte dat u bezoekers in hun vertrek opsluit, of bent u bang dat ik uw kasteel inneem, ondanks mijn verwondingen?'

'Angst heb ik voor u niet,' antwoordt ze vinnig. 'Maar zolang niet duidelijk is wat u hier komt doen, blijft u mijn gevangene,' laat ze er ferm op volgen.

'Ha, ik ben uw gevangen niet langer en als u niet toestaat dat ik vertrek zal ik….'

Verder komt hij niet, hij wilde zijn zwaard opheffen en verliest daardoor het steunpunt en zakt door de knieën. De knaap reageert razendsnel, maar kan niet voorkomen dat zijn heer zijdelings op de stenen vloer valt. De jongen laat zijn mes vallen en knielt naast zijn meester en houdt diens hoofd teder in zijn handen.

'Heer, kom, sterf niet, moet ik haar aanvallen, het is maar een vrouw, zal ik haar voor u doden.'

De ogen van vrouwe Veronique fonkelen van woede door die neerbuigende opmerking van het ventje. Ze doet twee stappen naar voren en sleurt hem aan zijn haren bij zijn meester vandaan.

'Meid, roep de wachter van beneden en neem dit ventje met je mee, zorg dat hij zich nuttig maakt in de keuken. Als hij dwars ligt kun je hem door de kok laten ranselen tot er wat gezond verstand in zijn blonde koppie komt. Hup, ventje.' Met een laatste ruk aan zijn haren zwiept ze hem in de richting van de trap naar de keuken. De meid grijpt het jong stevig bij een bovenarm en sleurt hem krijsend en scheldend naar het trapportaal, de stenen treden af. Het kabaal verstomt en even later verschijnt de soldaat die bij de Oostpoort de wacht heeft gehouden.

'Ga naar je collega in de Westtoren,' beveelt ze hem kortaf, 'en kijk of hij nog leeft. Als dat zo is breng je hem hier.' Ondertussen helpt ze de gevallen heer voorzichtig overeind, lijdt hem naar haar rustbank en laat hem er gaan liggen.

'Zo heer van Bollène,' spreekt ze hem zacht toe terwijl ze naast hem gaat zitten, 'vertel mij nu de reden van uw bezoek, dan zal ik u verder verzorgen tot u weer volledig op krachten bent.'

Hij kijkt verbaasd naar haar gezicht, begrijpt het niet meer, eerst laat ze hem verrekken in die toren en nu doet ze plots vriendelijk en zorgzaam. Wat wil dat mens van me, vraagt hij zich af, en waar is haar gemaal, waarom heeft die haar de leiding laten nemen. Is die op oorlogspad, ten strijde getrokken tegen de legers van de nieuwe paus, of is hij juist een van hun vazallen. Verwarde gedachten tollen door zijn hoofd.

Het rammelende naderen van haar soldaten uit de Westtoren doet haar vlug opstaan en afstand van de heer van Bollène nemen. Met kletterend borststukken en armkappen komt het duo door de opening haar vertrek binnen. Ze heeft haar stuurse gezicht weer opgezet en scheldt de soldaat, die haar gevangene heeft laten ontsnappen, de huid vol. Tot slot beveelt ze hem om al de latrines in de hele vesting, en die in het dorp, te gaan legen. Als hij daarmee klaar is, dient hij de wacht aan de Oostpoort over te nemen van zijn maat en kan die inrukken.

'Wegwezen,' bijt ze hen als laatste toe.

De heer van Bollène kan niet voorkomen dat er een grijns op zijn gekneusde gezicht verschijnt. Hij vindt haar erg vermakelijk. Nooit eerder trof hij een vrouw die zo goed een man kan imiteren.

7. Ze gaat op de bank in de raam nis zitten en tuurt naar het zonovergoten landschap. Ook bij haar spoken verwarde gedachten door het hoofd. Even heeft ze verlangd naar iemand die haar de verantwoordelijkheden uit handen neemt. En tot haar stomme verbazing nam ze als vanzelfsprekend aan, dat zoiets door een man gedaan zou moeten worden, zelfs dacht ze daarbij aan de man die daar op haar rustbank ligt. Ze voelt hoe hij naar haar kijkt. Maar ze wendt haar blik niet, blijft quasi onverstoorbaar naar buiten turen. Nooit eerder was een dergelijke gedachte in haar hoofd opgekomen. Wat is er aan de hand, kan ze het niet langer aan. Nee, dat is onzin, dat kan ze eigenlijk al van meet af aan niet. Maar waarom bekruipen dergelijke gedachten haar nu. Ze is door haar vader nooit aan een man gegeven, en zelf heeft ze er niet naar gezocht, noch naar verlangd. Haar zusters man was al kort na haar huwelijk gedood tijdens een tweegevecht, iets stompzinnigs om niets. "Zo zijn ze nu eenmaal," had haar zuster laconiek op zijn dood gereageerd. "Mannen willen vechten, ze kunnen het niet laten." "Maar mis jij hem dan niet nu hij gedood is," had ze gevraagd. "Welnee," had haar zuster geantwoord, "hij is me door onze vader opgedrongen, ik ben blij dat ik van hem af ben." Die gebeurtenis was voor vrouwe Veronique aanleiding geweest om na te denken over haar eigen toekomst. Daar was niets zinnigs uitgekomen. Ze had besloten de dingen op hun beloop te laten en zeker niet bij haar vader aan te dringen op een huwelijk. Kort daarna was hij ten strijde getrokken, waardoor de woorden van haar zuster nog maar eens bevestigd werden.
Het verwarrende ogenblik van zojuist is sindsdien de eerste keer dat dergelijke gedachten in haar opkomen.
Ze zucht een keer diep en draait haar hoofd richting de rustbank. Ze schraapt haar keel en vraagt voor de zoveelste keer waarom hij hier

terecht gekomen is. Ze beschikt over ruim voldoende werktuigen en kennis om hem op een andere manier aan het praten te krijgen, haar vader had haar niet alleen leren vechten, hij had haar min of meer voor haar huidige taak opgeleid. Zou hij voorvoeld hebben dat het op een bepaald moment nodig zou zijn dat ze die vaardigheden bezat. Ach, barst, onderdrukt ze die gedachtegang.

Ze ziet dat hij nog altijd zonder een woord naar haar ligt te turen. Ze gaat er vanuit dat hij haar niet goed kan zien vanwege het felle daglicht achter haar. Maar zij kan elk lijntje, elk haartje op zijn gezicht nauwkeurig waarnemen. Zijn forse gestalte en lange armen, door de zon donker gekleurd en bedekt met kleine witte plekjes waar hij ooit verwond was. Zijn baard is verwilderd, zijn haren te lang, zijn kleed vervuild en gescheurd. Hij heeft vaag iets van de trekken van haar vader.

Zijn mondhoeken krullen omhoog en weer verschijnt er die vage glimlach. Hij komt half overeind en gaat op zijn zijde liggen. Met een hand ondersteunt hij zijn hoofd, de elleboog rustend op de bank. Met zijn andere hand veegt hij de haren die voor zijn ogen vallen naar achter. Onafgebroken kijkt hij in haar richting, ze begint nerveus en onzeker te worden onder die doordringende blik. De glimlach verdwijnt en hij opent zijn mond en begint met zijn diepe warme stem aan zijn verhaal.

'Mijn schildknaap vertelde u al vanwaar ik kwam, maar ik begrijp uw wantrouwen zeer goed, nu de omgeving wordt geteisterd door tweespalt, strijd en overheersing. Ik ben afstammeling van een lange bloedlijn heren ven Bollène. Mijn voorvaderen waren aanvankelijk niets anders dan bewoners van een grot in de kalksteenvallei waarboven een van hen een klein fort bouwde. De opvolgende generaties vergrootten het aanvankelijk kleine gebouwtje tot er uiteindelijk een kleine vesting ontstond. Bij lange na niet zo groot en machtig als het uwe, maar voldoende sterk om zich te weren tegen roversbenden en wilden. In de hoefijzervormige vallei aan de voet van de vesting vestigden zich steeds meer mensen die bescherming bij de kleine vesting zochten. Ze woonden in grotachtige openingen in het zachte zandsteen.'

Een hoestbui onderbreekt zijn relaas en met een van pijn vertrokken gezicht veegt hij speeksel van zijn mondhoeken. Hij zakt terug op de rustbank en gaat op zijn rug liggen. Vrouwe Veronique rent naar de trapopening om de meid te roepen, zodat die de kruidenvrouw kan gaan halen. Maar met een gebaar maakt de heer van Bollène duidelijk dat het niet nodig is.

'Een beker koel bier,' vraagt hij met rauwe stem, 'dat zal me helpen.'

Vrouwe Veronique beveelt de meid, die halverwege de stenen treden omdraait en naar de keuken snelt. De heer schraapt zijn keel, slikt een keer en vervolgt zijn verhaal.

'We lieten hen werken in de steengroeven die mijn familie hadden opgezet en waaruit we grote blokken kalksteen wonnen. Kopers kwamen uit alle windstreken en een tak van mijn familie begon de blokken via de grote rivier naar elk van hen te transporteren. Zo werden we steeds bekender onder bouwers van forten en kastelen langs de oevers.' De meid onderbreekt zijn verhaal als ze binnen komt met een kan bier en een paar grote kroezen. Onderdanig zet ze die op het dikke stenen tafelblad en maakt zich snel uit de voeten. Vrouwe Veronique schenkt een kroes vol en geeft die aan de heer die moeizaam overeind komt. Hij drinkt gulzig, veegt zijn mond af en praat op zijn rug liggend verder.

'Mijn overgrootvader kreeg op een bepaald moment opdracht van de geestelijkheid om grote hoeveelheden blokken te leveren aan de monniken die waren begonnen aan de bouw van het paleis en de stad voor hun nieuw verkozen paus. Het werden jaren van grote voorspoed en we moesten werklieden aantrekken uit de wijde omgeving. Het grottendorp groeide uit tot een levendige mierenhoop. De wanden van de vallei werden steeds verder uitgehold en verzwakten daardoor. Tijdens en na hevige regens gebeurde het regelmatig dat hele families onder instortingen bedolven werden. Maar steeds anderen namen hun plaats in en groeven een hol op een nieuwe plek.'

Hij stopt en sluit zijn ogen. Nadat ze een poosje heeft gewacht loopt ze naar de rustbank om te kijken of hij in slaap gevallen is of misschien gestorven. Ze ziet dat er een traan aan zijn ene ooghoek glinstert die even later loslaat en via zijn wang onder zijn lange haar verdwijnt. Ze schrikt als hij onverwacht met een hand over zijn gezicht wrijft en zonder zijn ogen te openen verder gaat.

'Blok na blok werd gehouwen uit de kalksteenheuvels rond mijn vesting. Steeds moesten ze de groeven verplaatsen om voldoende steen te kunnen winnen.' Zijn stem hapert steeds vaker en hij klinkt vermoeid.

'Eén van de voorlieden ontdekte een methode waardoor hij kans zag in diepere lagen steen te winnen in de heuvels rond mijn vesting. Uiteindelijk werd er niet meer aan het oppervlak gewonnen, maar men begon in de heuvelrug diepe grotten te hakken waaruit een veel betere kwaliteit steen werd gewonnen dan die aan het oppervlak, waar vaak grote poreuze delen in zaten.' Hij hoest, schraapt zijn keel en draait zijn hoofd opzij om een klodder slijm weg te spugen.

'Zo werden we een zeer bekende en rijke steenleverancier. Onze welvaart en macht groeiden met de dag. Dat beviel kennelijk de opvolger van de overleden paus niet en hij stuurde ons bericht, dat we ons aan hem dienden te onderwerpen en dat we hem een aanzienlijke belasting moesten betalen. Hij bepaalde dat we over de winsten van de afgelopen vijftig jaar een derde dienden af te dragen.' Hoestend en rochelend komt hij overeind en buigt opzij om nog meer slijm kwijt te raken. Vrouwe Veronique schenkt snel een nieuwe kroes vol zuur bier en laat hem drinken, waarbij ze zijn hoofd ondersteunt. Het lijden van de man raakt haar diep en ze vraagt zich bezorgd af of ze niet wat eerder voor hem had moeten zorgen. Tot haar stomme verbazing wil ze dat hij blijft leven, dat hij bij haar blijft. Zulke gevoelens zijn volkomen nieuw voor haar en brengen haar totaal in de war. Gelukkig vervolgt hij zijn verhaal, zodat ze hem niet langer hoeft te ondersteunen en zich terug kan trekken. Ze hoopt dat hij niets bemerkt heeft.

'Mijn vader was woedend en vertrok naar het inmiddels gigantische paleis, dat de geestelijken hadden opgetrokken met onze stenen. Hij werd door de paus ontvangen en nadat hij de grieven van mijn vader had aangehoord heeft hij hem zonder pardon op de binnenplaats, ten overstaan van zijn volgelingen en horigen, laten vierendelen. Een van de soldaten, die mijn vader begeleide, wist te ontkomen en vertelde mij wat er gebeurde.' Met een van smart vertrokken gezicht gebaart hij naar de bierkan en laat zich gewillig helpen bij het drinken. Vrouwe Veronique zou hem willen strelen om zijn pijn te verlichten, maar ze is zo verward dat ze hem per ongeluk met haar wijsvinger in zijn rechteroog stoot. Wild trekt hij zijn hoofd terug terwijl het bier over zijn kleed gutst. Hij kijkt haar kwaad aan en veegt met een woest gebaar het bier van zijn gezicht. Hij laat zich terugzakken en bedaart. Na een diepe zucht gaat hij verder.

'Ik,' vervolgt hij met gebroken stem, 'heb daarop alle steengroeven ingezet om terstond mijn vaders vesting te vergroten en nog beter te laten ommuren. Weken lang ploeterden mijn mensen met de bouw van dikke muren.' Hij ademt moeizaam maar hervat meteen zijn relaas. 'Doordat er geen steen meer de rivier afzakte om de bouwers rond het paleis van de paus te bevoorraden kregen ze in de gaten wat ik aan het doen was. Op een heel vroege ochtend bestormde zijn leger mijn nog niet voltooide fortificatie en slachtte alle verdedigers zonder pardon af. De steenhouwers werden naar mijn vesting gedreven en bevolen het steen voor steen af te breken. Ik zag kans aan hun leger te ontkomen en vluchtte over de rivier. Als kind had ik mijzelf geleerd te zwemmen, waardoor ik bijna onzichtbaar de andere oever bereikte. Daar heb ik me verscholen.' Hij slikt, zucht een keer diep en praat door.

'Daar heb ik met lede ogen moeten aanzien hoe mijn trotse vesting op de heuveltop verschrompelde tot een armzalig hoopje stenen en gruis. Een kleine ruïne restte slechts. Ik was machteloos,' zegt hij met overslaande stem van verdriet.

'Zonder soldaten om mij te vergezellen trok ik met de knaap, die u daarnet zo hardhandig naar de keukens stuurde, westwaarts.' Hij slikt met dikke keel een snik weg.

'Ik ging op zoek naar een nieuw leven, een bestaan zonder de angst voor de macht van die wellustige paus en zijn geestelijkheid. Maar overal waar ik kwam zag ik onderdanige gelovigen, die bereid waren zich tot het uiterste uit te sloven om hun belasting te voldoen en bezig waren om kleine kapelletjes om te vormen tot kerken, de één nog groter dan de ander.' Hij zucht een paar keer diep voor hij verder gaat.

'Lange tijd hield ik mij verscholen aan de andere zijde van de watervallen en bestudeerde uw vesting. Het viel me op dat ik nergens een kapel zag en dat er nooit een klok werd geluid.' Kuchend en rochelend draait hij zich van haar af en nadat hij een flinke klodder weg gespuugd heeft, gaat hij door zonder zich naar haar terug te draaien.

'Daardoor kreeg ik de indruk dat er bij u niet veel om het geloof van de paus en zijn geestelijkheid gegeven werd. Ook zag ik geen karrenvrachten belastinggoederen de vesting verlaten. Daardoor hoopte ik eindelijk een plek om te leven gevonden te hebben. Toen ik het er op waagde om bij u onderdak te vragen, ben ik het riviertje over gestoken en op weg naar boven gegaan. Op het pad door het dorp werd ik plotseling van achter aangevallen en door één van uw horigen neergeslagen en gemolesteerd.' Hij zwijgt en blijft stil liggen. Het vertellen heeft hem volledig uitgeput.

Het liefst nam ze hem in haar armen om de pijn en vermoeidheid te verdrijven. Maar als hij minutenlang doodstil blijft liggen raakt ze er van overtuigd dat hij gestorven is. Met een kreet werpt ze zich op haar knieën naast de bank en laat haar hoofd vol zelfverwijt tegen de bank steunen. Ze wil huilen, haar tranen laten stromen, maar dat kan ze niet meer na al de verschrikkingen van de afgelopen tijd. Ze hoort hoe hij begint te snurken. Ze springt op en kijkt met een verrukt gezicht op hem neer. Hij leeft, hij slaapt.

8. Een week later geeft ze de steenhouwer opdracht de bovenverdieping van dezelfde raampartijen te voorzien als die op haar etage. Ze wil die inrichten voor haar patiënt. Ze maant hem tot grote spoed. Het moet voor het begin van de herfst klaar zijn. Bij haar heeft hij inmiddels het laatste deel geplaatst en de timmerman heeft er de luiken in gehangen. Dus beschikt ze nu over twee goed geventileerde vertrekken met veel daglicht als ze de luiken opent. De steenhouwer verprutst een hoop tijd met het haar aanpraten van de mogelijkheid voor het aanleggen van een wateraanvoer, waardoor ze altijd over vers water zou kunnen beschikken. Ze kapt hem af, maar het idee blijft toch aan haar knagen. Ze heeft geen idee hoe hij dat dacht te realiseren. Ze besluit hem er nog eens over aan te spreken als de vertrekken boven klaar zijn. De vrouw met de kennis van kruiden laat ze vragen om te helpen bij het verzorgen van de heer.

Die vrouw is geheel onafhankelijk van de vesting en iedereen behandelt haar met groot respect, omdat je haar vroeg of laat nodig hebt voor het genezen van kwalen en wonden en voor het verlichten van pijn.

Het keuken personeel zorgt dat een van haar eigen ruimtes tijdelijk wordt ingericht voor de heer van Bollène. Ze plaatsen er een rustbank en houten tafel. Er is geen haard, maar die is nu nog niet nodig.

Augustus loopt op zijn eind en de horigen zijn druk in de weer met het binnenhalen van de appels, pruimen en peren. Terwijl ze in de raam-nis zit kijkt ze naar de horigen die begonnen zijn met het plukken van de druiven en die daarna naar de schuur brengen, waarin ze er de licht zure wijn van maken. De gerst is al gedorst en opgeslagen in de kelders onder de vesting en nu zijn ze bezig de tarwe te oogsten. Het is, ondanks het wegvallen van haar zuster die haar vader opvolgde, een heel vruchtbaar jaar geworden. De wintervoorraden vullen de opslagkelders en er is ruim voldoende bier voorhanden om te kunnen drinken tot de oogst van volgend jaar.

De afgelopen week heeft het een nacht onafgebroken gestortregend, waarbij donder en bliksem elkaar zo snel volgden, dat ze bijna van angst onder haar bed kroop. De gevolgen bleven niet uit. Een deel van de bovenste toren heeft schade opgelopen, een hoeksteen is weggegleden en een stuk van de daar op rustende muur is in de doorloop tussen haar verblijf en de Westpoort gevallen. Gelukkig is niemand door de neerstortende stenen getroffen. Ze heeft het puin laten ruimen en besloten de hoek volgend voorjaar te laten herstellen.

Begin september worden ze overvallen door nog hevigere regenbuien. Ze is niet vergeten wat ze van plan was en laat Yann, als vertegenwoordiger van de dorpsbewoners, opdraven. Ze leest hem uitvoerig de les over het overdreven toetakelen van de heer van Bollène en beveelt hem om de overvloedige regen te benutten om schoon schip in het dorp te maken. Ze dreigt elke bewoner die nog stinkend rondloopt, als ze die tegenkomt, in mootjes te hakken. Yann druipt morrend en klagend af, maar ze is er van overtuigd dat haar reputatie er voor zal zorgen, dat ze eindelijk eens proberen iets aan de stankoverlast te doen. Ze weet dat het niet de gewoonte is, maar als de steenhouwer met nieuwigheden op de proppen kan komen, mag zij dat zeker. Nu het dorp grondig door de regen wordt schoongewassen, zal ze bij zuidenwind niet meer zo'n last van de stank hebben. Soms vraagt ze zich wel eens af of zij de enige is die last heeft van de onfrisse geuren die rond haar horigen hangen. Haar vader nog haar zuster had ze er over horen klagen. Wel haar moeder, die was even gevoelig op dat gebied. Dan zal ze de neus van haar geërfd hebben.

Regen of niet, ze trekt er regelmatig op uit om in de vallei het oogsten te controleren. Ze neemt zich voor, dat als de heer van Bollène zover is dat hij te paard kan zitten, met hem een tocht door de vallei te gaan maken.

De herfst vindt ze naast het voorjaar een erg mooi jaargetijde. Al met al loopt het voorspoedig, behoudens het verzamelen van voldoende brandhout. Voor de komende winter is het nog geen probleem, er is nu nog voldoende hout, dat heeft de afgelopen drie jaar liggen drogen in de houtopslag. Maar die had allang aangevuld moeten zijn voor de winter daarop en dan nog zal dat hout niet voldoende tijd gehad hebben om droog te worden. Ze weet nog geen oplossing en schuift de kwestie opnieuw voor zich uit.

In de keuken is het een drukte van belang om alles te verwerken en op te slaan. Het verzamelen van kastanjes en noten is begonnen. Windvlagen gieren regelmatig rond de vesting en bladeren dwarrelen door de raamopeningen naar binnen. Het is tijd geworden voor dikkere kleding. Ze neemt de kou graag voor lief, want met geopende luiken kan ze uitvoerig genieten van de prachtige kleuren in de vallei. Zover haar oog rijkt ziet ze de bonte gloed van de herfst.

De heer van Bollène is nu zover dat hij haar dagelijks aan de tafel vergezelt. Ze vertellen elkaar verhalen en praten over haar werk als beheerder van de vesting. Hij heeft vaak nuttige adviezen en helpt haar met het onder controle houden van de horigen. Nu hij vaak naast haar zijde gezien wordt doet de roddel over een mogelijke verbintenis de ronde door de hele vallei. De bezitter van de burcht aan het einde van de vallei is dat kennelijk ook ter ore gekomen, want hij verschijnt plots met zijn gevolg aan haar poort. Ze heeft hem met tegenzin ontvangen maar hoeft amper een woord met hem te wisselen. Hij spreekt voornamelijk met de heer van Bollène. Het tweetal neemt de huidige situatie in de streek door en de bezoeker doet zijn best om uit te vissen wat de komst van de nieuwe gesprekspartner voor de regio betekent. En geheel op eigen initiatief weet de heer van Bollène een overeenkomst af te sluiten voor het leveren van brandhout in ruil voor bier en wijn. Ze is gepikeerd over zijn eigenmachtige optreden, maar laat haar boosheid al snel varen als ze de voordelige transactie nader beziet. Ze beseft dat ze uit pure gemakzucht haar alleenheerschappij laat ondermijnen door de heer van Bollène. Te lang heeft ze alles zelf moeten beslissen, te lang heeft ze het gewicht van de verantwoordelijkheden op haar schouders voelen rusten. Met grote tegenzin had ze de afgelopen tijd leiding gegeven aan de bevolking van de vesting. Ze slaagt een zucht van verlichting nu ze bemerkt hoe prettig het is om die verantwoordelijkheden af te kunnen schuiven, maar diep in haar achterhoofd smeult het vuur van wantrouwen. Ze is zich er vaag van bewust, dat ze kans loopt haar macht definitief kwijt te raken. Snel drukt ze alle twijfel de kop in en geniet van het gemak waarmee de heer van Bollène de potentaat van de boven vallei inpakt met mooie woorden en fraaie gebaren. Het lijkt verdorie wel alsof die twee elkaar al jaren kennen. De manier waarop ze samen praten en drinken roept het beeld op van twee collega's die vriendschappelijk met elkaar omgaan. Ze hebben totaal geen oog meer voor haar, het is net of ze zich helemaal niet bewust zijn van haar aanwezigheid. Dit overduidelijk negeren wekt een lichte wrevel bij haar op, maar ook die wordt snel door het gevoel van bevrijding verdrongen. Ze besluit om een wandeling naar de watervallen te gaan maken en trekt zich in stilte terug. Als ze het pad onderlangs de vesting naar het dorp afdaalt, hoort ze de luide lach van de heren uit de openstaande luiken over de vallei schallen.

9. De herfstdagen worden korter en ze trekt er steeds minder vaak op uit. Op de ochtend dat de eerste sneeuw het land bedekt vindt ze haar eerste dode wachter bij de Westpoort. Op het eerste gezicht lijkt hij gestikt in zijn eigen kots en ze is er van overtuigd dat hij teveel heeft gezopen. Hij zal wel misbruik gemaakt hebben van de nachtelijke rust om stiekem in de kelders zich te goed te doen aan de wijn. Hij is zeker niet de eerste die ze daar op betrapt, het wordt tijd dat ze de smid een slot laat maken, dat niet zo gemakkelijk te openen is.

Als ze de middag daarop samen met hem de afsluiting bekijkt bemerken ze dat die nog volledig intakt is. Die deur is dus de afgelopen nacht niet open geweest. Waar heeft hij dan de alcohol vandaan weten te halen? Ze kan zich niet voorstellen dat hij voldoende bier heeft kunnen drinken om zodanig van de kaart te raken dat hij in zijn eigen braaksel zou stikken. Daar is een veel sterkere drank voor nodig. Ze besluit om de man wat grondiger te gaan onderzoeken.

Ze hebben hem net buiten de Oostpoort gelegd, in afwachting van zijn begrafenis. Een aantal horigen is naar de vallei afgedaald om daar in het veld een gat te graven. Als dat klaar is zullen ze met een paard, met erachter een primitieve slee, naar boven komen om het lichaam naar beneden te slepen. Ze hebben de dode al van zijn wapenrusting ontdaan, dus ligt de man slechts gekleed in zijn lange tuniek op de dunne laag sneeuw. Vlokken dwarrelen door de lucht waardoor het lijkt alsof moeder natuur het lichaam onder de sneeuw wil begraven. Een vers laagje sneeuw heeft een luguber dodenmasker gevormd. Met haar mes snijdt ze de tuniek van de man van boven tot onder open. Het grauwe lichaam dat tevoorschijn komt verspreidt een onaangename geur. Ze moet zich dwingen om haar onderzoek niet meteen te staken. Met haar ogen speurt ze langs het vaalwitte lijf. Met grote tegenzin duwt ze vetplooien opzij. Nergens is een spoor van een verwonding te zien. Ze pakt hem bij een schouder en rolt het slappe lijf op zijn buik. De benen weigeren mee te draaien, het bovenlijf komt op een arm terecht. De andere arm beschrijft een potsierlijke boog door de lucht waardoor ze bijna een klap krijgt. Ze vangt de arm op en gooit die kribbig naast het lichaam dat er nu merkwaardig verdraaid bij ligt. De rug van de man is blauw van het gestolde bloed dat er naar toegestroomd is nadat zijn hart stopte met pompen. Ook aan deze kant van de man is geen zichtbare verwonding die op een doodsoorzaak duidt. Als ze overeind komt schrikt ze van de plotselinge stem van de heer van Bollène.

'Wat bent u aan het doen, Vrouwe, wat valt er te zien aan een dode soldaat?'

'Niet veel, heer, maar ik vroeg me af of hij gestikt is in zijn braaksel of dat er een andere doodsoorzaak is.'

'En dat verwacht u dan te kunnen zien aan zijn ontblote lijf?'

De neerbuigende toon ontgaat haar opnieuw niet, maar ze reageert er niet op. Het is natuurlijk wat vreemd dat hij haar aantreft terwijl ze met dichtgeknepen neus over een naakte man gebukt staat. Zijn groezelige geslacht is duidelijk zichtbaar. Ze kijkt de heer van Bollène lichtelijk beschaamd aan. Ze voelt zich betrapt en kleiner worden onder zijn strakke blik waarmee hij haar hooghartig aankijkt.

'Het lijkt me tamelijk onzinnig dat een vrouw zich met een dergelijk onderzoek bezighoudt,' spreekt hij haar op bestraffende toon toe.

'U heeft gelijk, heer, ik zal me terugtrekken dan kunt u ongehinderd de man onderzoeken.'

'Verder onderzoek lijkt me tamelijk overbodig,' antwoordt de heer van Bollène, 'hij is dood en wat kan ons de oorzaak schelen. Het is maar een gewone soldaat.'

Een lichte wrevel borrelt op in het hoofd van vrouwe Veronique. Het is dan wel een gewone soldaat, maar het probleem is dat ze er niet veel meer heeft. Als het zo doorgaat zit ze straks zonder verdedigers. En deze is toevallig ook de man die als enige met haar de slachtpartij in het bos overleefde. Ze had hem dan wel af en toe dood gewenst, nadat hij al de praatjes over haar hysterische reactie op de dood van haar zuster en nichtje had rond gebazuind, maar dat was natuurlijk maar een "bij wijze van", gedachte. Nu hij daar koud en slap op de sneeuw ligt, maakt ze zich zorgen over het aantal soldaten dat haar rest. En ze ergert zich aan de aanmatigende houding van de heer van Bollène. Moet ze daar niet tegen in het geweer komen? Een korte blik op de naaktheid van de soldaat zorgt voor nieuw schuldbesef.

Ze loopt de poort door en beklimt de treden naar haar verblijf. De vlammen in de haard zijn gedoofd, er gloeit slechts wat houtskool. Vlug begint ze met droge twijgen en dun hout, dat klaar ligt naast de schouw, een nieuw vuur te bouwen. Even later loeien de vlammen en kan ze zich warmen. Door het schemerige licht in haar woonvertrek en de wild flakkerende vlammen dansen schaduwen over de muren. Het is zowel een prachtig als angstaanjagend schouwspel. Nadat ze is opgewarmd verlangt ze naar het weidse uitzicht over de vallei. Ze loopt naar de raamopening en stoot een van de luiken open. Het felle licht stroomt naar binnen en verblindt haar een ogenblik. De hele vallei is bedekt met de witte pracht en verdrijft in een klap al haar zorgen. Genietend laat ze haar ogen over de steile rotswanden en de diepe vallei dwalen. De hoofdrivier ligt als een kronkelende donkere slang op de valleibodem. Haar ogen zoeken tevergeefs naar het riviertje en de watervallen, omdat die vanaf hier niet goed zichtbaar zijn. Het verlangen om even bij een van de watervalletjes te zitten wordt nu zo groot, dat ze besluit naar het dorp af te dalen, om daarna het pad naar het riviertje te volgen. Uit de kist bij haar bed pakt ze een dikke wollen mantel om zich extra warm te kleden. Ze gooit nog meer hout op het vuur en sluit het luik. Zo zal het nog aangenaam zijn als ze terugkeert.

10. Het pad is glibberig dus moet ze oppassen dat ze niet uitglijdt en met grote snelheid naar beneden roetsjt. Op een van de hellingen rechts van haar ziet ze kinderen naar beneden glijden. Hun stemmen klateren over de vallei. Even blijft ze staan kijken en denkt terug aan haar eigen kindertijd. Aan hoe zij ooit ook zo in de sneeuw speelde, samen met haar zuster, onder het wakend oog van een stel soldaten. Haar vader was in die tijd vaak op jacht omdat het opsporen van wild met de duidelijke sporen in de sneeuw erg gemakkelijk was. Haar moeder verbleef de hele winter onder een dikke laag dekens zitten kleumen bij de haard. De schoonheid van het winterlandschap was aan haar niet besteed.

Met een zucht maakt ze haar gedachten los van die herinneringen en daalt voorzichtig verder af. Een keer vallen en wat breken kan fataal zijn.

Vlak boven het dorp ziet ze hoe haar horigen het lichaam van de dode soldaat naar beneden slepen. Ze gebruiken helemaal geen paard en slee, maar sleuren de dode, trekkend aan zijn voeten, over de grond het steile pad af. Drie gebogen gestalten gehuld in lange capes volgen het glijdende lichaam. Een van hen kijkt even om als een van de mannen die het lichaam voortsleurt wat zegt. Een paar ogen gluurt vanonder de kap die het hoofd helemaal bedekt. Het zijn droevige ogen en nu pas beseft vrouwe Veronique dat er mensen zijn die het verlies van de soldaat betreuren. Het zal zijn vrouw met haar kinderen zijn die daar zo ineengedoken achter de dode aansjokken. Sinds ze het slachtoffer vond heeft ze geen moment gedacht aan het mogelijke bestaan van mensen die hun vader en man hadden verloren. Nu pas beseft ze dat ze is opgegroeid met het idee dat alleen zij en haar familieleden kunnen treuren over het verlies van verwanten. Horigen en soldaten heeft ze altijd gezien als werkvolk of verdedigers van familiebelangen. Dat het ook mensen met gevoelens zijn is niet eerder in haar opgekomen. Zo is ze niet opgevoed. Zij maakt deel uit van de heersers en de anderen zijn niet meer dan werktuigen. Deze gedachte brengt haar even volledig uit evenwicht. Als de stoet die daar voor haar uit ook uit mensen bestaat, net zoals zijzelf, dient ze dan niet iets te doen? De vrouw en kinderen condoleren of zo. Kijken of ze iets voor hen kan betekenen. Ze kan ze moeilijk geld gaan geven, dan smeren ze hem meteen. Het hele systeem van horigen en heersers berust op afhankelijkheid. En wel zodanig dat de horigen niet in de gaten hebben dat die afhankelijkheid wederzijds is. Als ze nu plotseling haar houding tegenover die mensen verandert, kan ze er gif op innemen dat ze binnen de kortst mogelijke keren zelf een dode is die aan zijn voeten de helling af wordt gesleept.

De hele situatie verwart haar. Bijna vergeet ze wat ze van plan is.

De begrafenisstoet neemt in het dorp het pad naar rechts, zijzelf loopt langzaam verder naar beneden, niet te snel want ze wil voorkomen dat ze te dicht bij hen komt en dan verplicht is om wat te zeggen. Op de splitsing neemt ze het pad naar links en vervolgt haar weg richting de watervallen. De sneeuw is helemaal platgetrapt, waardoor het op het sterk hellende pad erg glad is. De hele ochtend zijn de dorpelingen van en naar de rivier gelopen. Maar het lukt om zonder glijpartijen bij het waterbekken onder een van de watervallen te komen. Opspattend water heeft op sommige plaatsen langs de oever grillige ijssculpturen gevormd. De grond en de rotsen zijn te koud om te gaan zitten, dus staat ze stil om haar heen te kijken en te genieten van de pracht die sneeuw en ijs gevormd hebben. Aan de overkant van het smalle water is de sneeuw nagenoeg ongerept. Er volgt slechts een spoor van kleine voeten het pad dat aan die zijde van het riviertje afdaalt naar de grote rivier ver weg in de diepte. Op het klateren van de watervalletjes na is het doodstil.

Plotseling strijkt er iets langs haar been, ze schrikt van de onverwachte aanraking en slaakt een gilletje. Snel doet ze een stap opzij en verliest daarbij haast haar evenwicht. Dan ziet ze wat haar liet schrikken, het is een klein hondje dat haar met donkere kraaloogjes aanstaart. Ze maakt een schoppende beweging richting het diertje en snauwt het toe te verdwijnen. Het dier is snel en de platgetrapte sneeuw glad, waardoor ze valt en languit achterover in de sneeuw terecht komt. Ze slaakt een vloek en tot haar schrik begint het kleine ding haar in het gezicht te likken.

'Donder op, kreng,' snauwt ze tegen het diertje. Het enig gevolg is dat het kleintje al likkend bovenop haar kruipt. Het kietelt en ze kan het niet laten om in lachen uit te barsten. Ze duwt het hondje van zich af en krabbelt overeind. Terwijl ze de sneeuw van haar kleren klopt danst het mormel rond haar voeten.

'Zo, en nu oplazeren, kreng,' roept ze het toe, maar kan de lach in haar stem niet verbergen. Ze besluit om te keren en begint aan de klim naar haar vesting. Hoe ze ook scheldt en vloekt, hoe vaak ze ook in de richting van het hondje trapt, het blijft haar volgen als een schaduw, steeds net buiten bereik van haar schoppende voet. Uiteindelijk geeft ze het op en kijkt verbaasd toe als ze in haar verblijf aankomt en het diertje zich oprolt bij de haard en in slaap valt.

Bijlslagen kloven de deur van haar verblijf. Er zijn slechts een paar slagen nodig om de deur te vernielen. Een joelende, schreeuwende menigte horigen perst zich door de opening. Ze trekt haar dekens zittend op het bed strak om zich heen. De wollen stof beschermt haar tegen de tanden van de hooivorken waarmee ze haar willen steken. Ze schreeuwt op bevelende toon dat ze zich moeten terugtrekken, roept met overslaande stem om de wacht. Krijsend trekken de horigen aan haar dekens, ze gilt de naam van de heer van Bollène. Die verschijnt plots aan haar voeteneind. Ze roept hem toe de belagers te verdrijven. Hij grijnst haar aan en kokkie springt bovenop haar. Hij heft zijn slagersbijl en klooft haar hoofd met slechts een slag.

Gillend schiet vrouwe Veronique overeind. Smijt de dekens van zich af en duikt vliegensvlug onder haar bed. Daar ligt ze te trillen van angst tot ze beseft dat het slechts een droom was. Het hondje staat naast haar hoofd en begint haar gezicht te likken. Ze geeft het een enorme zwiep waardoor het diertje over de vloer tegen de muur vliegt. Daar blijft het ineengedoken zachtjes jankend liggen. Vrouwe Veronique klimt uit haar bed en slaat een deken om haar schouders. Het is ijskoud in haar vertrek. Ze bouwt een vuur in de haard en als dat brandt gaat ze er zo dicht mogelijk bij zitten. Met de deken strak om zich heen getrokken wacht ze tot de vlammen haar zullen verwarmen. Het hondje sluipt, met de buik over de grond, zachtjes jankend, voorzichtig naar haar toe. Het is een en al onderdanigheid. De smekende ogen verdrijven haar boze gevoel en ze trekt het diertje op schoot. Zo wachten ze samen onder de wollen deken tot het vuur hoog oplaait en het eindelijk wat warmer wordt in de omgeving van de haard.

Ze werpt de deken op het bed, houdt het hondje onder haar rechter arm geklemd en trekt een stoel over de vloer tot vlak voor de haard. Ze zet het beestje op de zitting, slaat de deken weer om haar schouders, pakt het hondje op en gaat opnieuw met het trillende hondje op schoot voor het vuur zitten.

Starend in de wild dansende vlammen overdenkt ze de droom. Wat betekent die, moet ze voor haar leven vrezen? Ja, natuurlijk, dat doet ze al elke dag, in deze tijd loeren er overal gevaren. Maar zijn het juist haar eigen mensen, haar horigen, die het grootste gevaar vormen? Komen ze in opstand, willen ze zich ontworstelen aan de onderdrukking? Maar beseffen ze dan niet dat ze haar moeten gehoorzamen, zo heeft het lot immers beschikt. Door geboorte is bepaald wie de leiding heeft en wie er geleid wordt. Zonder haar en de vesting zijn ze immers overgeleverd aan de gevaren van rondtrekkende roversbenden en plunderaars. Bij een aanval biedt zij immers bescherming. Kunnen ze zich veilig verschansen achter haar muren. Zo slecht en onredelijk zijn haar vader en zuster toch nooit voor hen geweest? Zijzelf vraagt toch ook niet meer dan de gebruikelijke dingen.

Maar juist vandaag, die verwijtende blik van de vrouw achter haar dode man. Houdt die een waarschuwing in? Is het de voorbode van een opstand? Willen ze haar doden en de vesting overnemen?

De heer van Bollène zal haar moeten bijstaan. Hij is van haar stand en klasse, samen kunnen ze het volk onder de knoet houden.

Maar wat betekende zijn merkwaardige rol in de droom? Is hij uit op wraak voor de tijd dat ze hem gevangen hield?

Hij heeft er nooit iets over gezegd en ze heeft hem immers prima laten verzorgen, nadat ze had vernomen wie hij was. Nee van hem heeft ze geen gevaar te duchten, hij zal aan haar zijde strijden wanneer het nodig mocht zijn.

Ze staat op, zet het hondje op de grond en werpt nog een aantal stukken hout in de haard. Het moet buiten flink vriezen, want al een klein stukje bij de haard vandaan is het ijskoud. Als ze nog langer wil stoken zal ze eerst naar beneden moeten om nieuw hout te halen. De voorraad in haar verblijf is op en morgenochtend komt het keukenpersoneel die pas aanvullen. Ze besluit dat het beter is om weer in haar bed te kruipen. Ze schudt de kussens op, legt de dekens goed en kruipt samen met het hondje diep onder de wol. Het diertje nestelt zich tegen haar buik en ze voelt hoe het haar verwarmt. Haar verontrustende gedachten verdwijnen met de komst van de slaap.

11. Als ze wakker wordt is de meid bezig een nieuw vuur aan te leggen. Ze kijkt een poosje door een kleine opening vanonder haar dekens toe. Ze laat niet merken dat ze wakker is en hoopt dat het hondje ook stil tegen haar aan blijft liggen. Na een minuut of vijf brandt het vuur en vertrekt de meid. Ze wacht tot het vuur hoog oplaait en komt dan uit haar bed. Het hondje zet ze op de grond waar het direct begint te piesen.

'Hé, stom mormel, doe dat buiten,' roept ze het beestje toe.

Het diertje duikt angstig in elkaar en het kost een hoop lieve woordjes voor het zich weer op zijn gemak voelt. Dan pakt ze het op en kijkt eens naar het geslacht. Het blijkt een teefje te zijn. Zachtjes tegen haar pratend brengt ze haar naar de deur en zet haar op de trap.

'Zo, hup naar beneden, dame, en kom maar terug als je gepoept hebt.' Ze trekt de deur snel dicht en gaat voor de haard zitten wachten tot het wat aangenamer in haar slaapvertrek wordt. Met gekrabbel aan de deur en gejank op hoge toon maakt het hondje duidelijk dat het weer naar binnen wil. Met een zucht maakt vrouwe Veronique zich los van het warme vuur en slaat haar mantel om, schiet haar klompen aan en opent de deur. Het hondje stuift naar binnen en begint rond haar benen te dansen en te springen.

'Kom op, kreng,' snauwt ze op lacherige toon tegen haar en daalt de trap af. Ze doet de deur naar de binnenplaats open en loopt met het beestje op haar hielen naar de poort. Tot haar stomme verbazing ligt de wacht opgerold voor de grote deur te slapen.

'Wat zullen we verdomme nou krijgen,' roept ze luid, 'hé, verdomde slaapkop, wakker worden.' Met de punt van de klomp geeft ze de man een flinke trap in zijn ribben. Maar de slaper reageert helemaal niet. Ze bukt zich en begint aan hem te trekken. Willoos rolt de wachter op zijn rug en blijft als een slappe ledenpop liggen. Hij is dood.

Verdomme, niet weer, schiet er door haar hoofd. Ze bukt en moet het hondje wegduwen dat begint te snuffelen en trekken aan het lijk. Ze voelt aan zijn gezicht en merkt dat hij nog niet helemaal afgekoeld is. Maar het is absoluut zeker dat hij dood is. Ze komt met een ruk overeind als ze achter zich een gilletje hoort slaken. Vliegensvlug draait ze zich om en ziet nog net dat de meid de deur dicht trekt en ze hoort hoe de grendel aan de andere kant dichtgeschoven wordt. Ze stormt op de deur af en bonkt er beide vuisten op, het hondje blaft vrolijk mee. Het hoge toontje klinkt niet erg indrukwekkend.

'Doe die deur open,' schreeuwt ze tegen het ruwe hout waaraan ze al meteen een hand opengehaald heeft. Ze schopt en scheldt, maar de deur blijft dicht. Kwaad steekt ze de binnenplaats over en gaat het slaapverblijf van de soldaten binnen. Het is er donker en benauwd. De stank van ongewassen lijven en vieze stromatrassen is walgelijk. Als ze na een poosje aan het duister gewend is loopt ze naar de trap die in de muur is uitgespaard en klimt naar het dagverblijf van de soldaten. Het vertrek wordt spookachtig verlicht door het vuur in de haard. Een drietal soldaten zit aan de ruwe tafel hun ontbijt te eten.

'Hé daar,' roept ze naar het drietal, 'weten jullie iets over de dood van jullie collega?'

Een van hen kijkt over zijn schouder en schrikt als hij ziet wie er riep. Vlug springt hij op en port zijn maten om ze te waarschuwen. De verwarring duurt maar even, dan staan ze gedrieën in het gelid.

'Ik vroeg wat,' snauwt vrouwe Veronique hen toe. Wie van jullie heeft de volgende wacht?'

53

'Ik vrouwe,' antwoordt de meest rechtse en doet een stap naar voren.

'Weet je dat de man bij de Oostpoort dood is?'

'Nee, hoezo,' antwoordt hij en kijkt haar en de anderen een voor een verbaasd aan.

'En jullie weten ook nergens van,' herhaalt ze haar vraag voor de anderen.

'Nee, vrouwe' antwoorden ze in koor.

Verdomme, denkt vrouwe Veronique, is dit mijn hele leger, nee er staat er nog een bij de Westpoort, als het goed is, tenzij die ook al dood is.

'Jij gaat naar de Westpoort en kijkt of daar alles in orde is en komt dan terug om dat te vertellen en jullie twee trekken de dode zijn wapenrusting uit, ik wil zien waardoor hij gedood is.'

Vlug dalen ze gedrieën de trap af en vrouwe Veronique volgt ze. Ze is zo in gedachten verzonken dat ze bijna over het hondje struikelt dat om haar heen loopt te draaien. Ze geeft het dier sacherijnig een zwiep met de punt van haar klomp, waardoor het met een boog van de stenen trap zeilt. Meteen heeft ze spijt van haar ruwe optreden en raapt het piepende mormel onderaan de trap vlug op en knuffelt het even. Het leed is gelukkig snel geleden, maar ze neemt zich voor wat minder onbehouwen met het beestje om te gaan. Ze zet het op de grond en loopt naar buiten waar ze het tweetal ziet sjorren aan het lijk. Het doet ze ogenschijnlijk niets, dat het een maat van hen is die ze van zijn wapenrustig ontdoen. Uiteindelijk ligt hij in zijn hemd en ze geeft bevel dat open te snijden en ook te verwijderen. Het levert haar een paar verbaasde blikken op. Ze kijken elkaar aan, halen hun schouders op en voeren het bevel uit.

Terwijl vrouwe Veronique over het naakte lichaam gebogen staat gaat de deur naar de woonverblijven open en verschijnt de heer van Bollène met getrokken zwaard in de deuropening. Achter hem, half verscholen, is zijn kleine vazal met getrokken mes zichtbaar. Kennelijk zijn ze door de meid gealarmeerd en komen ze nu de moordenaar, die zij meende te zien, overmeesteren.

Als de heer van Bollène ziet wie er over het lijk gebogen staat fronst hij zijn wenkbrauwen, steekt het zwaard in de schede en stapt, met een wegwuivend gebaar richting de soldaten, op het groepje af.

'Geachte vrouwe, is het uw gewoonte geworden om naakte mannen te bestuderen,' sist hij tegen de gebogen rug van vrouwe Veronique.

Ze komt snel overeind en kijkt hem beschaamd aan.

'Dat niet, heer, maar ik ben op zoek naar de doodsoorzaak van deze soldaat. Bij hem ontbreekt braaksel in zijn mond, ik heb tot nu toe geen verwonding kunnen ontdekken. Weest u zo goed en neem mijn taak over. Ik moet weten wat de dood heeft veroorzaakt. Als het zo doorgaat houd ik geen soldaten meer over.'

'Is het wel verstandig van u om ten overstaan van de andere soldaten een dergelijk onderzoek te beginnen. U weet hoe het volk is, binnen de kortst mogelijke keren lopen ze u te beschimpen en belachelijk te maken. Ik adviseer u dan ook om u terug te trekken en jongeling, grijp dat vieze hondje en smijt het van de muur, wat moet dat stinkbeest hier. Het kan wel een dolle hond zijn, vlug, weg er mee.'

Als de jonge knaap het diertje wil pakken duikt het snel onder de lange mantel van vrouwe Veronique. Ze pakt het dier vlug op en draait zich zo dat de heer van Bollène het niet op haar arm kan zien zitten. Zo snel als ze kan loopt ze naar de openstaande deur om zich terug te trekken in haar verblijf.

'Vrouwe,' galmt de luide stem van de heer van Bollène over de binnenplaats, 'wat doet u nu, laat ogenblikkelijk dat beest vallen en maak dat u wegkomt.'

Ze negeert zijn woedende uithaal en holt de trap op.

12. In haar slaapvertrek aangekomen, beseft ze dat ze zich heeft laten behandelen als een klein kind, als een ondergeschikte. Is die man helemaal gek geworden, wie is hier de kasteelvrouw verdomme. Dit kan ze niet over haar kant laten gaan. En dat terwijl die soldaten toekeken. Nu hebben ze helemaal stof voor roddel. Hoe kan ze dit terugdraaien. Ze zal iets moeten ondernemen, hij heeft haar hele gezag ondermijnd.

Wat gebeurt er toch allemaal, hoe kunnen die soldaten zomaar sterven. Dit gaat niet goed, ze moet iets ondernemen. Als er een aanval komt, zal ze niet lang stand kunnen houden en rest slechts het terugtrekken naar de bovenste toren op de rotspunt. Ze moet er voedsel bier en wijn laten opslaan, zodat ze voorbereid is. Brandhout en al het andere dat ze nodig heeft voor het geval er een inval komt. Met het restant soldaten en een paar horigen kan ze de vesting niet verdedigen, maar boven, bij de smalle doorgang kan ze lang standhouden, zeker als de heer van Bollène aan haar zijde vecht. Zal hij dat doen, of wil hij dat ze nu helemaal het afhankelijke vrouwtje uithangt en dat ze haar macht aan hem overdraagt. Nee, dat kan niet, hoewel, ze is het eigenlijk zat om voortdurend belast te worden met het besturen van de vesting. Het liefst stopt ze ermee, draagt ze die taak aan hem over, is zij er eindelijk vanaf. Maar dat kan immers niet, hij is niet van haar bloedlijn, haar vader zal razend zijn, als hij dat merkt. Verdomme, pa, waarom moest je zo nodig ten strijde trekken, wat heeft dat voor zin. Nu zit ik bijna zonder soldaten omdat jij het grootste en beste deel mee op oorlogspad nam en ik verlies er steeds meer. Eerst in het bos met dat gevecht tegen die roversbende en nu al de tweede nacht achtereen onder merkwaardige omstandigheden. Goed beschouwd ben ik verloren. Deze vesting is niet door een paar mannen te verdedigen. En het onder de duim houden van de horigen zonder soldaten, is ook haast onmogelijk geworden. Straks, als de roddel van de meid de ronde doet dat ik mijn soldaten stiekem doodt, kun je er gif op innemen dat het volk gaat morren. Wacht eens even, gif, natuurlijk, die mannen zijn vergiftigd. Maar door wie? Wat maakt het nog uit, morgen komt, misschien al vandaag, het volk in opstand en word ik of door hen aangevallen of ze gaan er vandoor om bij een andere vesting bescherming te zoeken. Bij die tiran, hogerop aan de rivier. Die is het dichts bij, lange tochten maken durven de horigen vast niet zonder voldoende gewapende beschermers.

Hé, zou het kunnen dat die kerel er soms op uit is om mijn laatste restje leger stelselmatig uit te roeien, zodat hij zonder slag of stoot mijn vesting kan overnemen. Hij zal laatst, tijdens zijn bezoek, in de gaten gekregen hebben hoe de vlag er hier bij staat. Maar hoe ziet hij dan kans die soldaten te vergiftigen. Hij moet dan haast een handlanger binnen de muren hebben. Even denken, wie zijn er onlangs nieuw bijgekomen. Geen keukenpersoneel en ook geen nieuwe soldaten. De rest slaapt 's nachts buiten de muren. En de heer van Bollène natuurlijk en dat knaapje van hem. Maar het is voor een heer van stand absoluut oneervol om iemand met gif te doden. Dan zou hij ze wel vermoorden met zijn zwaard of mes. En dat ventje dan, nee die handelt puur in opdracht van zijn meester. En dan zou het lafhartige toedienen van gif onder de verantwoordelijkheid van de heer van Bollène vallen. Maar zijn ze wel vergiftigd? Neem ik dat nu zomaar aan? De enige aanwijzing voor gif is de kots in de mond van het eerste slachtoffer. Nummer twee had helemaal niet overgegeven. Verdomme, hoe zit het dan en wat moet ik nu. Met de steun van de heer van Bollène kan ik nog wel even stand houden. Dan heb ik tijd om op zoek te gaan naar nieuwe soldaten, dat had ik al veel eerder moeten doen. Er zijn altijd wel ergens lieden te huur. Als ik maar iemand heb waarop ik kan vertrouwen die tijdens mijn afwezigheid op de vesting kan passen. De heer van Bollène is daar uitstekend geschikt voor. Maar kan ik hem niet beter vragen op zoek te gaan naar huurlingen. Nee, dan neemt hij de laatste soldaten mee en ben ik zeker verloren. Hij is man en kan gemakkelijk de bevolking onder de knoet houden tijdens mijn afwezigheid. Maar dan ben ik afhankelijk van hem, dat wil ik helemaal niet. Nog even en ik moet met hem trouwen om de boel in stand te houden. En daar heb ik al helemaal geen behoefte aan. Maar dan, wat moet ik dan?

Het hondje vliegt blaffend en grommend op de deur af. Twee tellen later wordt er geklopt. Ze staat op en opent de deur. Het is de heer van Bollène.

'Mag ik even binnen komen, vrouwe?'

'Dat lijkt me niet verstandig, ik ontvang liever geen heren in mijn slaapvertrek, als u wat te bespreken heeft kunnen we beter naar mijn woonverblijf gaan'

'Gaat u voor, vrouwe,' antwoordt hij.

Ze daalt de treden naar de woonverdieping af en opent daar de deur Het hondje schiet voor haar uit richting de haard, maar daar vindt het geen warmte, het vuur is gedoofd. Het is schemerig in het vertrek dus stoot ze een van de luiken open. Een kort ogenblik laat ze haar blik over de prachtige vallei dwalen. Bij het zien van haar bezittingen welt trots in haar op. Daardoor wordt ze gesterkt in haar drang niet op te geven. Achter haar hoort ze het hondje hevig janken. Ze draait zich vlug om en ziet dat de heer van Bollène met het diertje aan haar nekvel naar de andere raamopening loopt.

'Heer, wat bent u aan het doen?'

'Dit gespuis uit het venster werpen,' antwoordt hij op barse toon en stoot ondertussen een luik open.

'Stop,' gilt vrouwe Veronique en springt op hem af. Met een harde slag op zijn gestrekte arm voorkomt ze dat hij die arm naar buiten kan steken. Meteen grist ze haar dolk onder haar kleed vandaan en zet het lemmet op zijn keel.

'Laat mijn hond ogenblikkelijk los,' sist ze hem in zijn oor.

Hij laat het mormel vallen, dat snel een veilig heenkomen zoekt. Doordat ze het met haar ogen volgt heeft ze te laat in de gaten dat de heer van Bollène haar met zijn andere arm bij haar rokken grijpt en haar met een ruk weet te vloeren. Het mes schampt zijn schouder maar verwondt hem niet. Met een smak landt ze op de stenenvloer, waarbij haar tanden hard op elkaar klappen en gelukkig haar tong niet afbijten. Voor ze goed en wel weet wat er gebeurt, heeft de heer van Bollène haar het mes ontfutseld en trekt hij haar aan de haren overeind.

'Niet meer doen,' snauwt hij op dreigende toon met zijn mond vlakbij haar oor. Dan duwt hij haar ruw van zich af.

Vrouwe Veronique staat even beteuterd te kijken maar dan jaagt een golf adrenaline door haar heen en begint ze te schreeuwen en schelden.

'Het is genoeg, ga terstond uw spullen pakken en maak dat u wegkomt. Voor u en uw knaapje is er geen plaats meer in mijn vesting. Weg, snel weg, voor ik een ongeluk bega!'

De heer van Bollène begint te schateren van de lach. De hoon galmt door haar vertrek. Ze is zo diep gekwetst dat ze razend naar de muur snelt en haar zwaar wild uit de schede rukt. Ze stuift met geheven wapen op hem af en wil hem met een enkele slag het hoofd van zijn romp houwen. Maar hij is een getraind vechter, vangt haar arm op, neemt de pols in een ijzeren greep en draait haar arm zover om dat ze het zwaard laat vallen. Het landt kletterend naast haar mes op de stenen. Ze is ontwapend. Het hondje schiet haar te hulp en zet haar tanden in zijn kuit. Hij laat haar los, vloekend schopt hij het dier van zich af. Van die gelegenheid maakt vrouwe Veronique gebruik, duikt naar haar zwaard en springt vlug achteruit. Ze richt het wapen met de punt op de heer van Bollène en snauwt hem toe dat hij zich niet meer moet verroeren. Nu is ze wat kalmer en heeft daardoor een beter inzicht in haar mogelijkheden. Hij is nu ongewapend en ze hoeft maar toe te stoten om hem te doden. De woeste aanval van daarnet was stom en niet in overeenstemming met haar training. Haar vader heeft haar duizenden keren op het hart gedrukt als ze haar hoofd verliest, ze dat ook letterlijk zal verliezen. Ze moet te allen tijde haar zelfbeheersing bewaren.

'Heer van Bollène, ik heb u als mijn gast ontvangen, maar dit is mijn vesting en zolang ik leef maak ik hier de dienst uit. Indien u zich als mijn gast weet te gedragen kunt u blijven, anders verzoek ik u nu meteen te vertrekken. Het hondje dat u zojuist wilde doden is mij zeer na en ik wil er geen kwaad woord meer over horen. Als u haar aanwezigheid niet kunt verdragen, prima, vertrek. En ten overstaan van mijn soldaten en horigen wil ik ook geen neerbuigende opmerkingen horen. U bent een grens overgestoken die niet bij een heer, die te gast is, past. Dus, ik vraag u nogmaals of u bereid bent zich naar uw status te gedragen of anders terstond mijn vesting te verlaten.'

Het gezicht van de heer van Bollène wordt aanvankelijk rood van kwaadheid en vervolgens toont hij een onschuldige trek en een verzoenende glimlach.

'Vrouwe, u heeft volkomen gelijk, ik ben mijn boekje volledig te buiten gegaan, ik biedt u mijn nederige verontschuldigingen aan.' Hij knielt en buigt het hoofd en toont daarmee nederigheid. Het valt haar op dat hij wel erg snel door de knieën gaat. Maar wat kan ze anders doen dan hem het voordeel van de twijfel te gunnen. Ze laat haar wapen zakken, maar blijft op haar hoede voor een onverwachte tegenaanval. Die blijft uit, zodat ze wat ontspant. Het hondje zit naast haar voeten en staart met alle haren overeind naar haar tegenstander. Het geeft haar een prettig gevoel dat het dier haar helpt in de strijd. Voor zo'n jong dier is het bijzonder dapper. Ze zucht een keer diep en doet een voorstel.

'Goed, laten we het hierbij laten, er verder geen woorden aan vuil maken, mag ik u verzoeken met mij het middagmaal te gebruiken.

'Het is me een eer, vrouwe.'

Hij staat op en lacht haar vriendelijk toe. Complimenteert haar zelfs met de goede beheersing van haar wapen. Ook biedt hij plots aan om haar hondje te trainen voor de jacht. Ze bedankt hem en vraagt of hij haar wil excuseren omdat ze zich voor de maaltijd wil verkleden. Het is een smoes, ze wil gewoon een poosje alleen zijn en de toestand overdenken. Hij maakt een korte buiging en vertrekt. Het hondje houdt hem, zachtjes grommend, nauwgezet in de gaten en laat de haren op haar rug pas zakken als vrouwe Veronique de deur achter de heer van Bollène sluit.

13. Uitgeput gaat ze op de bank in de raam-nis zitten. De zorgen hebben haar volledig leeggezogen. Wat moet ze nu beginnen? De heleboel in de steek laten en er met een smoes tussenuit knijpen? Gewoon zeggen dat ze op zoek gaat naar extra mensen en dan nooit meer terugkeren? Als een zwervende paria door het land trekken tot ze tegen iemand aanloopt die het de moeite vindt om haar een kopje kleiner te maken? Of anders de heer van Bollène zover krijgen dat hij haar ten huwelijk vraagt en op hem alle verantwoordelijkheden afschuiven? Bij het idee alleen al lopen haar de rillingen over de rug. Nee, dat is een walgelijke gedachte, dan springt ze nog liever van de toren. Er op uit gaan, op zoek naar een klein legertje, dat zich aan haar wil verhuren? Het is de manier waarop haar vader steeds aan nieuwe soldaten kwam, maar hij was een man, zij heeft vast en zeker geen kans om zoiets voor elkaar te krijgen. Moet ze de heer van Bollène dan vragen of hij voor haar een gewapende macht weet te vinden? Dan is ze alsnog afhankelijk van hem, dat wil ze juist voorkomen. Om de een of andere reden vertrouwt ze hem niet. Het is een vaag gevoel, meer niet, en soms denkt ze dat ze spoken ziet. Toch, zodra ze zich een andere rol dan die van gast voor de heer van Bollène voorstelt gaan haar haren overeind staan, wordt ze nerveus en angstig.

Haar gedachten zijn als de rondedans tijdens het voorjaarsfeest. De bel kondigt de maaltijd aan en rukt haar los uit het zinloze gepieker, ze laat de meid en de heer van Bollène binnen en gaat samen met hem aan tafel. Het hondje verbergt zich achter haar stoel en laat zo duidelijk zien ook niet veel vertrouwen in haar gast te hebben. Onder de maaltijd vertelt hij, zoals steeds sinds ze samen eten, een anekdote over zijn familie en hun steenhouwerij. Ze luistert met een half oor en als hij bemerkt dat ze weinig interesse toont in zijn verhaal, eten ze zwijgend verder. Ze is blij als ze eindelijk kan opstaan en zich kan terugtrekken in haar slaapverblijf.

Ze vraagt de meid het vuur flink op te stoken en kruipt, samen met het hondje, diep onder de dekens. Even een middagdutje doen. Met een glimlach rond haar lippen mompelt ze tegen het hondje dat ze net een stel ouwe besjes zijn, wat kan het schelen, ze heeft gewoon behoefte aan een momentje rust, even geen gezeur aan haar kop.

Al snel droomt ze van het voorjaar, vogels zingen het hoogste lied, jonge, sappige konijntjes dartelen op de open plek in het bos. Een stel jonge vossen keft hun hoge blaf en ergens ver weg roffelt een specht insecten uit dood hout. Het hondje heeft zich opgerold tegen haar buik genesteld. Samen slapen ze de slaap van de onschuldigen. Na een paar uur wordt ze wakker en besluit ze om samen met haar kleine vriendje een eindje te gaan wandelen. Ze kiest er voor om nu eens niet naar het dorp en dan naar de watervallen af te dalen, maar om de route naar boven, naar haar bossen op de berg te nemen. Daarvoor moet ze door haar woonverblijf, over de binnenplaats, door de Westpoort naar buiten. Het sneeuwt, de binnenplaats en het pad naar boven zijn al bedekt met een nieuwe laag. Het steile pad naar boven loopt achterom de steile rots waarop haar bovenste toren staat. Als ze een stuk hogerop geklommen is en omkijkt, ziet ze hoe die toren als het verlengstuk van de hoge smalle rots fier de lucht insteekt. Links en rechts van de vingervormige formatie, met er bovenop de toren, zijn de west- en oosttoren zichtbaar. Het hoofdgedeelte van de vesting gaat schuil achter de rotspartij. Het geheel ziet eruit als de drietand van Neptunus. De aanblik vervult haar met trots.

Ze klimt verder omhoog langs het slingerende pad. Het hondje dartelt voor haar uit, komt nu en dan naar haar terug gerend en holt vervolgens weer voor haar uit. Ze geniet van het winterweer. De sneeuwvlokken dwarrelen door de lucht. Als ze hoog genoeg geklommen is om over haar vestingtorens heen naar de vallei te kunnen kijken, ziet ze dat die nog amper zichtbaar is, zo beperken de sneeuwvlokken haar zicht. Ze blijft een poosje staan genieten van de vage verten en de om haar hoofd dartelende vlokken. Achter haar hoort ze het hondje zachtjes keffen. Als ze omkijkt, ziet ze hoe het dier wilde bokkensprongen in de steeds dikkere sneeuw maakt. Het rent een eindje weg en duikt dan plat op haar buik in de sneeuw. Happend naar de vlokken komt ze weer terug gehold. Het is een grappig gezicht en vrouwe Veronique geniet van het plezier dat het hondje heeft. Ze zou het een naam moeten geven, dan kan ze het dier daar aan wennen zodat ze haar voortaan kan roepen. Wat moet die naam worden, kan ze een hond een mensennaam geven? Ach, waarom niet, ze kan immers doen en laten wat ze wil. Omdat ze zich niet meer zo vrolijk gevoeld heeft sinds ze haar nichtje aan die roversbende verloor, besluit ze haar naam te kiezen. Zodoende noemt ze de hond Isabel.

Ze komt aan de rand van het bos en neemt willekeurig een van de paden die tussen de bomen door het bos inloopt Na een half uur keert ze om en loopt terug richting de vesting. Het begint langzaamaan kouder te worden en ze wil het steile pad naar de Westtoren niet in het donker afdalen. Als ze uit het bos komt is het gestopt met sneeuwen. Nu kan ze de hele vallei overzien. Zelfs in de verte kan ze het donkere fort van haar buurman onderscheiden. Het hele gebied is met de witte deken bedekt, waartegen steile, kale rotsen, de rivier diep onder haar en kale bomentakken zwart afsteken. Opnieuw vervult de schoonheid haar met een warm en trots gevoel. Het is toch niet alleen maar een last om als lid van de heersende klasse geboren te zijn.

Ze roept de naam Isabel en is stom verbaasd als het dier ook meteen naar haar toe komt.

'Zo, dametje, dat is mooi, maar nu gaan we snel naar beneden en naar de warme haard, morgen, als de sneeuw niet te dik is, gaan wij samen naar de wijze kruidenvrouw. Zij was de vertrouwelinge en raadgever van mijn vader, wie weet kan zij me helpen, weet zij een oplossing voor mijn problemen.'

14. Het is koud als ze door de Oostpoort naar buiten stapt. Het heeft de hele nacht gesneeuwd. Haar voeten zakken weg in de dikke laag. Isabel is door het dolle heen, ze is al een end voor haar uit naar beneden gerend voor ze zelf een stap heeft kunnen doen en nu komt ze al springend en happend in de sneeuw terug naar boven. Vrouwe Veronique staat een poosje te twijfelen. Moet ze wel doorgaan, is het niet te gevaarlijk onder deze weersomstandigheden?

Doordat er geen wolkje aan de lucht is en de zon het dal onder haar fel verlicht, ziet het er uitnodigend uit. Ze besluit te gaan, er is naast het spoor van Isabel nog geen afdruk te zien in de zachte sneeuw. Voorzichtig, met kleine passen begint ze aan de afdaling. Nu en dan stopt ze om uit te kijken over de prachtig witte vallei. Ondanks de kou geniet ze volop.

De daken van de huisjes van het dorp zijn bedekt met een dikke laag. Alleen rond de rokende schoorstenen, waar de sneeuw is weggesmolten, is een donkere plek zichtbaar. Ze raapt een hand vol sneeuw op en knijpt het tot een bal die ze een eind voor zich uit werpt. Isabel holt er keffend achteraan en duikt in de sneeuw waar de bal terecht gekomen is. Vrouwe Veronique schatert het uit, pakt nog een hand sneeuw en gooit opnieuw. Met een grote boog duikt Isabel op de plek waar die landt. Vrouwe Veronique is in tijden niet zo gelukkig geweest. Nu pas beseft ze hoe groot het gemis van goed gezelschap is sinds de dood van haar zuster en nichtje. Het is maar een dier, maar toch. Beter een dier dat haar vertrouwt en bij haar wil zijn, dan te zijn omgeven door angstige mensen die verwachten dat ze elk moment als een waanzinnige om zich heen kan gaan hakken. En zeker beter dan de man die als gast op haar vesting verblijft. Zodra hij bij haar in de buurt komt krijgt ze de kriebels van hem en ze ergert zich aan zijn hooghartige houding. Alsof hij haar steeds wil laten voelen dat hij sterker en beter is, en zij een minderwaardig schepsel. Dat ze nog maar net meer is dan haar horigen. Schoon genoeg heeft ze van zijn arrogante gedrag. Vertrok hij eindelijk maar eens. Hoe lang denkt hij nog te blijven? De fatsoensnormen verbieden haar om hem dat te vragen. Ze had hem in de eerste plaats niet als gast moeten accepteren. Had ze Yann zijn gang maar laten gaan, die vent van de rotsen laten werpen. Maar dan had ze zich laten verlagen tot het normbesef van haar ondergeschikten, zich verlaagd tot het gedrag van een horige. Door geboorte was nu eenmaal bepaald tot welke klasse ze behoort en wat het bijbehorende gedrag dient te zijn. Ze heeft geen keus, een gast mag en kan ze niet vragen te vertrekken. Ze zal moeten afwachten tot hij zelf te kennen geeft dat hij haar gaat verlaten.

Hè verdomme, vloekt ze in zichzelf, wat loop ik nou te zeuren, laat ik genieten van de schoonheid om me heen, in plaats van te piekeren over de heer van Bollène. Zelfs het dorp ligt er nu fraai bij, het stinkt niet eens.

De sneeuw op de paden tussen de huisjes is volledig platgetrapt waardoor het er glad is en ze goed moet opletten waar ze haar voeten neerzet. Daarom ziet ze niet dat de bok aanvalt en krijgt ze een flinke beuk. Ze belandt languit in de sneeuw. Isabel vliegt blaffend op de bok af en bijt het monster stevig in een van zijn achterpoten. De bok begint wild in het rond te springen, probeert de bijter met zijn horens te stoten, maar het hondje is watervlug en heeft in een mum van tijd de bok een aantal keer in zijn poten gebeten. Door alle wilde sprongen raakt de bok verward in de ketting, waarmee hij vast zit, en vloert zichzelf. Hij ligt wilt te spartelen en probeert luid blatend overeind te komen. Isabel danst luid keffend rond haar tegenstander. Van alle kanten komen horigen hun huisjes uit en er zijn er twee die met een mestvork in de aanslag op Isabel afstormen. Vrouwe Veronique kan nog net met een harde schreeuw voorkomen dat het hondje gespiesd wordt.

'Blijf van mijn hond af, stelletje moordenaars,' roept ze tegen hen.

De toegesnelde meute staat haar verbaasd aan te staren. Wat heeft die vrouw, een hondje is toch van geen enkel belang, de bok, die is belangrijk, zonder hem geen jonge geitje. Vrouwe Veronique weet precies wat er in de hoofden van de horigen omgaat en roept snel dat deze hond van haar is en dat iedereen voortaan over haar veiligheid moet waken. Er wordt wat gemord, maar als ze zien dat de rechterhand van vrouwe Veronique zich om het gevest van haar zwaard klemt wordt het snel stil. Een van de mannen begint met de gevloerde bok te worstelen. Het stomme dier heeft niet in de gaten dat hij hem wil helpen. Het duurt niet lang en dan ligt ook de bevrijder verstrengeld in de ketting. Terwijl een aantal lachende mannen toeschiet om te helpen en de vrouwen de ongelukkige beschimpen, trekt vrouwe Veronique er tussenuit en vervolgt haar tocht naar de kruidenvrouw.

De diepe, maagdelijke sneeuw maakt het moeilijk vooruit te komen. Isabel zakt zover weg dat haar buik de sneeuw raakt. Vrouwe Veronique heft haar voeten hoog op en maakt zo groot mogelijke stappen. Dikke kluiten sneeuw kleven aan de zoom van haar gewaad. Het pad is amper te volgen en op het laatst is ze er niet eens zeker meer dat ze dat nog volgt, ze kan evengoed ergens over de akkers aan het ploeteren zijn. De bosrand in de verte biedt ook geen houvast. Door een aantal keren achterom te kijken probeert ze zich te oriënteren. De sneeuw heeft de bekende omgeving verborgen onder een dikke laag, waardoor alles er anders uit ziet. Het spoor, dat ze samen met haar hondje gemaakt heeft, is duidelijk zichtbaar dus hoeft ze niet bang te zijn dat ze de weg terug niet kan vinden. Opnieuw speurt ze naar de bosrand waarachter ze het hutje van de kruidenvrouw weet. Maar ze kan de plek waar het pad het bos in loopt niet onderscheiden. Op goed geluk ploetert ze verder. Een verborgen kuil in de grond laat haar struikelen, waardoor ze met haar gezicht in de sneeuw belandt. Isabel vindt het prachtig en springt keffend om haar heen. Vloekend en scheldend komt vrouwe Veronique overeind. Ze zwijgt als ze ziet hoe angstig het diertje in elkaar kruipt.

'Kom nou maar hier, mormel, er is niks aan de hand, je hoeft niet bang te zijn,' kalmeert ze het beestje. De zachte stem en lieve woorden stellen het hondje gerust en ze springt alweer vrolijk in het rond. Vrouwe Veronique schudt de sneeuw van zich af en staart de zoveelste keer in de verte, opzoek naar een herkenningspunt. Dan ineens ziet ze de kromgegroeide oude appelboom, waarvan ze weet dat die aan het begin van het bospad staat. Zonder verder acht te slaan op waar ze loopt koerst ze recht op de knoestige boom af. Soms zakt ze tot haar knieën in de sneeuw weg, ze negeert het, en worstelt onverstoorbaar verder. Isabel kan haar amper bij houden dus pakt ze het beestje op en houdt het in haar armen. Meteen krijgt ze een aantal natte likken in haar gezicht, zodat ze de druktemaker bijna laat vallen.

'Hé, houdt je rustig, klein monster, anders mag je weer zelf lopen.' Een hoge kef gevolgd door een speelse beet in haar kin is het antwoord.

Bij de appelboom zet ze het beest terug in de sneeuw, die is tussen de bomen veel minder diep. Ze is blij dat ze nu duidelijk het pad tussen de bomen kan onderscheiden, waardoor ze sneller vooruit komt. Na een aantal bochten en de klim tegen een heuvel op, komt ze aan de rand van de open plek waar de hut van de kruidenvrouw staat. Het is dat er rook uit de schoorsteen omhoog kringelt, anders zou je niet kunnen zien dat er iemand woont. Vanaf de hut loopt een diep spoor naar het afdak boven de berg brandhout, verder is de sneeuw ongerept. Vrouwe Veronique stapt op de deur af en klopt er stevig op, meteen opent ze de deur en stapt naar binnen. Isabel glipt snel tussen haar benen door en ligt al voor de haard voor vrouwe Veronique de deur achter zich heeft kunnen sluiten. Ze groet de kruidenvrouw die verbouwereerd naar het beest voor haar haard staart.

'Wat mot dat hier, er uit met dat natte stinkdier.' Haar kat zit bovenop tafel te blazen en grommen naar Isabel, maar die heeft niets in de gaten, die rekt zich eens lekker uit voor het loeiende vuur.

'Het is goed, kruidenvrouw, die hond hoort bij mij,' zegt vrouwe Veronique op sussende toon.

'Dat kan me geen donder schelen,' reageert de kruidenvrouw, woedend, 'eruit met dat beest, ik mot geen honden in mijn huis.'

'Al goed, kruidenvrouw, ik zal haar buiten zetten.'

Ze pakt Isabel op en zet haar voor de deur in de sneeuw. Ze moet snel zijn om te voorkomen dat ze weer naar binnen glipt. Vlug sluit ze de deur en negeert het gejammer en gepiep dat duidelijk door het hout heen te horen is. De kat keert tevreden terug naar haar plekje voor de haard en vrouwe Veronique en de kruidenvrouw gaan aan de ruwe tafel zitten.

'Zo, wat is de reden van uw komst, het zal niet voor de aardigheid zijn dat u heel de weg door de sneeuw afgelegd heeft.'

'Nee, inderdaad, het was een zware tocht. Ik heb een probleem. Mijn hele leger is zo langzaam aan weggevaagd en nu sterven de laatste soldaten, zomaar, terwijl ze op wacht staan, wijze vrouw. Ik houdt er haast geen over, hooguit een dozijn, maar dat is absoluut onvoldoende voor de verdediging van mijn veste. Nu weet ik dat mijn vader u nu en dan om raad vroeg en daarvoor ben ik hier. Heeft u enig idee waar mijn vader steeds die nieuwe soldaten vandaan haalde?'

'Ach, je vader, ja dat was me nog eens een man,' verzucht de kruidenvrouw. 'Het is ontzettend jammer dat hij nog niet is teruggekeerd van zijn veldtocht, ik kijk er elke dag naar uit.'

'Dat lijkt me niet erg zinvol,' antwoordt vrouwe Veronique verbaasd, 'hij komt echt niet terug, zover ik weet is hij samen met zijn legertje in de pan gehakt. Hij had ook niet zo stom moeten zijn om naar het zuiden te trekken, wat kan ons dat gedonder tussen die Hugenoten en de Katholieken schelen. Al dat gezeur over het geloof ook altijd, maar daar wil ik het helemaal niet over hebben. Ik wil op zoek naar nieuwe soldaten voor de verdediging van mijn vesting, heeft u enig idee waar ik die zou kunnen vinden?'

'Tja, dat wel, maar zou je daar wel aan beginnen, die gast, die man die ik behandeld heb, kun je die niet beter sturen?'

De opmerking van de kruidenvrouw treft haar diep in de ziel, haar nekharen gaan overeind staan. Altijd weer die man, ze wordt het zo zat. Maar daar heeft de kruidenvrouw geen debet aan, dus doet ze haar uiterste best om niets van haar ergernis te laten merken.

'Nee, hem vertrouw ik dat niet toe, ik moet er zeker van zijn dat de mannen die ik binnenhaal voor mij willen vechten en niet een stelletje vazallen van hem zijn.'

'Hoezo, vanwaar dat wantrouwen tegenover die man, ik heb jullie regelmatig samen zien passeren. Als ik jullie zo samen te paard de vallei in zag trekken dacht ik een toekomstig echtpaar te zien. Waarom trouw je die man niet gewoon en stuur hem er dan op uit. Wij vrouwen zijn immers niet voorbestemd om te regeren en strijd te leveren. Die taak is voor de man weggelegd. Je vader zou er precies zo over denken, ik weet zeker dat als hij terugkeert hij blij zou zijn

71

jou naast een gemaal aan te treffen.' Elk woord van de kruidenvrouw zou dat van de moeder van vrouwe Veronique of van haar vader kunnen zijn. De hele gedachtegang is in overeenstemming met haar opvoeding. Ze voelt grote weerstand tegen die opvattingen, maar beseft meteen dat dat vreemd is, niet in overeenstemming met de gewoonten. Deze keer lukt het haar niet om de ergernis te verbergen.

'Hoor nou eens, kruidenvrouw,' reageert vrouwe Veronique op kribbige toon, 'ik wil helemaal niet met die man trouwen, ik wilde dat ik hem nooit door u had laten oplappen, had Yann hem maar meteen doodgeslagen, dan was me het gezeur over die man bespaard gebleven. Heeft u nu enig idee waar mijn vader zijn soldaten vandaan haalde of niet. En jij moet je kop houden,' schreeuwt ze richting de deur. Het gejammer van het beest begint haar op de zenuwen te werken.

'Nou, nou, wat ben je kort aangebonden, maar vooruit, als je het dan beslist wilt weten. Je vader trok, als hij nieuwe manschappen nodig had, naar de handelsplaats aan de grote rivier. Daar in een grote bocht hebben allerlei handelaren zich gevestigd en komen lieden van over de hele wereld samen. Er naar toe is een lange tocht en in de winter is het haast helemaal niet te doen. En in je eentje is het levensgevaarlijk. Allerhande gespuis scharrelt in de bossen tussen hier en daar. Je moet je laten vergezellen door die gast van je. En als je dan na de tocht aan zijn gezelschap gewend bent, kun je alsnog met hem trouwen. Heus, een vrouw alleen is veel te kwetsbaar.'

Het zal wel, denkt vrouwe Veronique, maar ze wil de kruidenvrouw niet verder in het harnas jagen. Als ze nu gewoon even vertelt hoe ik bij die handelsplek moet komen weet ik genoeg. En die stomme hond hoor ik ook niet meer. Ze zal er toch niet vandoor zijn, ik had niet zo tegen haar moeten schelden.

'Kruidenvrouw, zegt ze op zoetsappige toon, 'vertel me nu waar die handelsplek is, dan kan ik terug naar de vesting en ik beloof u dat ik dan in het voorjaar samen met de heer van Bollène, mijn gast, naar die plek zal trekken.'

'Aha, het is een heer, zo, dat maakt het helemaal perfect. Goed, vanaf hier volg je de rivier die door het dal stroomt, met de stroom mee, tot je in de verte op een hoge rots een kleine stad ziet liggen. Dat is een vesting, gebouwd door een aantal monniken en ligt aan een grotere rivier. Dan volg je die grotere rivier stroomopwaarts dan kom je na een dagreis in de handelsstad. Die ligt aan de voet van een vesting die tegen de steile oever is gebouwd. In de herbergen bij de markten aan de rivieroever, vinden jullie dan wat je zoekt. Ik zal je een lijstje meegeven van speciale kruiden, die kun je dan voor me meebrengen. Heb je me begrepen?'

'Het is duidelijk kruidenvrouw, ik zal in het vroege voorjaar bij u langskomen voor ik samen met mijn gast de rivier zal volgen. Heel erg bedankt voor uw adviezen, ik ga nu snel terug naar de veste, het is vroeg donker en verdwalen in de sneeuw is vast gevaarlijk.'

'Goed zo, kind, ik zal die lijst prepareren en de nodige aanwijzingen toevoegen, ga nu maar gauw.'

Vrouwe Veronique heeft geen verdere aanmoediging nodig, vlug slaat ze haar mantel om en haast zich naar buiten. Het is een hele opluchting als ze Isabel opgerold voor de deur aantreft die haar luid blaffend en springend begroet. Vlug steekt vrouwe Veronique de open plek over en volgt het pad door het bos. Dan pas beseft ze dat de kruidenvrouw al zolang ze leeft alleen in dit bos woont, waarom vindt ze het dan voor haar gevaarlijk om alleen op pad te gaan? Piekerend over die vraag bereikt ze al snel het open sneeuwlandschap. Huiverend duikt ze dieper weg in haar mantel. Na de warme hut van de kruidenvrouw voelt ze de koude extra goed. Het is toch makkelijker, beseft ze opeens, om een kleine hut te verwarmen. Veel eenvoudiger dan grote verblijven waarvan de muren altijd steenkoud zijn. Nooit eerder had ze dergelijke zaken overwogen. Het is zeker het gevolg van gezeur over vernieuwing waarover de steenhouwer steeds loopt te zeuren. Ze rilt en sjokt moeizaam door de diepe sneeuw. Isabel kan niet anders dan springend volgen. Haar poten zijn veel te kort. Het eerdere enthousiasme van haar hondje is aardig bekoeld. Het is duidelijk dat het dier het moeilijk heeft. Uiteindelijk zwicht ze en pakt haar op. Vlug opent ze haar mantel en klemt het dier met een arm tegen haar borst. Met haar andere hand trekt ze haar mantel weer strak om zich heen. Zo bereikt ze struikelend en strompelend het dorp en kijkt met een zucht omhoog naar het hoog gelegen kasteel. Ze ziet enorm tegen de klim op. Als de bok zijn gebruikelijke uitval naar de passant doet, spant de ketting met een harde knal. Vrouwe Veronique is er nu op bedacht en grijnst om het beest dat door de halsband hard achterover gerukt wordt, terwijl zijn lijf onder hem door glijdt. Het is een wonder dat hij zijn nek niet breekt. Met een kort zielig gemekker blijft het monster met de tong uit de bek en met gespreide poten aan het uiteinde van de ketting liggen. Isabel wurmt zich onder haar mantel vandaan. De geur van de bok heeft haar strijdlust weer opgewekt en al roept en scheld vrouwe Veronique nog zo hard, het hondje blijft keffend rondje om de gevloerde bok dansen. Haar blaf op hoge toon heeft iets van triomf. Er gaan deuren open en hier en daar wordt er gescholden tegen de hond. Maar er verschijnen geen hooivorken meer. Vrouwe Veronique grinnikt nog een keer om het tafereel en begint dan aan de moeizame klim naar boven. Het verlangen naar een loeiend vuur in de haard drijft haar voort.

15. Als ze de volgende morgen met grote tegenzin onder de warme dekens vandaan komt en een luik in het raam opent om naar buiten te kijken sneeuwt het volop. Het zicht is daardoor weer erg beperkt. Met moeite kan ze beneden de vage vormen van het ondergesneeuwde dorp onderscheiden. Snel sluit ze het luik en gaat in elkaar gedoken op een stoel voor de haard zitten. De kou begint haar te irriteren. Al dagen loopt ze in de zelfde kleren omdat ze geen zin heeft ze te verwisselen. Het idee in haar onderkleed te moeten staan terwijl ze andere kleren pakt, staat haar zo erg tegen, dat, ze geheel tegen haar principe, langzaamaan de geur van haar onderdanen aanneemt. Isabel maakt met krabbelen aan de deur duidelijk dat ze naar buiten wil. Vrouwe Veronique durft haar niet alleen te laten gaan, ze is als de dood dat een van haar horigen het beest stiekem de nek omdraait. Dus slaat ze mopperend haar mantel om en klost op haar houten klompen, waarin de meid verse stro heeft gestoken, achter het mormel aan de stenen treden af. De kleine plaats tussen de buitendeur en de Oostpoort is bedekt met een dikke laag sneeuw. Vlak voor de poort ligt een hoge hoop en de wacht is natuurlijk weer eens nergens te bekennen. Kwaad schop ze in de hoop en Isabel begint er verwoed in te graven. Vrouwe Veronique vloekt omdat ze haar voet bezeert aan iets hards. Dan beseft ze opeens dat het geen hoop sneeuw is waartegen ze trapte, maar de wachter bedolven onder sneeuw. Met een snauw jaagt ze Isabel aan de kant en graaft met haar handen op de plek waar ze het hoofd vermoed. Het spreekt vanzelf dat de man dood is, als hij lag te slapen zou hij zeker doodgevroren zijn. Met een vloek op haar lippen komt ze overeind en gaat terug naar binnen om de keukenmeid op te dragen de resterende soldaten op te trommelen. In de keuken is het lekker warm, waardoor ze geen zin heeft meteen weer naar buiten te gaan. De kok scheldt tegen de hond die achter vrouwe Veronique aan naar binnen is geglipt en zich behaaglijk bij het grote kook vuur heeft genesteld. Hij geeft het beest een harde schop. Isabel verschuilt zich jankend achter vrouwe Veronique die zich moet inhouden om niet woedend tegen de kok uit te vallen. Ze weet dat de kok in haar eten zal spugen als ze niet op het puntje van haar tong bijt en boze worden inslikt, hij is van al haar horigen de belangrijkste persoon en die moet ze te vriend houden, dus snauwt ze Isabel toe dat ze moet maken dat ze uit de keuken komt. Zelf loopt ze ook terug naar de kleine binnenplaats, waar ze een van haar laatste wachters gebukt over zijn dode collega aantreft. Ook de heer van Bollène is tevoorschijn gekomen. Kennelijk heeft hij vernomen dat ze weer over een soldaat minder beschikt. Hij duwt de soldaat opzij en trekt de dode man uit de sneeuw. Hij slaat diens mantel open en onderzoekt het lichaam, daarna draait hij het lijk op de buik en onderzoekt de rug. Nergens is een spoor van een verwonding zichtbaar. De heer van Bollène draagt de nog levende soldaat op het lichaam af te voeren en wendt zich dan tot vrouwe Veronique. Ze is opnieuw diep gekwetst door de vanzelfsprekendheid waarmee de heer van Bollène zich met de gang van zaken in haar vesting bemoeit. Ze probeert niets van haar ergernis te laten blijken en gaat zonder boe of bah terug naar haar slaapvertrek waar ze sacherijnig voor het vuur gaat zitten. Hoe het dier het doet is een raadsel, maar op een of andere manier ziet Isabel kans haar als een schaduw te volgen, zodat het haar steeds verbaast als het plotseling naast haar opduikt. In gedachten verzonken kroelt ze het beestje tussen de oren. Wat moet ze met die verdomde heer van Bollène. Keer op keer neemt hij haar rol over, telkens gedraagt hij zich als de kasteelheer en zet haar daarmee weg als de vrouw van. Het onbelangrijke wezen naast de heerser. De ergernis verkrampt haar nek. Maar ze weet dat ze hem nodig heeft, hij moet haar vesting in stand houden als ze zelf op pad gaat om nieuwe soldaten te zoeken. Maar hoe krijgt ze haar vesting dan terug, zal hij dan niet helemaal als alleenheerser optreden? Komt ze er dan nog wel in, en zullen de horigen haar nog wel gehoorzamen? En wil hij dan nog wel vertrekken of wil hij dan helemaal niet meer opdonderen? Maar als ze hem er op uit stuurt om voor nieuwe soldaten te zorgen loopt ze de kans dat hij terugkeert met een groepje vazallen, waarna hij haar simpelweg aan de kant kan schuiven en gesteund door het kleine legertje haar vesting helemaal overnemen. Wie weet zet hij haar dan in de toren gevangen of nog veel erger, laat hij haar van de toren gooien. Het kan best zijn dat hij nog altijd op wraak belust is na de vernedering die hij in haar gevangenschap heeft moeten ondergaan. Isabel jankt omdat ze het dier zonder dat ze zich er van bewust is aan het haar op haar kop trekt. Met sussende geluidjes en een knuffel, waarvoor ze op haar knieën voor het vuur gaat zitten, maakt ze het snel weer goed. Isabel vindt het prachtig, begint haar aan een oor te likken en knabbelen en trekt aan haar lange haren. Au roepend staat vrouwe Veronique snel weer op, zo enthousiast hoeft ook weer niet. Ze pakt een stuk brandhout en werpt dat dwars door haar verblijf. De hond rent er als een haas achteraan en komt direct met het stuk hout in de bek uitdagend voor vrouwe Veronique staan kwispelen. Ze laat het stuk hout vallen dat op de rechtervoet van vrouwe Veronique terecht komt.

'Au, stomme hond, kijk uit wat je doet.'

Meteen heeft vrouwe Veronique spijt van haar uitval, pakt het hout op en gooit het naar de verste muur. Na een paar keer opnieuw gooien is het al gauw duidelijk dat ze zo nog wel uren kan doorgaan, maar daar heeft ze geen zin in en roept tegen het beestje dat ze ergens anders de boel op stelten moet gaan zetten. Isabel geeft niet zomaar op, maar als al de manieren van aandachttrekken uitgeput zijn, gaat ze voor het vuur aan het stuk hout liggen knagen. De ergernis van vrouwe Veronique is door al de kapriolen van de druktemaker verdwenen. Ze besluit voorlopig de rol van de vrouw naast de heer van Bollène te spelen tot ze een afdoende oplossing bedacht heeft. In ieder geval, neemt ze zich voor, zal ze er voor zorgen dat de afstand tussen haar en de heer van Bollène gehandhaafd blijft, hij moet vooral niet het gevoel krijgen dat hij meer van haar kan verlangen. En over een huwelijk moet hij maar helemaal niet beginnen. In dat geval vergeet ze de etiquette terstond en stuurt ze hem haar vesting uit. Want laat het duidelijk zijn, het is haar vesting en van niemand anders. Tevreden over haar besluit kleedt ze zich warm aan en gaat door de Oostpoort naar buiten.

Terwijl Isabel voor haar uit dartelt daalt ze af naar het dorp. Ze wil eens bij het kleine riviertje en de watervallen gaan kijken. In het dorp daagt Isabel de bok nog maar eens uit voor een spelletje pak me dan als je kan. Maar de bok is wijzer geworden en negeert de druktemaker hooghartig. Omdat vrouwe Veronique doorgelopen is, en er zo ook niets aan is, holt Isabel snel achter vrouwe Veronique aan naar beneden en duikt hier en daar in de sneeuwhopen die de wind gevormd heeft. Vrouwe Veronique heeft al haar aandacht voor zichzelf nodig, door het frequente gebruik van het pad is het er erg glad. Het kost haar de grootste moeite om overeind te blijven. Uiteindelijk gebeurt dan toch waar ze bang voor is, haar benen schieten onder haar vandaan en op haar rug glijdt ze een stuk de helling af. Vlak voor het water komt ze tot stilstand. Ze krabbelt overeind en als ze van de schrik is bekomen, barst ze uit in een schaterlach. Dat is lang geleden, dat ze van hellingen gleed. Net als vroeger, samen met haar zuster, elk op een eigen slee. Inwendig lachend ziet ze weer hoe hun vader hen na elke afdaling weer omhoog trok en ze daarna een zet gaf om meteen met een flinke vaart naar beneden te suizen. Ze had zondermeer een fijne jeugd gehad. De herinneringen stemmen haar ook een beetje droevig. Het gemis van haar ouders en zuster doet nog altijd even veel zeer.

Ze rukt zich los van de trieste gedachten en geniet van de ijssculpturen die door het riviertje en de watervalletjes gevormd zijn. Overal glinsteren op elkaar geklonterd ijs, als opgehoopt kaarsvet. Het water kruipt hier en daar goed zichtbaar tussen het ijs door. Op de plaats waar water op de rotsen spettert, bouwen zich druppel voor druppel dikke glinsterend stukken ijs op. Het is een prachtig gezicht. Jammer dat het zo koud is, anders zou ze hier uren kunnen genieten. Isabel kan het niet laten om wild in het kleine stroompje te dansen en te springen. Het scheelt er niet veel aan of ze verdwijnt over de rand en plonst beneden in het lager gelegen waterbekken. Het gaat steeds maar net goed. Vrouwe Veronique roept dat ze moet uitkijken en als dat niet helpt, dat ze met haar mee moet komen, terwijl ze zelf langzaamaan met de klim naar het dorp begint. Het steile pad is nu gewoonweg gevaarlijk. Keer op keer schiet een van haar voeten onder haar weg en kan ze zich nog maar net staande houden. Een keer lukt dat niet en komt ze hard op de aangetrapte sneeuw terecht. Ze voelt haar rechterwang branden, ze is er mee over de bevroren scherpe sneeuw gegleden. Vloekend krabbelt ze overeind en kijkt dan snel om zich heen. Gelukkig heeft geen van de horigen haar val gezien, stel je voor dat ze op een idee komen. Ze is er van overtuigd dat ze steeds de schijn van absolute superioriteit moet ophouden. Ze is als de dood dat op een bepaald moment de façade van de gevaarlijke dodelijke vrouw in duigen valt.

Nog omzichtiger klimt ze verder naar boven. Ze neemt zich heilig voor, zolang er sneeuw ligt, niet meer naar de rivier of het dorp af te dalen. Dit is gewoonweg levensgevaarlijk.

Als ze eindelijk in haar stoel voor de haard neervalt, kan ze wel janken. Ze voelt zich zo eenzaam, zo ontzettend kwetsbaar en ze vraagt zich af hoe lang ze dit nog moet volhouden. Dag in dag uit haar schijnbare macht uitstralen, terwijl ze zich ondertussen juist zo machteloos voelt. Hoe lang zal het duren voor er iemand op het idee komt haar aan te vallen en te doden, waardoor hij of zij niet langer hoeft te zuchten onder het juk van de horige. Het is een wonder dat de heer van Bollène nog niet besloten heeft haar te dwingen de vesting af te staan. Hoe weinig zou ze daar tegen kunnen ondernemen. Ze heeft haast geen soldaten meer en het stel dat haar rest doet gewoon wat hij hen opdraagt. Nu pas dringt tot haar door dat hij zich tot nu toe voorbeeldig gedragen heeft, een heuse heer van stand. Waarom verzet ze zich nog langer tegen een samengaan met hem. Hij heeft haar weliswaar niet ten huwelijk gevraagd, maar wie weet is dat slechts uit beleefdheid. Als ze zich aan hem onderwerpt, kan ze eindelijk de last van verantwoordelijkheid voor de vesting van zich afwerpen. Het is zo eenvoudig, zo gemakkelijk uitvoerbaar. Eindelijk rust, eindelijk zonder zorgen en voortdurende spanning.

Door de warmte van het vuur begint het bloed in haar handen sneller te stromen, de pijn wordt erger en erger. De lichamelijke pijn en het verdriet werken samen, doen de tranen vloeien. Ze geeft zich helemaal over aan haar verdriet en zelfmedelijden. Isabel rekt zich uit en gaat zitten. Ze kijkt met scheefgehouden kopje naar de vrouw die de ene gierende uithaal na de andere laat volgen. Ze gaat op haar achterpootjes staan en legt haar kopje troostend op de schoot van vrouwe Veronique. Automatische begint ze het dier te strelen en uiteindelijk heeft het troosten effect. Ze wordt kwaad op zichzelf en vervloekt haar zelfmedelijden. Ze veegt de tranen met een bruuske beweging met een hand van haar gezicht. Richt zich fier op en smijt met een wilde beweging een aantal blokken hout op het vuur. Ze negeert de pijn in haar handen en werpt haar mantel op het bed. Ze stoot een luik open en kijkt uit over de weidse vallei en neemt zich heilig voor nooit meer toe te geven aan zo'n moment van zwakte. Zodra het voorjaar aanbreekt zal ze de reis naar de handelsplaats ondernemen. Al is dat het laatste dat ze doet.

16. Nog eenmaal kijkt ze om naar haar vesting. Het hoog gelegen stoere bouwwerk dat prachtig uittorent boven de met voorjaarsgroen beklede berghelling. Het brede hoofdgebouw, met daarin haar verblijven, geflankeerd door beide torens en er bovenuit de toren, gebouwd bovenop de, achter het hoofdgebouw verborgen, kegelvormige rots. De ranke toren die als een vinger naar de donkerblauwe lucht wijst. De aanblik vervult haar met trots. Dat zij de bezitter en heerseres over een dergelijke prachtige vesting mag zijn, is toch iets heel bijzonders.

De heer van Bollène heeft beloofd gedurende haar afwezigheid de honneurs waar te nemen en heeft haar keer op keer verzekerd, dat ze bij haar terugkeer de vesting ongeschonden zal aantreffen. Ze heeft lang getwijfeld voor ze hem vroeg haar positie tijdelijk over te nemen. En nadat ze hem op de hoogte stelde van haar plannen beloofde hij direct om met zijn leven de vesting te verdedigen gedurende haar reis. Het waren vast geen loze woorden, daar was vrouwe Veronique van overtuigd geraakt. Maar hoe hij denkt de vesting te verdedigen, mocht het tot een aanval komen, weet ze niet. En dat geldt voor haar zelf natuurlijk ook, nu ze amper een soldaat overheeft. De een na de ander werd 's ochtend na hun wacht dood aangetroffen. Een oorzaak voor deze vreemde sterfgevallen hebben zij en de heer van Bollène nooit kunnen achterhalen.

Ze zucht, rukt zich met moeite los van het prachtige beeld dat haar vesting vormt en zet de eerste stap van haar lange reis. Het paard dat ze heeft volgepakt met allerhande zaken, die ze onderweg denkt nodig te hebben, voert ze aan een leidsel achter zich aan. Het enorme dier plaatst voorzichtig zijn hoeven op het pad, parallel aan het stroompje dat naar de rivier in de vallei stroomt. Het water bruist en klatert over de rolstenen, steeds verder naar beneden, tot het uitmondt in de bredere rivier, die door de weide vallei stroomt. Daarna zal ze langs die rivier afdalen naar de nog veel bredere rivier. Vanaf daar zal ze die stroomopwaarts volgen tot de plaats waar ze een oplossing voor haar probleem hoopt te vinden.

De gesmolten sneeuw is allang afgevoerd, maar de afgelopen dagen heeft het flink geregend, dus hoopt ze dat het pad dat ze moet volgen niet onder water staat. Dat gebeurt regelmatig tijdens perioden van hevige regen.

Het eerste deel van haar tocht is niet onbekend voor haar. Ze heeft een aantal keer dezelfde weg afgelegd naar een stadje, een dagreis ver. De laatste keer was de fatale tocht waarbij ze haar zuster en nichtje verloor. De gedachten aan dat drama maken haar nerveus. Ze hoopt niet weer tegen een dergelijk stel rovers aan te lopen, want dan zal ze zeker haar leven verliezen. Ze is kansloos tegen een dergelijke overmacht. Maar ondanks die angst heeft ze geen andere keus dan het maken van deze lange reis. Anders rest haar slechts het wachten tot er vijanden voor haar poorten verschijnen en haar de vesting zullen afnemen. En dat werkeloos afwachten op de dag waarop dat zou gebeuren, vrat voortdurend aan haar ziel. Hoe ze ook zocht naar een oplossing, het vinden van een leger, dat haar vesting kan verdedigen, was steeds de enige uitkomst. Hoe bang ze ook is voor een ontmoeting met rovers, hoe bang ze ook is voor de lange reis naar het onbekende, ze moet dit gewoon doen, ze heeft geen andere keuze.

Even heeft ze overwogen een paar van haar horigen uit te kiezen en hen als escorte mee te nemen. Maar ook dat idee had ze na lang wikken en wegen verworpen. In het voorjaar moet er zo veel gedaan worden op de velden en akkers. Voor het ploegen en zaaien is elke man en vrouw uit haar dorp hard nodig. Er kan dan absoluut niemand gemist worden, iedereen is in het voorjaar onmisbaar om er voor te zorgen dat er uiteindelijk voldoende voedsel geproduceerd wordt. Zelfs de ambachtslieden zoals de smid en steenhouwer werken dan op het veld. En het aanbod van de heer van Bollène om zijn schildknaap mee te nemen heeft ze afgeslagen. Nee, ze had besloten er helemaal alleen op uit te trekken. Of ze slaagt er in een klein leger in te huren, of ze zal niet terugkeren en de vesting overgeleverd aan de voorzienigheid. Uiteindelijk zal de heer van Bollène dan wel begrijpen, dat ze nooit zal weerkeren en dan moet hij maar zien hoe hij verder voor haar vesting zal zorgen. Dan is het niet langer aan haar.

Ze heeft zich vermomd als minstreel. Lange winteravonden is ze in de weer geweest met een wijde wambuis vol bonte kleuren en met een muts waar een paar vreemde uitsteeksels aan bevestigd zijn en waar eigenlijk een paar belletjes aan zouden moeten hangen, maar die heeft ze niet kunnen vinden. De buis heeft ze zo wijd gemaakt dat ze daarmee haar borsten hoopt te verbergen.
Nadat ze een eindje op weg is heeft ze haar gezicht toegetakeld met dennenhars waarmee ze stukjes kort haar, als een klein snorretje en een verticaal streepje als baard onder haar mond, heeft vastgeplakt. Zo hoopt ze dat, als ze kwaadwillende lieden zal ontmoeten, ze niet in de gaten zullen hebben dat ze een eenzame dolende vrouw is. Dan is ze zeker verloren. Maar de geur van dennenhars begint haar nu al tegen te staan. Ze moet zich tot het uiterste beheersen om de troep niet van haar gezicht te halen. Om de suggestie van minstreel compleet te maken heeft ze naast haar kruisboog op de rug van het paard een luit gehangen. En indien nodig kan ze zichzelf begeleiden

als ze genoodzaakt wordt een lied ten gehore te brengen. Als onderdeel van haar opvoeding heeft haar moeder haar leren spelen en samen hebben ze een aantal liederen ingestudeerd, die ze hopelijk nog niet vergeten is. Want ze heeft de laatste maanden absoluut geen behoefte gevoeld om te zingen of spelen.

Al mijmerend over de afgelopen tijd is ze bij de monding van de kleine rivier aangeland. Nu ze op het pad langs de bredere rivier loopt vorderde ze snel. Het duurt niet lang voordat ze bij de vernauwing komt. Daar perst de rivier zich door een smalle spleet naar de volgende brede vallei. Het pad is hier erg smal en loopt pal langs het woest kolkende water en is er gelukkig niet onder verdwenen.

Na een poosje mondt de kloof uit in de brede vallei en gaat het smalle paadje over in een breed pad, dat ze nu verder zal volgen. Recht van haar stroomt de rivier rustig tussen de struiken en bomen vol pril groen. In het struikgewas en de bomen langs de oevers zingen de vogels. Het voorjaar is begonnen. Overal tooien bloemen de randen van het pad. Een lichte wind dwarrelt door de vallei en voert zoete geuren met zich mee. Het weer is heerlijk, de zon verwarmt de aarde.

Nog een aantal uren flink doorstappen en ze zal een plek zoeken om te overnachten. Ze wil voorkomen dat ze aan het eind van de dag in het stadje aankomt. Dat wil ze zonder onderbreking passeren, er zeker de nacht niet doorbrengen. Hopelijk herkennen ze haar dan niet, want velen hebben haar daar samen met haar ouders en zuster inkopen zien doen tijdens de jaarmarkten.

Dat is het plan wat ze van tevoren bedacht, maar nu vraagt ze zich af of het niet beter is om in het donker via de smalle straatjes het stadje te passeren. Dan betwijfeld ze dat het een goede list is. Immers in het donker, als iedereen slaapt, is het er doodstil. Er lopen ganzen die haar dan zeker met hun luide gesnater zullen verraden. Of anders nachtwachters en wie weet honden. Nee, ze kan beter zingend en spelend op haar luit door de straatjes trekken. Wie weet heeft niemand in de gaten dat ze geen echte zwervende zanger is. Ja, dit is het beste plan, en als men haar toch mocht herkennen, dan zullen ze haar hooguit beschimpen. Trouwens, de kap van haar wijde kleed maakt haar gezicht haast onzichtbaar, dus de kans op herkenning is gering. En wie weet kan ze gewoon door het stadje trekken zonder dat ze gedwongen wordt haar vermomming als minstreel te gebruiken.

Ze zal wel zien, al dat gepieker leidt tot niets, ze moet opletten om te voorkomen dat ze wordt overvallen. Het ruisen van het water in de stroomversnelling, waar ze nu langsloopt, overstemt elk geluid. Dus als er ergens mensen in de bossen langs het pad verborgen zitten horen ze haar niet aankomen. Het is vervelend dat ze zelf ook haast niets anders dan het klaterende water hoort.

Ze loopt gespannen verder. Met gespitste oren en spiedend tussen de nog bijna kale bomen.

Ineens vliegt er iets tegen haar benen. Ze maakt een luchtsprong van schrik en struikelt dan ergens over. Liggend op de grond valt een dier haar aan. Razend snel schiet haar rechterhand onder haar kleed om de dolk te grijpen. Dan voelt ze de koude natte tong van het beest over haar gezicht strijken. Ze gilt en slaat het dier van zich af. Snel krabbelt ze overeind en dan ziet ze pas dat het Isabel is.

Isabel, die ze opgesloten in haar vesting achterliet, om te voorkomen dat ze haar volgde. De kans was groot dat de heer van Bollène of een van de horigen haar wat aan zou doen, toch liet ze haar achter. Ze kan geen hond gebruiken op deze reis. Het beest zal veel te veel aandacht trekken.

Haar eerste impuls is het dier een enorme schop te geven. Maar voordat ze kan uithalen hebben de trouwe hondenogen haar hart al laten smelten.

'Isabel, verdomd loeder, wat doe je hier, schiet op, maak dat je weg

86

komt, blijf bij de heer van Bollène.' Hoe ze ook vloekt en tiert, uithaalt met een stok, naar haar schopt, Isabel blijft om haar heen cirkelen. Uiteindelijk geeft ze het op en bedenkt ze tot haar schrik dat ze met al dat geschreeuw de aandacht van roverbendes op zich vestigt.

'Stuk ongeluk,' sist ze zachtjes tegen het dier, 'wat moet ik nu met je.'

Natuurlijk antwoordt Isabel slechts met het kwispelen van haar staart. Zenuwachtig speurt ze de omgeving af en als ze geen vijanden ziet, loopt ze terug naar het paard dat loom wat gras staat af te bijten en pakt de leidsels weer vast. Ze had het beest losgelaten toen ze achter de hond aanjoeg.

'Kom, slome, lopen,' fluistert ze tegen het dikke beest. Met het klateren van de rivier naast haar is dat fluisteren natuurlijk volkomen overbodig.

Zo zet ze haar tocht voort. Isabel dartelt rond het rustig voortstappend paard en hapt nu en dan naar de achterbenen van het dier, alsof ze het daarmee wil opjagen. Maar het paard heeft het niet eens in de gaten, of heeft geen zin om te laten merken dat ze het mormel ziet. Nu en dan keft Isabel luid en dat heeft dan weer tot gevolg dat vrouwe Veronique haar afsnauwt en keer op keer toevoegt dat ze zich stil moet houden.

Uiteindelijk verliest Isabel de interesse voor de paardenbenen en holt een stukje voor vrouwe Veronique uit om vervolgens met de zelfde vaart terug te keren. Gelukkig voor vrouwe Veronique laat ze het gekef daarbij achterwege.

Diep in haar hart is vrouwe Veronique wel blij met de komst van het hondje. Zo heeft ze het gevoel niet helemaal alleen te zijn. Want het slome paard is nu niet direct leuk gezelschap. Het sjokt dommig achter haar aan, maar reageert verder nergens op. Als ze er wat tegen zegt, komt er geen enkele reactie. Stopt ze, stopt het logge beest ook, gaat ze lopen en trekt ze aan de leidsels, dan volgt ze als vanzelf. Heel anders dan Isabel. Als ze daar wat tegen zegt krijgt ze meteen een reactie. Ze kijkt haar aan, kwispelt, komt op haar toe rennen en staat op haar achterpoten tegen haar op. Dat maakt haar blij, biedt haar troost.

17. Ze had de afgelopen nacht in dicht struikgewas geslapen. Isabel had strak tegen haar aangelegen en ze vertrouwde erop dat de hond haar meteen zou waarschuwen als er gevaar dreigde. Een eerste nacht, na lange tijd, in de openlucht, was wel weer even spannend geweest. Met haar vader had ze ontelbare malen buiten geslapen, deze keer was het voor het eerst alleen. Zo zal het voortaan ook gaan, net zolang tot ze een nieuw leger gevonden heeft. Dus de aanwezigheid van Isabel was erg prettig. Bij het eerste ochtendlicht was ze opgestaan en wat gaan eten. Kort daarna had ze haar tocht vervolgd.

Toch nog onverwacht ziet ze de contouren van het eerste huis van het stadje opdoemen. Ze stopt en roept Isabel bij zich. Ze pakt een stuk touw uit haar bagage en bindt een uiteinde ervan om de nek van het hondje. Die begint meteen rare kapriolen uit te halen, schuurt over de grond om zich te bevrijden, begint op het touw te kauwen en springt wild in het rond. Vrouwe Veronique was van plan het dier met het touw dichtbij te houden, zodat ze wat minder zou opvallen, maar door al dat geworstel met het touw bereikt ze het tegendeel. Met een zucht onderstreept door een zachte vloek snijdt ze de lus om de nek van Isabel door en steekt het touwtje in een van haar zakken.

'Dan maar zo,' zegt ze tegen zichzelf. Ze pakt de belachelijke muts uit haar bagage en trekt die over haar hoofd. Ze duwt haar lange haren eronder en slaat de kap van haar mantel er overheen. Ze trekt hem zo ver mogelijk over de idiote muts en met gebogen hoofd loopt ze verder.

Ze voert het paard zo dicht mogelijk achter haar aan. Het is merkwaardig stil in het plaatsje. Er is geen mens te zien. Ze volgt de nauwe hoofdstraat tot het centrale plein, waar rondom dicht op elkaar houten en stenen huisjes gebouwd zijn. Ze vormen gezamenlijk een gesloten carré, met in het midden van de vier zijden een smalle doorgang. Ze steekt rechtover om door de opening aan de andere kant stilletjes haar weg te vervolgen. Deze plaats kent ze goed, hier worden de jaarmarkten gehouden. In het midden van het plein staat een waterbak met er tegenaan een hoge stenen pilaar waar een straaltje water uitstroomt. In een hoek van de bak loopt het overtollige water via een gootje weg. Het slome paard krijgt de bak in de gaten en laat zich niet verder leiden, maar stapt resoluut op het water af waar het slurpend uit begint te drinken. Isabel, met haar poten op de rand van de bak, volgt haar voorbeeld. Vrouwe Veronique rukt en trekt aan het leidsel, maar de kop van het dier beweegt nog niet eens.

Ze begint het beest op de gebogen nek te slaan, port het in de zijde, trekt aan de manen en daarna zelfs aan de lange staart. Niets werkt. Als Isabel uitgedronken is, helpt ze dapper mee. Ze danst en springt blaffend rond de paardenbenen. Zonder resultaat, het dier slobbert onverstoorbaar verder.

'Laat dat beest toch, het heeft dorst,' roept een vrouw met schelle stem vanuit een van de huizen. Ze leunt over de onderdeur met een pijp in haar mond en kijkt hoofdschuddend naar de wortsteling.

'Hé, stomme minstreel, kom hier liever een liedje zingen in plaats van dat gedonder met dat paard,' laat ze er op volgen. 'Je ken mijn gasten mooi effe vermaken, kom op, dan krijg je er een warme hap bij.'

Vrouwe Veronique merkt nu pas dat de kap van haar mantel naar achter gevallen is en dat de vrouw daardoor de muts gezien heeft. Ze scheldt het paard uit voor alles wat mooi en lelijk is en schrikt dan van haar hoge stem. Ze had zich nog zo voorgenomen een lage stem op te zetten als iemand haar zou aan spreken. Ze is nog maar een halve dag op weg en nu al heeft ze haar hele vermomming overbodig gemaakt. Maar kennelijk heeft de rokende vrouw het niet in de gaten, want ze roept over haar schouder tegen haar klanten dat ze een leuke verassing voor hen heeft.

'Hé, stelletje labbekakken, een heuse minstreel,' schreeuwt ze, 'zo uit het verre zuiden.' Een groezelig bol mannengezicht verschijnt naast haar in de duistere deuropening en roept: 'Hé, kom op, man, zingen!'

Vrouwe Veronique zou het liefst er zonder paard vandoor gaan. Dan maar geen spullen om soldaten mee te verleiden voor haar te werken. Als ze hem smeert zonder paard, zit ze zeker in de problemen. Komen ze al dan niet achter haar aan, ze zullen zich toch zeker afvragen wie die vreemde minstreel is. En dat niet alleen, wat heeft de hele onderneming nog voor zin, zonder middelen kan ze geen enkele soldaat huren.

'Hé, kom op, rare snoeshaan,' gilt de vrouw over het plein, 'sta daar niet bij dat stomme paard te treuzelen, kom binnen zingen en vergeet die luit niet.' Uit het donker klinkt luid gelach en opgewonden stemmen. Ze besluit het er dan maar op te wagen en bindt de leidsels vast aan de grote steen achter de waterbak. Ze snauwt tegen Isabel dat ze op het paard moet passen. Tot haar stomme verbazing gaat de hond vlak bij het paard zitten en kijkt haar na. Met de luit onder haar arm geklemd, intussen met haar vingers het snorretje en baardje betastend, steekt vrouwe Veronique het pleintje over. De haren zitten allemaal nog op hun plek. Ze schraapt haar keel, spuugt een klodder voor zich op de grond om daarmee de toeschouwers van haar mannelijkheid te overtuigen. Zweet prikt onder de belachelijke muts, ze wilde dat ze een andere vermomming bedacht had. Dan tovert ze een brede grijns op haar gezicht en stapt over de drempel de donkere ruimte in. Als haar ogen gewend zijn aan het duister herkent ze de gelagkamer van de herberg. Zo, zonder marktkramen en de zenuwen heeft ze niet eerder in de gaten gehad dat ze de drukke herberg ingelokt is. Gejuich stijgt op en keer op keer wordt ze op haar schouders geslagen terwijl ze tussen de tafels door steeds verder de rokerige gelagkamer in gedreven wordt. Een aantal handen pakken haar beet en beuren haar bovenop een tafel. Vrouwen gillen, kerels juichen en er wordt geroepen dat ze moet zingen. Ze schraapt haar keel, spuugt op de tafel voor haar voeten waarbij ze een van de kerels raakt. Nieuw gelach, geschreeuw en gejoel, een gil van een vrouw die in een borst geknepen wordt. Ze zingt. Haar stem zo laag mogelijk. De luit klinkt aanvankelijk vals, maar al zingend stemt ze de snaren. Het gebrul en gekrijs verstommen, een vrouw klimt op een andere tafel en begint te dansen. Er wordt gefloten en naar haar geroepen dat ze haar kleren moet uittrekken. Na het eerste lied juichen haar toehoorders. Ze roepen om meer, slaan op de tafels en schreeuwen tegen de waardin om meer bier. Vrouwe Veronique speelt en zingt een volgend lied en de vrouw op de andere tafel laat het eerste kledingstuk met een zwier over de hitsige koppen vliegen. Joelend en juichend wordt ze aangemoedigd door te gaan. Onder begeleiding van vrouwe Veronique vliegt er een volgend kledingstuk. Verwoed speelt vrouwe Veronique door, zingt nu en dan een couplet. Ze is blij dat de aandacht van haar is afgewend. Het duurt niet lang of de dansende vrouw staat in haar groezelige ondergoed. Handen grijpen graaiend naar haar benen, een dikke kerel probeert op de tafel te klimmen, valt achterover en wordt door de omstanders beschimpt en uitgelachen. Een ander vent is leniger en springt bij de danseres op tafel, maar die duwt hem van zich af en spring pardoes op de tafel waarop vrouwe Veronique staat te spelen. Ze slaat haar armen om de nek van vrouwe

Veronique en kust haar hartstochtelijk op de mond. Vrouwe Veronique laat bijna haar luit vallen, verliest haar evenwicht en valt samen met de vrouw van tafel. Gretige handen vangen de vrouw op en laten vrouwe Veronique op de vloer vallen. De danseres schreeuwt en slaat de wellustige kerels van zich af en trekt vrouwe Veronique aan een hand overeind.

 'Kom, roept ze de minstreel in het oor, 'vlug, mee naar mijn kamer voor die kerels me helemaal strippen.'

Vrouwe Veronique laat zich willoos meevoeren en begeleid door allerlei verwensingen en ondubbelzinnige kreten, laten de mannen het stel gaan. Terwijl de danseres vrouwe Veronique achter zich aan de trap in de hoek op sleurt, schreeuwen mannenkelen om nog meer bier. Beduusd staat vrouwe Veronique in het midden van de kleine kamer om zich heen te kijken. De danseres leunt even met de rug tegen de kamerdeur, nadat ze die snel achter zich gesloten heeft. Met een wellustige grijns komt ze op haar toe. Slaat de armen om haar nek en begint haar opnieuw hartstochtelijk te kussen. Ondertussen glijden haar handen over de rug van vrouwe Veronique naar haar billen en voor ze het goed en wel in de gaten heeft, beweegt er een richting haar kruis. Volkomen in paniek duwt ze de danseres van zich af, zoekt vertwijfeld naar een uitweg, maar daar is de hitsige dame alweer. Handen grijpen naar haar bonte wambuis. Vrouwe Veronique weert haar af, grijpt beide polsen stevig vast en draait daarna een arm van de danseres op haar rug. Die slaakt een kreet van wellustig genoegen.

 'Ah, jij bent er zo een,' stoot ze hijgend uit.

Vrouwe Veronique grist het touw, dat daarstraks nog om de nek van Isabel zat, uit haar zak en wikkelt het snel om de beide polsen van de vrouw, die zich volkomen gewillig laat vastbinden. In plaats van tegen te stribbelen kreunt ze van genot. Vrouwe Veronique draait haar snel om, rukt het lijfje van haar lijf en propt dat in de wellustige mond. Dan duwt ze haar op het bed en loopt naar het raam. Ze bukt naar buiten, opzoek naar een uitweg. Onderaan de muur bruist het rivierwater, dus daar is geen uitweg. Er is een tweede deur in de zijwand van de kamer, ze rukt die open. Een smalle trap leidt naar een donkere verdieping onder haar. Ze bedenkt zich niet, groet de danseres, die haar met grote ogen nastaart, en vlucht de smalle trap af. Ze komt in een smalle gang met aan het einde een deur. Als ze die opentrekt staat ze plots op het plein. Snel holt ze naar het paard waarnaast Isabel nog altijd geduldig zit wachten. Dan haast ze zich, zo snel als de oude knol haar wil volgen, naar de uitgang van het plein, waar het straatje begint dat ze verder moet volgen.

Ze had de benen van de danseres moet vastbinden, bedenkt ze nu het te laat is. Die staat zo meteen boven aan de trap van de gelagkamer en stuurt de hele dronken menigte achter me aan. Maar dat is niet zo, dat kan ze niet weten. De danseres heeft meteen in de gaten gehad dat de minstreel geen man maar een vrouw was. Omdat ze wist wat er zou gebeuren als de hitsige kerels daar ook achter zouden komen, had ze de list van het dansen verzonnen. En vervolgens net gedaan alsof ze de jonge minstreel voor haar zelf opeiste en daarom mee naar haar kamer sleurde. Daar aangeland, was ze tot haar eigen verbazing enorm opgewonden geraakt bij het idee om met een vrouw te vrijen. Nadat ze met samengebonden handen op het bed terecht gekomen was en vrouwe Veronique vluchtte, heeft ze lange tijd in gedachten verzonken op haar bed gezeten. Pas na een uur besloot ze zich van het touw te ontdoen, met een voldaan gezicht naar de gelagkamer af te dalen en daar haar animeerwerk voort te zetten.

18. Hoe vrouwe Veronique ook trekt aan de leidsels, scheldt, smeekt en soebat, het paard is na de eerste meters wat sneller gesjokt te hebben, weer over gegaan op het slome tempo. Een tweede foute keus, bedenkt vrouwe Veronique. Ze had geen van de jongere dieren willen mee nemen omdat die hard nodig zijn bij het werk op de landerijen. Maar nu heeft ze daar spijt van. Ze probeert iets nieuws, laat de leidsels los en begint de luie knol op haar kont te slaan. Ook dat levert niets op. Gelukkig duurt het niet lang voor ze tussen de huisjes vandaan zijn en opnieuw het pad langs de rivier kan volgen. Ze is blij dat het meteen door een bos voert. Zo is ze niet langer zichtbaar voor nieuwsgierige blikken vanuit het stadje.

Ze geeft haar poging het paard te laten versnellen op, neemt het uiteinde van de leidsels weer in haar hand en loopt gelaten verder. Nu pas merkt ze dat ze honger heeft. En het wordt ook de hoogste tijd om eens wat te drinken. Ze laat het paard naast zich lopen en rommelt ondertussen in haar bagage die ze uit haar vesting meebracht. Ze is nog maar anderhalve dag geleden vetrokken en nu heeft ze al het gevoel dat het een eeuwigheid is. Zal ze ooit nog terugkeren? Ze schudt die gedachten, die haar nog onzekerder en zenuwachtiger maken, van zich af. Onder de deken zit de varkensblaas met drinkwater die ze de afgelopen ochtend vulde. Ze neemt een paar stevige slokken. Het paard stopt en kijkt achterom, richt zijn grote ogen vragend op de waterzak. Kennelijk heeft ze alweer dorst.

'Doe niet zo idioot, ouwe knol, je hebt net al die hele bak leeg gedronken, als ik naast je loop,' laat ze er met een grijns op volgen, 'kan ik het klotsen in je buik horen.'

Door haar eigen grapje voelt ze zich een stuk beter. Ze bergt de blaas weg en loopt zachtjes neuriënd verder. De knol volgt haar wel, maar het lijkt wel of hij nog meer tegenzin uitstraalt. Maar vrouwe Veronique heeft geen zin om haar humeur onder het oude beest te laten lijden en negeert haar.

Isabel dartelt vrolijk voor haar uit en dat geeft vrouwe Veronique ook een goed gevoel. Zo is ze toch niet helemaal alleen. En zolang Isabel zo speels rond huppelt, zal er wel geen gevaar dreigen, haar goede neus heeft het vast meteen in de gaten als ze beslopen wordt.

Het klaterende water in de rivier is niet luid genoeg om de zingende vogels te overstemmen. Van die klanken wordt ze nog vrolijker, ze overweegt zelfs even haar luit te pakken en mee te doen. Ze doet het toch maar niet, het zou een beetje te veel de aandacht trekken, maar zachtjes zingen kan geen kwaad.

Zo loopt ze vele uren door en bemerkt dan ineens dat de zon aan het zakken is. Het wordt tijd een plek voor de nacht te zoeken. Ze is hier nog nooit geweest en heeft geen idee of er nog een stadje in de buurt is waar ze een herberg kan vinden. En eigenlijk lijkt het haar beter om weer in het bos een plekje te zoeken. Het is minder aanlokkelijk dan een bed in een herberg, maar dan hoeft ze in ieder geval niet bang te zijn dat haar vermomming wordt doorzien. Op een plek waar de bomen wat verder uit elkaar staan verlaat ze het pad en trekt heuvelop een eindje het bos in. Het weerspannige paard stopt steeds na een paar stappen maar ze geeft niet op. Als ze ongeveer honderd meter van het pad verwijderd is, bindt ze de leidsels aan een boom. Ze laadt haar bagage af en spreid haar deken over de bosgrond uit. Uit een zak haalt ze een stuk brood en verse geitenkaas. Die kaas moet nodig opgegeten worden omdat hij anders bederft. Onder het kauwen scheurt ze nu en dan een stuk brood voor Isabel af en werpt het naar haar hongerige bek. Het dier schrokt de hompen razendsnel op en gaat dan weer zitten wachten op een volgend stuk. Als ze gegeten en gedronken heeft bedenkt ze dat ze nog iets voor haar lastige viervoeter moet verzinnen. Het beest moet eigenlijk grazen, maar tussen de bomen is helemaal geen gras te vinden, en ze had hem eerst water uit de rivier moeten laten drinken voordat ze het pad verliet. Ze voert het beest met tegenzin de tweede helft van het brood en leegt de waterblaas in de lege broodzak. Ze laat het dier de zak leegslurpen en vindt dat ze morgen ochtend wel verder zullen zien. Ze gaat op deken liggen en rolt er in. Het is inmiddels schemerig geworden en na een poosje kan ze de boomstammen om haar heen al niet meer zien. De vermoeiende tocht zorgt ervoor dat ze al slaapt voor ze zich kan afvragen of dat wel gaat lukken. Isabel ligt strak tegen haar aan en het paard berust in zijn lot en doet ook zijn ogen dicht.

19. De warme adem van de danseres kriebelt in haar nek en haar vingers friemelen aan de riem om haar middel. Met speelse beetjes begint ze aan haar streepje baard te trekken. Ze doet het voorzichtig maar toch is het pijnlijk. De zachte borsten van de vrouw voelt ze tegen de hare drukken. Ze raakt verward. De aanraking is zowel prettig als iets onbehoorlijks. Voorzichtig tasten haar vingers over de rug van de vrouw, ze voelt de warme naakte huid. Het krullend haar van de vrouw kriebelt in haar neus. Ze niest en wordt met een schok wakker.

Isabel ligt zachtjes te grommen, er ritselt wat in het donkere bos. Met in haar linkerhand het mes en met haar rechter het gevest van het zwaard omklemmend zit ze gespannen te luisteren. Daar, nu hoort ze het geritsel achter zich, vlug draait ze die kant op, er knort wat. Isabel schiet luid blaffend het duister in. Geraas van wegvluchtende hoeven, een kreet van een vogel, het schelle blaffen van de hond en dan is het plotseling stil. Vrouwe Veronique is opgesprongen en tuurt zonder iets te zien naar het duister rond haar slaapplaats. Zelfs het paard, dat toch niet meer dan een paar meter van haar vandaan moet staan, is onzichtbaar. Haar hart bonkt, het bloed suist in haar oren en dan plots een flitsende beweging vlak voor haar voeten. Ze laat het zwaard naar voren suizen, heft tegelijkertijd de hand met het mes om toe te steken. Gelukkig is Isabel snel genoeg om het vlijmscherpe metaal te ontwijken. Geschrokken laat vrouwe Veronique zich op haar knieën vallen en streelt haar hondje.

'O, mijn schat, daar had ik bijna mijn dappere beschermer gedood.'

Het diertje kruipt tegen haar aan en is zich helemaal niet bewust van het gevaar waar het zojuist aan ontsnapte. De spanning in het hoofd van vrouwe Veronique ebt langzaamaan weg en met Isabel aan haar zijde gaat ze op de deken zitten piekeren over haar droom. Bijna elke nacht was ze wakker geschrokken uit de steeds weerkerende nachtmerrie over de slachtpartij in het bos, maar een droom als deze had ze nooit eerder gehad. Wat betekent die, waarom vond ze het strelen van de danseres zo aangenaam, nooit eerder riep een vrouwenlijf lust in haar op. Het komt vast door die bizarre vermomming. Het stomme haar onder haar neus. Ze begint er aan te trekken. Het doet zeer, de huid is geïrriteerd door de hars. De haren laten maar heel moeizaam een voor een los. Met het baardje is het niet anders. Ook daar is de huid erg gevoelig. Als het morgen licht is, besluit ze, zal ik vuur maken en water koken om daarmee de troep er af te wassen.

Ze gaat weer liggen en probeert te slapen. Met gespitste oren gespannen luisterend naar eventueel gevaar. Stel je niet aan, verwenst ze zichzelf, daarnet was gewoon een stel wilde varkens, wie of wat kan je nu bedreigen in dit duister. Geleidelijk aan doezelt ze weg en uiteindelijk valt ze weer in slaap.

Met een schok wordt ze wakker, het is licht, de vogels zingen, de dag is aangebroken. Ze gaat vlug zitten en kijkt om zich heen. Isabel scharrelt met de neus aan de grond tussen de bomen rond. Het paard staat met een geknikt been te slapen. Het is fris, ze rilt en staat snel op. Ze slaat de deken om zich heen en begint met het verzamelen van brandhout. Dan ziet ze niet erg ver van de plaats waar ze sliep de omgewoelde grond waar vannacht de varkens bezig geweest zijn. Met een arm vol hout loopt ze richting het pad en legt daar een vuur aan. Als het brandt gaat ze terug naar de slaapplaats en voert het paard naar de rivieroever. Het kost moeite om de drang aan haar gezicht te krabben te onderdrukken. Had ze er maar nooit die viezigheid op geplakt. Als het paard begint te drinken loopt ze het bos weer in en verzamelt daar haar bagage. Ze stopt alles in de deken en sjouwt die naar het vuur. Ze schept met haar koperen pannetje water en plaatst dat op een paar stukken steen die ze rond het vuur legt. Had ze het paard maar niet al haar brood gegeven, nu heeft ze niets om haar lege maag te vullen. Na een grote geeuw gaat ze bij het vuur zitten wachten tot het water kookt. Het paard begint op zijn gemakje aan de graspollen langs het pad. Met een houtje prutsend in het vuur doodt ze de tijd. Ondertussen probeert ze een oplossing te verzinnen voor haar lege maag. Ze had vannacht dat varken moeten schieten, maar hoe doe je dat als je helemaal niets ziet. Ze staat op en kijkt in het voorbij stromende water. Er zal vast wel vis inzitten, maar de kans er daar een van te vangen is minimaal. Het water in het pannetje begint te borrelen. Ze gaat er naast zitten en zet de pan in het zand. Met een doek, waarvan ze de punt in het hete water doopt, begint ze de hars te bewerken. Het doet zeer en ze heeft na een aantal pogingen niet het idee dat het iets uithaalt. Ze heeft eerder het gevoel dat haar snor nu helemaal in de brand staat. Ze begint de haren eruit te trekken. Dat lukt wel en het gepruts met het hete water laat ze verder maar achterwege. Na een tijdje heeft ze het gevoel dat de meeste haren weg zijn. Al plukkend aan het streepje op haar kin kiept ze het water uit de pan om in de bodem haar gezicht te spiegelen. Het vuurtje heeft er een laag roet op aan gebracht die ze met de doek wegveegt. Na een hoop gepoetst kan ze vaag het resultaat van haar gepluk aanschouwen. Haar kin en bovenlip zijn vuurrood. Kwaad op zichzelf schopt ze het vuurtje uiteen en gaat het paard halen dat geleidelijk aan al grazend een eind weg gelopen is. Maar het eigenwijze beest laat zich niet van zijn eten wegtrekken. Ze slaat haar een keer hard op haar kont, daar reageert ze totaal niet op. Ten einde raad gaat ze terug naar de vuurplaats en verzamelt daar de bagage en draagt die naar het paard. Al worstelend met het weerspannige dier weet ze de boel op te laden en begint al scheldend en vloekend aan de leidsels te trekken. Isabel hapt keer op keer naar de achterbenen van het paard, maar die lijkt daar niets van te merken. Het tegenstribbelende dikke dier geeft zich uiteindelijk gewonnen en begint achter haar aan te sjokken. Ze zijn weer op weg.

Na een uur of wat ligt het pad steeds verder van de rivier vandaan en stijgt meer en meer. Na een lange klim bereikt ze de boomloze top en kan ze achter zich het bos onder haar overzien. De heuvelachtige vallei is een stuk breder dan de vallei onder haar vesting. De heuvels zijn begroeid met kleine kromgebogen boompjes met dichte kruinen vol leerachtig blad. De grond ligt bezaaid met kleine eikeltjes. De heuveltop is zo te zien voorlopig de enige open ruimte. Voor haar uit ligt een zee van het zelfde groene blad, ook de veel hogere heuvelruggen, die de vallei omsluiten, zijn er mee bedekt zijn. De zon is warm en brandt op de gevoelige huid onder haar neus. Van de rivier hoort of ziet ze niets meer. Dus nu moet ze het ook al zonder water stellen. Voor ze verder gaat kijkt ze nog eens naar het pad waarlangs ze naar boven klom. Tot haar grote schrik ziet ze onderaan de helling een in cape met capuchon gehulde gestalte, die moeizaam het steile pad begint te beklimmen. Door de kap is het gezicht verborgen en aan de gebogen houding leidt vrouwe Veronique af, dat de klimmer haar nog niet gezien heeft. Isabel heeft de gestalte niet in de gaten en voor daar verandering in komt vervolgt ze zo snel mogelijk haar weg. Het pad loopt even steil naar beneden als het klom, dus krijgt het zware paard wat vaart. Ongeduldig aan de leidsels trekkend daalt ze zo snel mogelijk af. Isabel holt voor haar uit en blaft gelukkig niet. Onderaan de helling duikt ze lukraak tussen de lage boompjes en drijft het paard

101

snel uit het zicht van het pad. Ze bindt het een eindje hogerop tussen de lage boompjes vast en verstopt zichzelf gebukt achter een struik vol gemene doorntjes terwijl ze Isabel bij haar nekvel vasthoudt. Gespannen wacht ze tot de achtervolger voorbij komt. Ze kan slechts een klein deel van het pad naar de heuveltop overzien. Toch nog onverwacht verschijnt de persoon. Ze houdt de bek van Isabel met een hand dicht, waardoor die slecht wat zachtjes kan pruttelen in plaats van met haar luide gekef haar positie verraden. De in donker cape gehulde gestalte vervolgt zijn weg onverstoorbaar. Even later is hij tussen de boompjes uit het zicht verdwenen. Vrouwe Veronique haalt opgelucht adem en wacht nog een poosje voor ze opstaat. Als ze lang genoeg gewacht heeft komt ze overeind en laat Isabel los, die haar zittend met haar kleine kraaloogjes aanstaart. Een beweging op het pad laat haar opnieuw plat op de grond vallen waarbij ze Isabel tegen zich aantrekt en weer haar bek dichthoudt. De donkere gedaante is terug gekomen en loopt voorovergebogen richting heuveltop. Onderaan de heuvel keert hij om en komt weer de kant van vrouwe Veronique op. Dan pas beseft vrouwe Veronique dat de persoon niet toevallig achter haar aan loopt, maar dat die haar sporen volgt. Ze kijkt gespannen hoe de achtervolger de bodem bestudeert. Het kan niet anders of hij krijgt in de gaten dat zij daar het bos ingegaan is. Zonder nog langer te aarzelen stormt ze het bos uit en duikt met getrokken mes bovenop de vijand. Een gil klinkt, gevolgd door een angstkreet, begeleid door het woedende geblaf van Isabel. De worsteling is van korte duur en als vrouwe Veronique de tegenstander loslaat en op het mulle zand van het pad zit, staart ze verbaasd naar de danseres uit de herberg.

De danseres kijkt kwaad, zeker niet verast. Het neerstortende lijf van vrouwe Veronique heeft haar behoorlijk bezeerd.

'Stomme trut,' vervloekt ze haar, 'is dit je normale manier om je vrienden te begroeten?'

Vrouwe Veronique is eerst niet in staat om te reageren. Maar dan verdrijft opborrelende woede haar verbazing.

'Wat doet jij hier, verdomme, waarom volg je mij?'

'Om je te waarschuwen, en steek die dolk nu maar weg, je hebt me bijna een oor afgesneden. Ik kwam je vertellen dat die idiote vermomming van je nergens op slaat. Het is dat het zo donker in de kroeg was en die kerels half bezopen, anders hadden ze je zeker doorzien en ik weet donders goed wat die geile figuren met vrouwen uitvreten. Maar in plaats dat je me bedankt probeer je me te vermoorden.'

'Hoe kan ik nou weten dat jij het bent, die mantel en kap verborgen je volledig, ik dacht dat je een kerel was die mijn sporen volgt.'

'Juist, vermommingen moeten goed zijn en ik ben daar goed in. Als ik zo gekleed op weg ben, laat iedereen me met rust, daar kun jij nog wat van leren. Maar vertel me liever eens waar die rare troep onder je neus voor diende en waar je naar toe gaat?'

'Dat gaat jou allemaal geen klap aan, bemoei je met je eigen zaken. Het was mooi dat je me zo vlot uit die gelagkamer vandaan haalde, maar verder heb ik niets met jou te maken en als je het niet erg vindt haal ik nu mijn paard en ga ik daarna verder. Volg me niet langer, ga terug naar waar je vandaan komt, kennelijk heb je het als danseres uitstekend naar je zin.'

'Tjonge, wat een air, madam is kennelijk gewend te bevelen.'

'Dat ben ik inderdaad, opdonderen.'

Met stomme verbazing kijkt vrouwe Veronique naar de danseres. Die zit te gieren van de lach na haar gesnauw en als ze eindelijk uitgelachen is laat ze er op volgen dat ze terstond de orders van madam zal uitvoeren om daarna weer in lachen uit te barsten.

'Tjonge, wat ben jij voor figuur,' weet ze er met moeite tussen twee lachsalvo's uit te persen, 'de middeleeuwen zijn voorbij hoor. Ik kan gaan en staan waar ik wil. Niemand,' laat ze er nu met een kwade kop op volgen, 'heeft mij te vertellen wat ik wel of niet moet doen.'

Vrouwe Veronique zit haar stomverbaasd aan te staren, een dergelijke reactie heeft ze nooit eerder meegemaakt. In haar vallei is haar reputatie ruim voldoende om elke weerstand meteen de kop in te drukken. Wat moet ze met dit rare mens aan, ze kan haar moeilijk ter plekke het hoofd afhakken, per slot van rekening had ze haar geholpen. Dan dringt tot haar door hoe zot ze daar samen op het pad zitten, snel staat ze op en begint het stof van haar kleren te kloppen. Isabel was er gezellig bij komen liggen, staat ook op en rekt zich uit. De danseres strekt een arm naar vrouwe Veronique en laat zich overeind helpen. Met een grote grijns van oor tot oor staat ze haar brutaal aan te kijken en ze weet zich geen houding te geven.

'Dank u wel, madam, heel hoffelijk van u om me een handje te helpen. Mijn rug doet knap zeer na die rare sprong van je. Wat is er met je gezicht aan de hand, je kin en bovenlip zijn vuurrood?'

'Dat gaat jou geen klap aan,' antwoordt vrouwe Veronique venijnig.

'Houdt nou eens op met dat sacherijnige toontje van je, wacht ik heb wat voor die plekken, je hebt zeker geprobeerd die hars van je gezicht te krijgen. Erg handig,' ratelt ze verder terwijl ze een zak onder haar cape vandaan haalt en er in rommelt, 'om dennenhars als lijm te gebruiken. Ik rook het meteen toen je dichterbij kwam. Wat een waardeloze vermomming. Hier,' praat ze zonder onderbreking door en smeert vettigheid onder vrouwe Veronique 's neus voor die in de gaten heeft wat er gebeurt. Wilt slaat ze haar hand weg.

'Doe nou niet zo eigenwijs, het helpt heus, kom dan smeer ik ook wat op je kin.'

Voor vrouwe Veronique kans ziet haar af te weren zit er een klodder vet op haar kin. Woedend wil ze het wegvegen maar dan bemerkt ze dat het brandende gevoel snel minder wordt. Ze kijkt de danseres een poosje schattend aan. Is dat mens soms ook nog kruidenvrouw, vraagt ze zich af. Waarom helpt dat mens me eigenlijk, is ze een spion, ben ik nu te achterdochtig? En waarom vind ik haar aanraking niet onplezierig en waarom doet die hond van me zo vriendelijk tegen haar? Ze hebben elkaar nog nooit gezien.

'Wie ben jij,' vraagt ze, nu wat minder onvriendelijk aan de danseres, 'en hoe heet je,' laat ze er op volgen terwijl ze kijkt hoe de danseres de zak waaruit ze het medicijn haalde wegmoffelt onder haar cape.

'Ik ben Francine en kom oorspronkelijk uit Marseille. Daar ben ik weggegaan omdat ik zat van de zeelui was.' Al pratend heeft ze een andere zak onder de cape vandaan gevist, die met een koord aan de bovenzijde is dichtgebonden. 'toen ben ik,' gaat ze onder het losknopen verder, 'met een paar vrouwen achter een klein legertje naar hier getrokken. Maar die wijven, jij ook,' gebaart ze naar het brood dat ze uit de zak tovert, 'hingen me al gauw de keel uit, dus ben ik in dat stadje blijven plakken. Zullen we er even bij gaan zitten,' reageert ze op de hongerige blik van vrouwe Veronique. Bij het zien van het brood begint die te watertanden. Zonder omhaal laat ze zich op de droge berm langs het pad zakken en begint gulzig op het brood te kauwen.

'Zo, madam heeft honger,' reageert Francine met een glimlach. Ze legt de zak open tussen hen in en de ogen van vrouwe Veronique rollen bijna uit haar hoofd, als ze ziet hoe Francine een papiertje van een grote gerookte ham afwikkelt en ernaast een stuk papier open vouwt waarin een kluit boter zit. Uit een ander papier komt een gebraden kip tevoorschijn. Het in ongelooflijk, hoe heeft die vrouw dat allemaal meegesleept, vraagt ze zich af.

'Tast toe, maar vertel me ondertussen hoe je heet en waar je vandaan komt.'

Vlug snijdt vrouwe Veronique een stuk ham af en met de punt van haar dolk doet ze een klont boter op een homp brood. Terwijl ze haar mond volpropt, staart ze watertandend naar de kip.

'Nou, vertel op, hoe heet je en waar kom je vandaan?'

Al schrokkend er nu en dan een paar woorden tussendoor gooiend, weet vrouwe Veronique haar een klein beetje over haar herkomst te vertellen. Als ze eindelijk voldaan op haar ellebogen steunend achterover geleund van de zon ligt te genieten, vertelt ze wat uitvoeriger over haar vesting en haar afkomst.

'Zo, madam is grootgrondbezitter, dat is niet mis, maar waarom vermom je je dan als minstreel, dan had je toch met een gewapend escorte kunnen reizen. Ik dacht dat jullie rijken het altijd goed voor elkaar hadden.'

Vrouwe Veronique weet niet of het wel verstandig is om haar te vertellen dat ze juist onderweg is omdat ze geen soldaten en dus ook geen escorte meer heeft. Dus draait ze er om heen en verzint ter plekke dat ze haar leger onder leiding van haar luitenant in de vesting achter liet. Immers, daar weet zo'n danseres toch niets van, kunnen er elk moment vijandelijk troepen voor de poorten verschijnen, zwetst ze verder. Dan is haar krijgsmacht hoog nodig om de vesting en haar horigen te beschermen.

'Horigen,' roept de vrouw verbaasd uit, 'hoezo, horigen, dat is toch uit de tijd, tegenwoordig bestaat zoiets toch niet meer.'

'Natuurlijk wel,' antwoordt vrouwe Veronique verontwaardigd, 'hoe moet ik anders de vesting in stand houden, zonder onderdanen lukt dat niet.'

'Ja, maar horigen, dat zijn slaven, werknemers moet je zeggen, mensen die voor je werken, die je betaalt om te doen wat jij wilt.'

'Betalen, doe niet zo achterlijk, soldaten die betaal ik, maar horigen niet, die mogen blij zijn dat ze van mijn land mogen eten en de vesting in mogen als er gevaar dreigt.'

'Tjonge, wat ben jij een ouderwets type, die tijd is voorbij, dat was vorige eeuw. Heb je nooit iets gehoord over de nieuwe tijden. Landeigenaren verpachten hun grond aan boeren en die verkopen de opbrengsten waardoor ze geld hebben om de landeigenaren te betalen en daarmee kan die dan weer voedsel kopen en personeel inhuren.'

'Ik weet niet waar je het over hebt, hoe dan ook, ik ga zo weer eens verder, bedankt voor het eten.'

'Ho, ho, dat gaat zo maar niet, je hebt nog helemaal niet verteld waar je naar toe gaat en waarom. Nog wat horigen op de kop tikken,' laat ze er lachend op volgen.

'Waarom moet je zo nodig weten waar ik heen ga. Denk je nu echt dat je het recht hebt om alles te weten omdat je me wat te eten gegeven hebt?'

'Ja, dat denk ik zeker, kakmadam, doe maar niet zo uit de hoogte, als ik je in de kroeg niet had geholpen lag je nu in tweeën geneukt ergens in de strontgoot. En misschien was dat ook je verdiende loon, madam de slavendrijver.'

'Ach, stik jij, ik ben aan jou helemaal niets verplicht,' snauwt vrouwe Veronique terug, maar meteen heeft ze daar spijt van, want ze weet best dat Francine haar geholpen heeft.

'Zoals madam wenst,' antwoordt Francine hooghartig, bergt haar brood en kip weer in de zak en staat op en loopt verder. Vrouwe Veronique kijkt haar een poosje vertwijfeld na en gaat dan haar paard uit de bosjes halen. Tot haar grote ergernis volgt Isabel de danseres op de hielen. De verrader, denkt ze, voor wat eten laat ze me meteen in de steek. Ze roept naar de hond, die kijkt even om maar volgt dan Francine weer. Rukkend en scheldend sleurt ze het weerspannige paard naar het pad. Als ze het beest eindelijk zover heeft begint het meteen aan de graspollen langs de kant. Ondertussen worstelt vrouwe

Veronique met haar bagage, die door de lage boompjes half van de rug van het beest getrokken is. Als eindelijk alles op zijn plaats zit en ze haar tocht kan vervolgen zijn Isabel en Francine al lang uit het zicht. Stik, denkt ze kwaad en begint woest aan de leidsels te rukken. Ook nu weer kost het de grootste moeite om het beest op gang te krijgen.

20. Het kronkelige pad voert haar over glooiende heuvels door een dicht bos met die merkwaardige eikenboompjes. Ze heeft nooit eerder bomen gezien die zo vroeg in het voorjaar al volop in het blad zijn. En ze zitten al vol kleine eikeltjes, heel raar.

Na een bocht moet ze gebukt onder takken van een torenhoge den door. De dikke takken zitten zo laag boven de grond dat het paard er haast met haar hoofd in verward raakt. Vrouwe Veronique gaat naast het paard lopen en houdt haar bagage in de gaten omdat ze bang is dat die eraan blijft haken. Na wat duwen en trekken aan de dikke takken staan ze midden onder de enorme boom, het is net een gigantische parasol. Ze geeft het paard een harde klets op de kont, waardoor ze geschrokken onder de takken voor haar doorschiet en verder loopt. Alles hangt nog stevig op haar rug, er is niets blijven haken. Vrouwe Veronique kijkt naar de enorme boom omhoog en ziet nog net iets donkers naar beneden vallen. Het donkere voorwerp valt bovenop haar. Met een smak kwakt ze tegen de grond. Wild worstelt ze zich onder het gewicht vandaan. Vlug staat ze op en grijpt naar haar wapens. Tot haar stomme verbazing springt Isabel luid blaffend rond haar voeten en ligt Francine er schaterlachend naast.

Het is die achterlijke danseres die bovenop me viel, flits er door haar hoofd, is dat mens helemaal gestoord of zo.

'Hé, achterlijke, schreeuwt ze naar Francine die gierend van de lach heen en weer rolt, 'ben je helemaal gek geworden, ik had mijn nek wel kunnen breken, wat zijn dit voor grappen!'

'Tja,' reageert Francine terwijl ze langzaam overeind komt en ondertussen de tranen uit haar ogen veegt, 'nu weet je ook eens hoe het voelt als er iemand zomaar op je nek springt.'

'Je bent knettergek, weet je dat! Toen ik je aanviel was dat omdat ik dacht dat je een vijand was, jij weet donders goed dat je van mij niets te duchten hebt.'

'Nou, dat zeg je nou wel,' antwoordt Francine giechelend, 'voor ik het weet lijf je me in bij die horigen van je.'

Vrouwe Veronique loopt kwaad, in zichzelf mompelend, achter het paard aan, dat zowaar doorgelopen is. Er groeit hier geen gras langs het zanderige pad, maar onderaan de heuvel, wat verderop, is een klein veldje gele pollen. Daar sjokt het dier op af.

'Ho, hé, helemaal niet, we gaan nog lang niet eten,' schreeuwt ze tegen de dikke kont van het beest. Snel haalt ze haar in en rukt aan de leidsels om te voorkomen dat het beest het pad verlaat en voor de rest van de dag dor gras staat te eten.

'Laat dat beest toch, slavendrijver, heb je haast of zo?'

Vrouwe Veronique negeert de opmerking van Francine en trekt en rukt zonder resultaat, het paard blijft op de ingezette koers doorgaan. Opeens versnelt het dier, hoe is het mogelijk, en voor vrouwe Veronique weet wat er gebeurt, sleurt ze over de grond, vlak naast de enorme hoeven. Geschrokken laat ze los. Languit liggend op het mulle zandpad is ze weer het slachtoffer van hoon. De schaterlach van Francine raakt haar diep, ze kan wel janken. Heel de onderneming lijkt in het honderd te lopen, waarom is ze hier in godsnaam aan begonnen. Had ze de heer van Bollène maar gestuurd, dan zat ze zelf nu rustig naast een van de waterbekkens onder de waterval van de zon te genieten. Waarom was die stomme vader van haar er ook op uit gegaan om de Papen een kopje kleiner te maken. Ook al een plan dat bij voorbaat gedoemd was te mislukken. Hadden ze haar ook maar gedood tijdens de strijd met die verrekte roversbende, dan was ze overal vanaf geweest. Die stomme vesting ook en die verdomde verantwoordelijkheid. Ze schaamt zich voor die klote danseres, als die er niet was geweest zou ze nu een potje gaan janken. Plotseling voelt ze een hand op haar achterhoofd en hoort ze de zachte stem van Francine.

'Hé, kom, Veroniekje, het is allemaal niet zo erg, laat dat beestje maar even grazen, kom, sta op, dan zal ik thee maken.' Ondertussen kriebelt de natte tong van Isabel in haar oor. Ze laat zich willoos overeind helpen en als ze staat, legt ze, zonder te beseffen wat ze doet, haar hoofd op de schouder van Francine. Tranen stromen over haar wangen, maanden van frustratie vloeien uit haar ooghoeken. Francine fluistert sussende woordjes en klopt zachtjes op haar rug. Isabel piept en draait bezorgt rondjes om hun voeten.

'Kom, ga hier maar even zitten dan rusten we een poosje en drinken wat, je moet je niet zo druk maken, straks blijf je er nog in.' Met zachte hand leidt ze haar naar de rand van het dorre grasveldje en laat haar langzaam op de dikke pollen zakken. Met de punt van haar tuniek dept ze haar tranen. Als vrouwe Veronique wat gekalmeerd is, zoekt Francine een paar stenen en legt die in een kleine kring. Vrouwe Veronique zit dof voor zich uit te staren, merkt niet eens dat Francine op zoek gaat naar wat brandhout. Francine moet gebukt onder de kromme boompjes rondscharrelen om snel een arm hout te rapen.

'Zo, zie je wel, het valt best mee,' zegt ze zachtjes tegen vrouwe Veronique als ze terug is. Die zit zonder iets te zien nog altijd voor zich uit te staren en streelt werktuigelijk de rug van Isabel die tegen haar aan gekropen is. Behendig bouwt Francine een vuurtje en vist onder haar wijde mantel een pannetje vandaan. Ze loopt naar het paard en pakt de waterzak uit de bagage van vrouwe Veronique. Ze vult het pannetje en vist ergens onder haar mantel een buideltje kruiden vandaan, waarvan ze een deel in het water doet. Met een arm troostend om vrouwe Veronique geslagen gaan ze samen zitten wachten tot het brouwsel kookt.

Als de kruidenthee op is begint vrouwe Veronique wat op te knappen en het lukt haar zelfs om Francine te bedanken.

'Ach, niet nodig hoor, graag gedaan. Maar vertel nou eens wat er aan de hand is, waarom was je zo gespannen en daarna zo diep ongelukkig. Is dat verhaal over je vesting dan helemaal niet waar? En laat me even die vettigheid onder je neus vandaan halen, hè, je hele gezicht zit er onder.' Tot haar stomme verbazing laat ze de danseres haar gang gaan. Haar huid voelt niet langer aan alsof die in de brand staat.

'Nou, kom op, hoe zit het met die vesting van je, heb je die nu echt, is dat waar?' Ondertussen veegt ze het gezicht van haar zo goed mogelijk schoon.

'Jawel, dat wel, maar,' begint ze weifelend en zwijgt dan. Nog altijd is ze achterdochtig, wil ze haar hoofd terugtrekken en de vrouw wegduwen. Die vrouw is erg aardig, misschien wel wat te aardig. Straks wordt er letterlijk honing om mijn mond gesmeerd en probeert ze me uit te horen. Voor wie zou ze haar gevolgd zijn, was er iemand in dat stadje die haar herkend heeft en haar achter me aan stuurde? Diep in gepeins verzonken ontgaan haar de gebaren van Francine waarmee die Isabel probeert duidelijk te maken dat haar vrouwtje kierewiet is.

'Nou, kom op, madam de grootgrondbezitter met de schone toet, vertel op,' herhaalt Francine haar vraag omdat ze vindt dat ze nu wel lang genoeg geduldig heeft gewacht op uitleg.

Maar vrouwe Veronique piekert verder, overdenkt de mogelijke gevolgen als de verkeerde mensen zouden weten dat ze niet langer over een leger beschikt om haar vesting te verdedigen. Het kan die tiran van hogerop uit de vallei wel zijn, wie weet heeft die toch in de gaten gekregen hoe kwetsbaar haar vesting geworden is en wil hij zekerheid, voordat hij tot de aanval overgaat. Zij kan wel een spion van hem zijn. Maar de heer van Bollène let heus wel goed op, hij heeft plechtig beloofd mijn vesting met zijn leven te beschermen, maar ja, dat ene leven is niet veel als er een leger de muren bestormt. En dat schildknaapje van hem kan ook niet veel uitrichten. Wat stom van me om weg te gaan, ik ben immers de enige die de exacte strategie voor de juiste verdediging kent, de barrières die het binnendringen van vijanden extra bemoeilijken.

'Hé,' schreeuwt Francine in haar oor, 'ben je er nog, wat zit je toch te malen?'

Even wil vrouwe Veronique reageren met een snauw en een vloek, maar besluit dan om Francine maar een klein deeltje van de situatie uit te leggen.

'Ja, ja, ik zat even te overdenken hoe ik iemand die geen verstand heeft van het leven in een vesting moet vertellen hoe het daar toe gaat.'

'Hallo,' reageert Francine smalend, 'ik heb meer vestingen van binnen gezien dan jij je kunt voorstellen. Wat dacht je, die kerels die kastelen bezitten hebben ook een pik en hebben dus veelvuldig behoefte aan mijn diensten gehad. Stop nou met dat gedraai, vertel op.'

'Nou ja, het zit zo, mijn vader is er met een deel van ons leger op uit getrokken om oorlog te gaan voeren met de papen in het zuiden en nu ga ik ook die kant op om eens te kijken of hij al gewonnen heeft.'

'Zo, dan heb je nog een lange reis voor de boeg, dame. Hoe ga je dat aanpakken, Rome is een eind weg hoor. Je moet over de bergen en dan ook nog een stuk over zee. Jeetje, bof jij even dat je mij getroffen hebt, ik heb nog connecties in Marseille. Daar kan ik je wel aan een schip helpen, dat scheelt een hoop.'

'Rome, wat moet ik nou in Rome, zover is het niet. Ik heb van iemand gehoord, die de stenen voor het paleis van de papen geleverd heeft, dat het een eindje naar het zuiden langs de grote rivier is. In een ommuurde stad die Avignon heet.'

'Nou, dan loopt de figuur die je dat vertelde een paar jaar achter, een paar honderd jaar zelfs. De papen wonen daar al lang niet meer. Wat een achterlijke informant zeg.'

'Wat klets je nou, wat weet jij daar nu van. Die informant is wel een heer van stand, ja, die weet heus wel hoe het zit.'

'Ja, denk je dat echt. Je moet maar geloven wat je wilt, maar niet zo lang geleden, hooguit een jaar, heb ik een paar maanden in een kroeg vlak naast dat oude paleis gewerkt. Ik kan je verzekeren dat het helemaal leeg en verlaten is. De muren brokkelen af en de deuren staan wijd open. Je kunt zo naar binnen lopen, de enige die er wonen zijn een stel zwervers en een enorme verzameling ratten en muizen. Daar krijg je mij voor geen goud naar binnen. Die papen zijn hem allang naar Rome gesmeerd. Dus die heer van stand die dat verhaal verteld heeft is een leugenaar of hij weet nergens van,' laat ze er met geaffecteerde stem op volgen, om aan te geven hoe ze over dergelijke lieden denkt.

'Je moet oppassen met wat je zegt, danseresje, er zijn verschillen, je beledigt mijn adjudant.'

'Hoor dat, mevrouw heeft ook nog een adjudant, tjonge, bevind ik me in goed gezelschap zeg.'

Vrouwe Veronique negeert de neerbuigende opmerking, vraagt zich af of er iets van waarheid in de woorden van Francine schuil gaat. Zou de heer van Bollène dan het hele verhaal over zijn steengroeve en het neerhalen van zijn muren verzonnen hebben. Hoe kom ik daar achter?

'Hoe weet jij dat allemaal, Francine. Jij bent toch maar een danseres, je hebt toch geen opleiding gehad?'

'Verdomde, trut, doe toch eens niet zo uit de hoogte, ik ben niet achterlijk of zo. Wat denk je wel. Mijn opleiding, pff, laat me niet lachen. Je moest eens weten hoeveel opleiding ik heb gehad. Ik heb al in honderden bedden gelegen en gerotzooid met minstens even veel heren van stand. Aan al die tafels waar ik gezeten heb, daar hoor je wel eens wat. Maar jij, wat ben jij al met al. Een onwetende kakmadam met een vesting ergens in een achtergebleven gebied, zonder enige kennis over de gang van zaken in het land. Volgens mij heb je zelfs nog nooit een boek gezien of gelezen, of een bezoekje aan een grote stad gebracht. Je kunt vast nog niet eens lezen en je weet natuurlijk ook niet dat de koning een einde aan de godsdienstoorlog gemaakt heeft. Maar ik heb genoeg van je, ga alsjeblieft snel achter je pappie aan, wie weet is hij een van de zwervers in dat vervallen paleis, kun je aan hem vragen hoe hij het voor elkaar gekregen heeft om die roomse idioten naar Rome te jagen. En dat een paarhonderd jaar geleden.'

Vrouwe Veronique kijkt haar verbluft aan, het is toch onmogelijk, hoe kan dit allemaal waar zijn, waarom weet die vrouw zoveel? Over welke koning heeft ze het eigenlijk? Heb ik dan mijn zuster verkeerd begrepen, die zei toch dat hij tegen de papen ten strijde trok? En de heer van Bollène dan, die kan dat verhaal toch niet verzonnen hebben, dat doet een edelman toch niet? Als ik niet meer op mijn gelijken kan vertrouwen, waar blijf ik dan. Maar mijn zuster heeft nooit precies verteld waar haar man en mijn vader naar toe gingen. Voor mij was dat toen ook niet van belang, ik was nog jong en niet geïnteresseerd in het besturen van de veste. Dat was de zaak van mijn vader en toen hij wegging, die van mijn zuster. Maar waarom dacht ik dan dat hij naar Avignon getrokken was, heeft iemand me dat verteld of heb ik die conclusie getrokken na de verhalen van de heer van Bollène.

Daarvoor wist ik immers niet eens waar de papen verbleven. Er is een ding zeker. Mijn vader is ergens oorlog gaan voeren en omdat hij al een jaar of vier weg is nam mijn zuster aan dat hij dood is. Anders was hij toch allang teruggekomen, heeft ze gezegd. Ik heb nooit getwijfeld aan die bewering. Ik word gek. Iedereen vertelt van alles en nu moet ik uitmaken wat er klopt en wat niet.

Francine is er maar bij gaan liggen en laat vrouwe Veronique in haar sop gaar koken. Al die onzin waar ze mee voor de dag komt, voor haar is het wel duidelijk, die vent die haar adjudant is, heeft haar van alles op de mouw gespeld. Die zit lekker hoog en droog in de vesting en heeft haar mooi het bos in gestuurd, zelfs letterlijk bedenkt ze met een glimlach op haar lippen. Als ze terug gaat zal ze er wel achter komen, waarschijnlijk wordt ze dan meteen tot lijfeigene gebombardeerd. Dan weet ze ook meteen hoe dat voelt.

Vrouwe Veronique kijkt opzij naar het ontspannen gezicht van Francine, die op haar gemak van de zon ligt te genieten. Ze zou het liefst naast haar gaan liggen, lekker tegen haar aan kruipen en nergens meer over hoeven piekeren. Eindelijk verlost zijn van de draaikolk van twijfels en angstige gedachten.

Ze moet terug gaan, malen haar hersens desondanks verder, de heer van Bollène confronteren met het verhaal van Francine. Kijken hoe hij dan reageert. Als het dan niet duidelijk wordt zal ze hem op het rad moeten leggen en hem laten vierendelen. Dat is toch altijd de beste manier om de waarheid uit iemand te krijgen. Als zijn armen en benen beginnen te rekken wil hij heus wel vertellen hoe het precies zit. Wanneer dan blijkt dat hij de waarheid spreekt zal ze die verrekte danseres op zijn plaats leggen. Dan kan ze schreeuwen en smeken, niets zal haar redden. Langzaam zal ze haar lichaam uiteen rijten. Ze huivert bij die walgelijke gedachte, ik moet stoppen, gilt ze inwendig. Ophouden te malen. Gewoon terug gaan, de heer van Bollène bedanken voor zijn hulp en mijn land onder de horigen verdelen. Daarna kan ik me het beste van de muur werpen. Eindelijk rust.

Het is onvoorstelbaar hoe sterk ze naar rust verlangt, maar de draaikolk in haar hoofd stopt niet. Hoe denk ik eigenlijk de heer van Bollène op het rad te krijgen, daar heb ik toch een paar soldaten bij nodig en die heb ik haast niet meer. Tegen de tijd dat ik terug ben, zullen de laatsten ook wel dood bij de poort gevonden zijn. Daar zit de oorzaak van mijn problemen, stelt ze vast, de dode soldaten. Hoe kunnen die zo opeens sterven, heerst er dan een ziekte die alleen soldaten doodt? Onzin, zij hebben dan wel hun eigen verblijf maar ze…. Hé, dat is waar ook, de verblijven van die lui waren behoorlijk vervuild, misschien ligt daarin de oorzaak. Natuurlijk niet, dan waren de horigen ook allang dood, die leven in een veel viezere omgeving. Ze begint over haar voorhoofd te wrijven. Ze krijgt meer en meer hoofdpijn. Kwaad op zich zelf springt ze op en begint richting het grazende paard te lopen.

'Hé, waar ga jij plots naar toe,' roept Francine.

Vrouwe Veronique antwoordt niet, begint voor de zoveelste keer aan het paard te sjorren. Ze wordt razend als het beest zelfs niet stopt met eten. Ze schopt tegen een van de voorbenen en bezeert voornamelijk zichzelf. Ze geeft het op en loopt vertwijfeld naar het pad, de heuvel op, terug naar waar ze vandaan kwam, terug naar haar veste.

Francine holt achter haar aan en haalt haar hijgend in, pakt vrouwe Veronique bij haar mouw en probeert haar tegen te houden. Woedend rukt vrouwe Veronique zich los en kijkt Francine met fonkelende ogen aan, daarna vervolgt ze met grote passen haar klim naar de heuveltop.

'Toe nou,' roept Francine haar op smekende toon na, 'doe nou niet zo raar, blijf nou hier, het wordt zo donker, het is al laat.' Maar vrouwe Veronique reageert niet, stampvoet verder. Isabel snapt er niets van, bij wie moet ze nu blijven. Eerst rent ze vrolijk dansend achter vrouwe Veronique aan, omdat ze denkt dat het weer tijd voor een wandeling is, dan kijkt ze naar beneden waar Francine onderaan de heuvel hen nastaart en rent dan naar haar toe. Draait een rondje om haar benen en nog voor vrouwe Veronique over de heuveltop verdwijnt, holt ze terug naar boven. Danst rond de voeten van haar vrouwtje, blijft staan en kijkt nog eens naar beneden, maar sprint dan toch achter vrouwe Veronique aan. Ze springt tegen haar op, blaft luid, hapt naar haar voeten. Vrouwe Veronique struikelt, valt en begint de heuvel af te rollen, ondertussen de ene verwensing na de andere tegen het hondje schreeuwend. Francine holt naar boven en aan de andere kant naar beneden. Ze laat zich naast het lichaam van vrouwe Veronique op haar knieën vallen, die is na twee keer omrollen tegen de stam van een krom eikje tot stilstand gekomen. Voor de tweede keer deze middag biggelen de tranen bij vrouwe Veronique over de wangen. Voor de tweede keer begint Francine haar met zachte woordjes en klopje op haar rug te troosten. Uiteindelijk laat vrouwe Veronique zich overeind helpen en terugleiden naar het pollenveld. Francine pakt de deken uit de bagage op de paardenrug, spreidt die uit over de gele graspollen en laat vrouwe Veronique er op gaan liggen. Ze doet haar cape uit en verbergt haar spullen onder de deken bij de voeten van vrouwe Veronique. Ze gaat naast haar liggen en bedekt hen beiden met de cape. Vrouwe Veronique kruipt dicht tegen haar aan en valt in slaap.

21. Midden in de nacht schrikt vrouwe Veronique wakker. Er roept een uil en ver weg klinkt antwoord. Ze ligt op haar rug en voelt het lichaam van Francine naast zich. Isabel ligt bij haar voeten zacht te snurken. Ze staart naar de fonkelende sterren. Ze gaat voorzichtig op haar zijde liggen, wil Francine niet storen.

'Gaat het weer een beetje,' vraagt die met zachte stem.

'O, slaap je niet,' vraagt vrouwe Veronique overbodig.

'Nee, ik praat niet in mijn slaap,' antwoordt Francine met een stem waar een zachte lach in doorklinkt.

'Mmm,' reageert vrouwe Veronique slechts en kruipt wat dichter tegen de danseres aan. Ze heeft het een beetje koud, de aarde is snel afgekoeld onder de wolkeloze hemel. Francine slaat een arm om haar heen en streelt haar wang zachtjes. Vrouwe Veronique glimlacht, voelt zich prettig. De lichaamswarmte van Francine is door haar kleren heen voelbaar. Voor ze weet wat er gebeurt, voelt ze de lippen van Francine op de hare. Gek genoeg trekt ze niet terug, maar beantwoordt de kus als vanzelfsprekend. De tong van Francine glijdt bij haar naar binnen. Een warm gevoel trekt door haar heen. Nog dichter kruipt ze tegen Francine aan. De tong van Francine streelt nu haar hals, een hand glijdt voorzichtig onder haar buis. Ze kronkelt van genot en rolt op haar rug, laat Francine haar gang gaan. Ze slaakt een kreet van genoegen als Francine zacht in haar tepel bijt. Een hand van Francine kruipt tussen haar benen, dringt ze voorzichtig uiteen. Een gevoel, zoals ze nooit eerder kende, trekt door haar lijf. Met een zachte kreet welft ze haar rug, trekt Francine bovenop zich, maakt schokkende bewegingen, kromt haar rug nog verder, gilt van genot en zakt dan voldaan achterover. Met een tevreden gevoel kruipt ze tegen Francine aan, die met een brede grijns op haar gezicht weer naast haar ligt en ze zakt weg in een diepe slaap vol mooie dromen.

Ze schrikt wakker van Isabel, die luid blaffend onder een van de eikjes aan de rand van het pollenveldje zit. Pas na een tijdje ziet ze de oorzaak van het geblaf. Een eekhoorn zit in een van de gedrongen eikjes aan een eikel te knabbelen, ver buiten bereik van Isabel. Ze rekt zich uit, kijkt naar de slapende Francine naast zich en dan dringt ineens tot haar door wat er vannacht gebeurde, dat het geen droom was maar de werkelijkheid. Het schaamrood vliegt haar naar de kaken en ze staat abrupt op. Francine wordt daardoor ook wakker en kijkt met een brede grijns omhoog.

'Hé, goeie morgen schoonheid, lekker geslapen?' Ze rekt zich uit en geeuwt uitvoerig. 'Heb je al een vuurtje gemaakt, krijg ik zo een kopje thee van je?'

Vrouwe Veronique weet zich geen houding te geven en al helemaal niet wat te antwoorden. Ze doet net of ze heel druk met de zoom van haar kleed bezig is. Ze voelt haar hoofd gloeien als een lampion met sint Maarten en verbergt haar gezicht zo goed mogelijk. Om verder contact met Francine te vermijden loopt ze mopperend tegen Isabel naar de rand van het veldje en doet daar een plas. De eekhoorn gaat er snel vandoor en Isabel volgt het vluchtende diertje luid blaffend, steeds dieper het bos in. Terwijl vrouwe Veronique daar zo gehurkt aan de bosrand zit realiseert ze zich ineens dat het keffen van Isabelveranderd is in de blaf van een volwassen hond. De tijd vliegt, bedenkt ze dan. Als ze klaar is gaat ze gebukt onder de boompjes op zoek naar brandhout. Ze is erg gespannen en zoekt ijverig naar een oplossing om zonder uitleg van Francine af te komen. Ze schaamt zich dood voor haar gedrag van afgelopen nacht. Hoe heeft ze zich zo kunnen laten gaan. Dat mag nooit, maar dan ook helemaal nooit meer gebeuren. Verschrikkelijk, stel je voor dat de mensen die haar kennen dit ter ore komt. Wat zullen ze dan wel niet van haar denken. Het is een regelrechte ramp, een, een….. Haar gedachten tuimelen over elkaar. Het is dat ze er bijna over struikelt, anders zag ze de takken en twijgen niet eens liggen. Ze moet terug, bedenkt ze dan, terug naar de open plek, haar spullen bij elkaar pakken en zo snel mogelijk terug naar haar vesting. Dan zal ze de heer van Bollène vragen om voor haar een legertje in te huren. Hem verzoeken haar te huwen. Dan kan ze deze hele vervelende toestand zo snel mogelijk achter zich laten. Maar wat zegt ze tegen Francine? Hoe raakt ze die kwijt? Die heeft haar tot nu toe veel te goed door gehad. Ik lijk wel een open boek voor haar. Het is het beste haar te doden, dan is ze er in ieder geval zeker van dat niemand iets te weten komt over de verschrikkelijke gebeurtenis. Ja, dat moet ze doen. Francine gewoon doden en onder de boompjes achter laten. Daar zal niemand haar vinden. En wat dan nog? Ze kan immers doen en laten wat ze wil, ze is toch nog altijd de vrouwe van een grote vesting. Van de betere stand, haar worden geen vragen gesteld.

'Heb jij al wat hout,' klinkt plots de stem van Francine vlak achter haar. Vrouwe Veronique schrikt zo erg dat ze de paar takjes, die ze opgeraapt heeft, uit haar handen laat vallen. Ze had haar helemaal niet horen aankomen. Snel draait ze zich om en vlucht langs Francine naar de open plek. Op de slaapplaats grist ze haar deken en andere spullen bijeen en gordt snel haar zwaardriem om. Ze haast zich naar het paard en begint haar bagage op de brede rug te binden. Haar handen trillen zo van de zenuwen dat het steeds weer niet lukt de juiste knopen te leggen, keer op keer glijden de spullen van de paardenrug. Het stomme beest blijft ook niet stilstaan, loopt steeds een stukje vooruit, juist op het moment dat ze de bagage erop gooit. En het verrekte beest is ook nog zo hoog, ze kan er amper bij. Weer heeft ze niet in de gaten dat Francine achter haar staat en schrikt zo erg van haar stem dat ze alles uit haar handen laat vallen.

'Wat ben je nou aan het doen Veronique, waarom doe je ineens zo vreemd?'

Vrouwe Veronique staat doodstil, als aan de grond genageld. Met de grootst mogelijk moeite weet ze een gil te onderdrukken. Ze dwingt zichzelf tot kalmte, beweegt dan haar rechter hand razendsnel naar het gevest van het zwaard en trekt het in een flits. Ondertussen draait ze zich honderdtachtig graden om en wil toeslaan. Maar nog voor ze de beweging heeft kunnen voltooien wordt ze door iets zwaars op haar hoofd geslagen. Haar eerste gedachte is dat Francine bovenop haar gesprongen is. Maar dan, terwijl ze door haar knieën zakt en langzaam het bewustzijn verliest, hoort ze stemmen, heel andere stemmen, stemmen van mannen die jolig roepen over de leuke buit die ze gevangen hebben.

22. Het duurt lange tijd voor ze bij haar positieven komt. Het is donker om haar heen en ze wordt alsmaar zachtjes heen en weer geschud. Haar lichaam voelt beurs aan. Ze stoot naast zich telkens tegen iets hards aan. Ook de vloer waarop ze ligt is hard, ruikt naar oud stof. Als ze probeert op te staan voelt ze iets boven haar hoofd, het is een ruwe stof en geeft een beetje mee, maar slechts een klein stukje. Ze wil zich met haar handen afzetten en ontdekt dan dat die aan elkaar vastzitten. In blinde paniek gilt ze om hulp. Het schudden en bonken stopt plotseling en fel licht verblindt haar. Iemand heeft het zeildoek, dat over de wagen waarin ze ligt, een stukje opgetild en kijkt naar binnen om te zien welke van de twee vrouwen schreeuwde.

'Hé, poppetjes, wie is er wakker? Koek, koek, zeg eens wat tegen ome Sam?'

Vrouwe Veronique wil de man commanderen haar direct te bevrijden en vervolgens een verklaring van hem eisen voor deze afschuwelijke vergissing. Hoe haalt die kerel het in zijn hoofd om een dame van haar stand op dergelijke wijze te vernederen. Maar Francine weet nog net op tijd te voorkomen, dat ze zichzelf verraadt aan die kerel. Ze geeft vrouwe Veronique een stevige stoot met haar knieën en sist ondertussen dat ze haar mond moet houden. De woede in vrouwe Veronique laait nog hoger op en ze is net van plan om Francine eens goed de huid vol te schelden, als het plotseling weer donker is en het schudden en bonken weer begint.

'Je moet vooral niet laten merken wie je bent,' fluistert Francine. Ze is met haar gezicht tot bijna tegen het hoofd van vrouwe Veronique gaan liggen en probeert haar duidelijk te maken hoe ze zich moet gedragen, als ze zonder al te veel kleerscheuren uit deze benarde situatie wil geraken.

'Het zijn een stel handelaren, ze zullen ons niet gauw wat aandoen. We hebben waarde voor hen, als ze ons verwonden krijgen ze meteen een stuk minder geld voor ons. Dus als je je rustig houdt gebeurt er voorlopig niets.'

'Niets, ben je verdomme gestoord of zo,' reageert vrouwe Veronique heftig terwijl ze toch ook zo zacht mogelijk praat, 'Die idioot heeft mijn handen op mijn rug gebonden, wat denkt dat vuilnis wel. Ik ben verdomme een vrouw van de bete…..

'Dat moet je juist niet verklappen, idioot, en doe niet zo belachelijk, houdt eens op met dat gezeur over "de betere stand". Laat die onzin maar eens achterwege, je bent niks meer dan een ander, niks meer dan ik.'

'Je wilt toch niet beweren,' sputtert vrouwe Veronique tegen, beseft dan dat Francine misschien wel eens gelijk kan hebben en slikt de rest van de zin in. Haar hele opvoeding was er op gericht haar er van te overtuigen dat zij tot de hoogste klasse behoort. Dat daardoor iedereen om haar heen een mindere is, tenzij hij of zij tot haar stand behoort. Maar na alles wat er gister voorgevallen is en wat Francine haar vertelde over de andere wereld, dan die rond haar vesting, is ze daar niet meer zo van overtuigd. Is het dan waar dat ze volkomen geïsoleerd van de wereld buiten haar gebied opgegroeid is? Een volledig andere wereld dan die waaraan ze gewend is, helemaal anders dan de wereld waarvoor ze is opgeleid door haar vader. Is het dan echt zo dat de mensen buiten haar gebied een andere manier van leven kennen? Hoe komt het dan dat de horigen niet allemaal in opstand gekomen zijn of haar verlaten hebben? Waarom zijn ze zo volgzaam gebleven? Was dat dan alleen maar uit angst voor haar woede-uitbarstingen en de reputatie die ze overgehouden heeft aan de slachting in het bos? En waarom heeft de heer van Bollène dan niets gezegd, hij moet toch ook geweten hebben van deze nieuwe tijden. Steeds meer en meer krijgt ze het gevoel dat die verdomde heer van Bollène een oplichter is, en charlatan die er op uit is haar vesting over te nemen. En nu kan ze verdomme niet eens meteen naar hem toe om hem eens grondig aan de tand te voelen. Hoe kan ze die achterlijke kerels, die haar vastgebonden hebben, er van overtuigen dat ze haar los moeten maken? Ze moet zo snel mogelijk naar haar vesting terug, ze moet weten wat de heer van Bollène daar allemaal uitspookt. Dat hele idee om op zoek te gaan naar een leger moet ze maar vergeten. Wie weet kan ze die gast op de bok wel inhuren als soldaat en als er nog meer kerels bij hem zijn, willen die vast ook wel meedoen. Ze heeft immers geld. Maar wacht, dan moet ze eerst terug naar de open plek, naar haar paard. Ze draait en wroet net zolang tot ze op haar knieën zit en het kleed boven haar deels omhoog kan duwen. Nog voor Francine haar kan tegenhouden roept ze naar de voerman dat hij moet stoppen en haar losmaken. Dan gebeurt precies datgene waar Francine zo bang voor was. De wagen stopt en de man op de bok draait zich lachend om.

'Hé, jongens, kijk eens, een van de kuikentjes komt uit het ei gekropen. Zo, dan zullen we eens kijken of we er snel een lekker kippetje van kunnen maken.' Hij rukt het zeildoek van de wagen en klimt van de bok in de laadbak.

'Zo, lekker kuikentje, kom jij maar eens mee met ome Sam. Dan gaan we even wat pret maken.' Hij begint aan vrouwe Veronique te sjorren. Snel komt Francine tussenbeide.

'Doe niet zo stom, man, je gaat toch niet je handel verpesten, wat denk je dat ze oplevert nadat jullie met haar aan de gang geweest zijn?'

'Hé, Fransoos, sta niet zo stom te kijken,' roept Sam tegen een van de andere kerels en negeert de opmerking van Francine.

'Sam,' roept de Fransoos terug, 'heb je niet gehoord wat dat andere wijf zei, je moet van onze handelswaar afblijven. Onbeschadigd leveren ze meer op.' Hij stapt van zijn paard en klimt de laadbak in. 'Schiet op, loslaten, achterlijke Engelsman.' Tegelijkertijd duwt hij Sam bij vrouwe Veronique vandaan en legt haar weer op de houten vloer. 'Kom op, rijden, ik wil vandaag nog aan de rivier zijn.'

'Wacht nou even,' roept vrouwe Veronique snel tegen de man die Fransoos genoemd wordt, 'ik wil jullie inhuren, ik heb……' Verder komt ze niet, Francine heeft met haar knieën hard in de buikstreek van vrouwe Veronique geramd, waardoor die even uitgeteld is en niet meteen weer een stommiteit uit kan halen. Francine sist opnieuw in het haar oor dat ze haar kop moet houden als ze deze hele toestand wil overleven. Het duurt een poosje voor vrouwe Veronique weer een woord kan uitbrengen, maar als dat zover is, vloekt ze hardgrondig.

'Waar haal je goddomme het lef vandaan om…..'

'Kop houden idioot, snap je dan niet dat je ons leven in gevaar brengt,' fluistert Francine terug.

Gelukkig is het de kerels ontgaan wat vrouwe Veronique probeerde duidelijk te maken, het piepen en kreunen van de wagenwielen overstemde haar gescheld. Ze heeft nu niet alleen pijn in haar hoofd, maar ook een zere buik. Francine fluistert vlug verder, ze is als de dood dat het stomme mens nog een keer begint te roepen dat ze geld heeft en tot de betere stand behoort. Dan kun je er gif op innemen dat die kerels haar geweldig te grazen zullen nemen en vervolgens haar strot doorsnijden. Als dit soort zwervende bendes ergens een hekel aan hebben dan is dat wel aan dames van de hogere komaf. Dus bezweert ze vrouwe Veronique dat ze haar mond moet houden en nooit meer over geld en afkomst moet beginnen. Aanvankelijk blijft vrouwe Veronique razend op Francine, maar uiteindelijk is ze zo verstandig om haar raad op te volgen. Ze beseft inmiddels dat Francine wat meer verstand heeft van de mensen uit de andere wereld dan zij. Dus zal ze wel gelijk hebben.

'Maar wat moet ik dan,' vraagt ze Francine uiteindelijk zo zacht mogelijk. Ik moet terug naar mijn vesting om die de heer van Bollène aan de tand te voelen, ik moet weten wat er waar is van zijn verhaal.'

'Doe nou niet zo stom, Veronique, natuurlijk is dat hele verhaal van die vent verzonnen. En die vesting van je kun je beter even vergeten. Die vent zal daar nu wel de scepter zwaaien en wij moeten ons even bezig houden met deze kerels. Ik ben toch echt niet van plan om me te laten verkopen aan een of andere halve gare.'

'Verkopen,' reageert vrouwe Veronique geschokt, ' hoe bedoel je verkopen, verkopen aan wie?'

'Aan de hoogste bieder natuurlijk. Je denkt toch niet dat die lui ons voor de lol meenemen. Als ze alleen maar lol hadden willen maken, waren we nu allang de pijp uit. Waren we zelfs nooit meer van die open plek weggekomen. Nee, dit zijn een stelletje reizende schurken die voortdurend op geld uit zijn. Ik ken dit zooitje wel, ze behoorden tot mijn klantenkring in dat stadje waar je me ontmoette. We moeten ze gewoon niet provoceren, en als ze even niet opletten er tussenuit knijpen.'

'Gatverdamme, dus jij hebt ook al met dit volk gerotzooid, wat ben je toch een vies wijf.'

'Stel je niet aan, kakmadam, je weet van meet af aan dat ik danseres en hoer ben, dus nu niet ineens gaan zeuren. En als je nu even je kop houdt kan ik proberen te bedenken waar ze ons naar toe brengen.'

'En mijn paard en het geld dan,' onderbreekt vrouwe Veronique de gedachtegang van Francine, 'nu ben ik dat ook nog kwijt. Eerst mijn vesting en nu ook nog mijn geld.'

'Tja, jammer dan, ik ben mijn pannetje en de zak met eten kwijt en heb honger, dat vind ik op het moment heel wat belangrijker dan die hele vesting van jou.'

Nu Francine over eten begint merkt ze pas dat ze ook honger heeft. En dan opeens denkt ze aan haar hondje, aan Isabel.

'O God, ze hebben Isabel toch niet gedood,' fluistert ze overstuur, 'heb jij gezien wat er met haar gebeurd is?'

'Nee, het enige dat ik gezien heb is de kerel die op jou afstormde toen je bij je paard met de dekens stond te klungelen. Die stomme hond van jou liep ergens ver weg in het bos te blaffen. Als die van meet af aan haar kop gehouden had, had ze ons niet verraden met al dat geblaf. Nou ja, ze hadden ons toch gezien als ze de heuvel afgereden kwamen. We hadden hooguit kunnen proberen ons te verdedigen. Maar veel kans hadden we toch niet gehad, je hebt gemerkt hoe sterk die kerels zijn, ze sloegen jou in een klap buiten westen al was je nog zo snel met dat zwaard van je.'

'Oja, die ben ik ook nog kwijt, het was een geschenk van mijn vader en Isabel zullen we ook wel nooit terugzien,' laat ze er verdrietig op volgen.

'Ach, die redt zich wel, maak je daar maar geen zorgen over.'

Vrouwe Veronique legt haar hoofd moedeloos op de houtenbodem van de kar en verzet zich niet langer tegen het schudden van de wagen. Willoos rolt haar hoofd heen en weer en uiteindelijk zinkt ze weg in een onrustige slaap.

23. De karrewielen maken een ratelend geluid op de ongelijke straatstenen. Het geratel wordt weerkaatst door de dicht opeenstaande huizen in de nauwe straat. Ze horen er nu en dan een stem of ruwe groet tussendoor. Ondanks al hun gepieker over ontsnappen hebben ze geen oplossing gevonden. Ze liggen nog altijd gebonden in de laadbak. De wagen is niet een keer meer gestopt en het enige dat ze van de kerels hoorden, was nu en dan een schunnig liedje dat Sam op de bok zat te zingen.

'We zijn zo te horen in een stad aangekomen, hoor je dat Francine?'

'Ja, natuurlijk hoor ik dat, wat er ook gebeurt, houdt verder je mond, laat mij het woord doen.'

'O, nu heb jij opeens de leiding, ik kan heus nog wel op me zelf passen,' reageert vrouwe Veronique op verongelijkte toon.

'Dat heb ik gezien, ja, doe nou eens even niet zo verdomd eigenwijs. Houdt je tegenover die lui op de vlakte, die denken op een heel andere manier dan jij gewend bent. Ik ken dit soort volk door en door, dus laat mij de zaak verder regelen.'

'Tja, dat jij ze door en door kent is me duidelijk geworden,' antwoordt vrouwe Veronique op smalende toon.

'En laat die verrekte neerbuigende houding van je varen anders zal ik die kerels even inlichten over jouw kijk op de wereld.

'O, ook nog chanteren, toe maar, je bent een grote dwingeland, weet je dat.'

'Hé, Fransoos, luister eens hoe de kippetjes lekker kakelen,' horen ze Sam op de bok roepen.

'Bek houden, idioot, we hoeven onze handel pas bekend te maken als morgen de markt begint,' blaft de Fransoos als antwoord. Sam houdt inderdaad zijn mond en het ratelen van de wielen is dan nog het enige dat ze horen. Maar na een paar minuten stopt de wagen en is het stil.

'Wacht hier, Sam, ik regel het onderdak even en laat dat kleed over de handel zitten en poten thuis houden.'

'Jawel, meneer de generaal,' antwoordt Sam op gemaakt onderdanige toon. Ze horen hoe de man die Fransoos genoemd wordt wegloopt. Een paard schraapt met een hoef over de klinkers en een andere stem snauwt iets, waarop Sam met een vloek en een scheldwoord antwoordt.

'Verdomme, klootzak, je hebt gehoord wat de Fransoos zei, je moet met je poten van het dekkleed afblijven!'

Ach, klote Hollander,' reageert Sam, 'sinds wanneer ben jij zo'n brave geworden. Die verdomde Fransoos denkt dat hij iedereen maar kan rondcommanderen, hij lijkt wel gek.'

'Als ik jou was,' antwoordt de mannenstem die ze eerst hoorden, 'zou ik maar doen wat hij zegt anders loop je kans morgen ook op de markt te staan en ik bedoel niet als verkoper.'

Het zeildoek wordt een stukje opgelicht waardoor vrouwe Veronique en Francine weer worden verblind door het plotseling binnendringende licht. Nog voor ze kunnen zien wat er gebeurt, klinkt er een harde klap en is het weer donker.

'Au, ben je verdomme helemaal belazerd, vuile Hollander, ben je gek geworden. Hier pak aan, hufter.' De vrouwen kunnen niet zien wat er gebeurt, maar uit de geluiden die op het schelden volgen, kunnen ze opmaken dat het tweetal in gevecht geraakt is. Er bonkt iets hard tegen de zijkant van de wagen, waardoor die even hevig heen en weer schudt en daarna is het weer doodstil.

'Zijn jullie gek geworden,' roept de Fransoos woedend, 'het is de bedoeling dat we hier onopvallend overnachten en dan morgen met onze verassende handel tevoorschijn komen. Jullie twee doen verdomme niet anders dan de aandacht trekken.'

'Hij wilde toch....'

'Bek houden Kaaskop en, Sam, rijdt de wagen om de herberg heen en span daar het paard uit. En, Hollander, jij brengt de andere paarden in de stal, verder geen gezeik meer. Daarna kunnen jullie de handel in de achterste paardenbox opsluiten. En Sam, ik waarschuw je voor de laatste keer, als je met je vuile poten aan de handel komt, sla ik je verrot.'

'Ach, barst,' horen ze Sam tegensputteren, maar kennelijk doet hij toch meteen wat hem opgedragen is, want de wielen beginnen te ratelen. Na wat geschud en gebonk stopt de wagen weer en horen ze de Hollander en Engelsman mompelend met de paarden bezig. Even later wordt het kleed van de wagen getrokken en sleuren ruwe handen hen beide uit de laadbak. Ze kunnen met hun voeten amper de grond raken, zo hardhandig worden ze een donkere schuur in gebracht. Een voor een worden ze door een deur gegooid en belanden op stro waarmee de vloer is bedekt.

'Lekker slapen, kippetjes, morgen is het vroeg dag,' zegt Sam op zalvende toon terwijl hij de deur met een klap sluit. Nog even horen ze gerammel van een ketting, gevolgd door weglopende voetstappen, dan is het stil.

Het stro ritselt als Francine overeind komt en gaat staan. In het schemerige licht kan ze zien dat ze zich in een vierkante paardenstal bevinden. De achter- en linker muur zijn van vochtige ruwe steen gemaakt met het hoog boven de vloer een klein raampje. De rechterwand is van donker hout, net als de zijde waarin zich de deur bevindt. Er hangt een komvormig, van ijzeren staven gemaakt rek aan de linker muur waar wat hooi uitsteekt. Een houten emmer staat in de hoek, als ze er boven bukt, ziet ze dat er water in zit. Maar met de op de rug gebonden handen kan ze er niets mee. En dat terwijl ze een enorme dorst heeft.

'En wat denk je, Francine, kunnen we hier uit komen,' vraagt vrouwe Veronique met een klein stemmetje. Ze was in de laadbak van de wagen nog wel vol hoopvol gestemd, maar nu haar ogen gewend zijn aan het halfduister en ze om zich heen kan kijken, vervliegt alle hoop. Ze bevinden zich in een onmogelijke situatie. Met gebonden handen op haar rug, die inmiddels, net als haar armen, erg zeer doen. Het liefst begint ze te gillen en schreeuwen. Weer beseft ze hoe de hele onderneming op een enorme mislukking uitgelopen is, het is een drama. Wat zullen die kerels met hen gaan doen en waarom krijgen ze niets te eten of wat te drinken. Ze heeft dorst en sinds gisteravond nog niets gegeten. Alsof haar gedachten een van de kerels er toe dwingt, opent die plots de bovenste helft van de deur en werpt een brood naar binnen. Ze kunnen de man in de deuropening amper onderscheiden, maar zien tegelijkertijd een lichtflits. Licht weerkaatst op een mes dat hij vasthoudt. Vrouwe Veronique staat vlug op en net als Francine drukt ze zich strak tegen de achtermuur, zo ver mogelijk van de deuropening vandaan.

'Kom hier,' snauwt de Fransoos, waarvan ze de stem herkennen, 'en draai je rug naar me toe, dan snijd ik dat touw door.'

Francine stapt meteen naar hem toe en slaakt een kreet van blijdschap als ze haar armen weer kan bewegen. Vrouwe Veronique volgt schoorvoetend haar voorbeeld. Ondertussen zoeken haar hersenen koortsachtig naar een mogelijkheid om die man het mes afhandig te maken en hem ermee te doden.

Ze draait haar rug naar hem toe en voelt hoe het staal tussen haar handen een heen en weer gaande beweging maakt. Ineens zijn haar handen los, vlug draait ze zich om om de man aan te vallen. Ze knalt hard met haar gezicht tegen het ruwe hout van de bovendeur die hij met een klap dichtslaat. Vrouwe Veronique kijkt versuft naar de gesloten deur. Maar dan begint het bloed naar haar handen te stromen waardoor die hevig pijn gaan doen. Ze gaat net als Francine haar handen en armen staan masseren, terwijl de tranen van frustratie en verdriet over haar gezicht stromen.

'Hé, kom op nou, Veronique, het komt heus wel goed. Laten we eerst wat eten, daarna vinden we wel een manier om hier uit te komen.'

Vrouwe Veronique laat zich moedeloos op het stro zakken en scheurt een stuk brood af. Ze geeft Francine, die naast haar komt zitten, het stuk. Het brood ruikt vers en als vrouwe Veronique er een stuk voor zichzelf afgescheurd heeft en begint te kauwen, proeft ze hoe lekker het smaakt. Het verbaast haar. Na een leven vol overvloed en heerlijke gerechten, die ze als vanzelfsprekend op haar tafel kreeg, had ze niet gedacht dat ze zo van een eenvoudig stuk brood zou kunnen genieten. In een mum van tijd hebben ze een half brood opgegeten. Francine pakt de wateremmer en zet die aan haar mond. Ze probeert er voorzichtig van te drinken maar kan niet voorkomen dat een deel van het water langs haar kin over haar kleed stroomt. Vrouwe Veronique volgt gretig haar voorbeeld en als ze genoeg gedronken en gegeten hebben gaan ze naast elkaar in het stro liggen.

'Zo, daar zijn we dan,' zegt Francine laconiek. 'Het is geen sjieke herberg, maar droog stro en een heerlijke maaltijd is mooi meegenomen.'

'Nou, fantastisch, wat een klasse,' reageert vrouwe Veronique sarcastisch.

'Ja, madam is natuurlijk beter gewend, maar heus, Veronique, we mogen niet klagen, voor hetzelfde geld hadden ze ons laten verrekken. Of nog veel erger, waren ze bovenop je gedoken en hadden je verkracht.'

Bij het idee alleen al lopen de rillingen bij vrouwe Veronique over de rug. Ze voelt zich steeds moedelozer. Toen ze nog hoog en droog in haar vesting zat dacht ze in een hopeloze situatie te verkeren. Maar nu beseft ze pas hoe goed ze het toen had. Warm, veilig en goed te eten. Er waren immers geen aanvallers geweest die haar vesting bestormden en waarschijnlijk was het daar ook nooit van gekomen. Wat heeft ze zich toch in haar hoofd gehaald. Hoe kon ze zo stom zijn om te denken dat zij in haar eentje wel even een legertje soldaten kon gaan inhuren. Tjonge, kijk nou, daar lig ik dan als een dier in het stro en moet me voeden met een homp brood en water uit een emmer drinken. Kan ik nog dieper zinken, kan het nog erger worden? Francine kan wel zeggen dat het allemaal meevalt, voor mij is het al erg genoeg.

'Wat denk je dat ze nu met ons gaan doen, Francine,' vraagt ze met een klein stemmetje. Er is niets over van de stoere vrouw die haar onderdanen vrezen.

'Hé, kom op nou, niet zo benauwd, het zal heus wel meevallen, je moet je niet zo'n zorgen maken. Ik ben toch bij je, als je nou gewoon doet wat ik zeg, komen we hier heus weer goed uit.'

'Ja, denk je dat, of zeg je dat alleen maar om me op te beuren?'

'Natuurlijk meen ik dat, kom, ga maar lekker tegen me aanliggen, dan gaan we slapen en zien we morgen wel verder.'

'Ja, maar wat gebeurt er morgen dan,' vraagt vrouwe Veronique opnieuw terwijl ze zich lekker behaaglijk tegen Francine nestelt.

'Ja, dat weet ik natuurlijk niet precies,' antwoordt ze op zachte toon en ondertussen streelt ze het haar van vrouwe Veronique. 'Ze hadden het over verkopen,' praat ze rustig verder met haar mond vlakbij het oor van vrouwe Veronique, 'ze denken misschien een rijke man te vinden waaraan ze ons kunnen slijten.'

'Dat is toch onzin,' reageert die heftig terwijl ze met een ruk overeind komt. Wat moet zo'n man dan met ons, wat wil die dan? Belachelijk, je verkoopt toch geen mensen, we zijn geen vee.'

'Kalm nou, kom, ga weer liggen, je moet je niet zo druk maken,' regeert Francine op kalmerende toon, 'mannen zijn in feite volkomen ongevaarlijk. Dus als ze ons kwijt weten te raken aan een of andere rijke kerel, zijn we al een stuk beter af dan we nu zijn.'

Vrouwe Veronique kruipt nog wat dichter tegen haar aan en overdenkt haar woorden en vraagt dan: 'Maar wat wil die koper dan van ons, worden we een soort slaaf of zo?'

'Tja, dat moeten we even afwachten, maar ga er maar van uit dat die precies het zelfde wil wat alle mannen willen.'

Vrouwe Veronique schiet opnieuw overeind en kijkt geschrokken opzij.

'Je bedoelt toch niet dat ik dan, eh, nou ja, ik bedoel, met zo iemand moet trouwen of zo?'

'O, Veronique, vraag toch niet zoveel, we moeten gewoon even afwachten. Kom kruip nou maar lekker tegen me aan.'

Vrouwe Veronique gaat weer liggen en Francine slaat een arm om haar heen. Ze voelt de lichaam warmte van Francine door haar tuniek heen en laat haar hoofd op de zachte borsten van Francine rusten. Een warm gevoel verspreidt zich langzaamaan door haar lichaam. Dankbaar duwt ze haar gezicht nog wat verder tussen de borsten van Francine. Die streelt haar rug en haren. Ze voelt zich bij Francine zo heerlijk geborgen, alle zorgen smelten weg en maken plaats voor een ander gevoel, het gevoel dat ze gisterennacht voor het eerst ontdekte op de open plek in het bos. Ze zucht een keer diep en kust een borst van Francine. De stof van haar tuniek kriebelt in haar neus, dus begint ze die los te knopen en laat haar hoofd daarna op de naakte borsten van Francine rusten. De huid van Francine gloeit helemaal en wekt een steeds groter verlangen bij haar op. Voorzichtig laat ze haar hand naar boven kruipen, tot bij een borst van Francine, en streelt die zacht. Francine slaakt een diepe zucht van genot en drukt haar nog wat steviger tegen zich aan. Automatisch glijdt een tepel in de mond van vrouwe Veronique en ze streelt met haar tong de harde top. Een hand kruipt langzaam onder haar kleed en glijdt tussen haar benen. Ze spreidt die als vanzelf en laat op haar beurt een hand onder de rokken van Francine verdwijnen. Zonder moeite vindt die hand de gloeiende plek met het krullende schaamhaar en een vinger zoekt, alsof die een eigen leven leidt, de vochtige warme opening waarin die, begeleid door een hartstochtelijke kreet van Francine, helemaal naar binnen kruipt. Wilder en wilder bewegen beide lichamen, hijgend en kermend werken ze elkaar tot een orgasme dat met een enorme kreet van genot bereikt wordt. Kreunend blijven ze dicht tegen elkaar aan liggen en genieten nog lang na van het overweldigende gevoel.

Uit eindelijk vallen ze ineen verstrengeld in een diepe slaap.

24. Met een glimlach op haar gezicht zit Francine te kijken hoe vrouwe Veronique langzaam wakker wordt. Die doet voorzichtig een oog open en ziet haar zitten. Dan herinnert ze zich de vrijpartij van de afgelopen nacht. Zich diep schamend voor haar lustgevoelens kruipt ze naar de verste hoek en verbergt haar gezicht in het stugge stro.

'Hé, stomme trut, doe niet zo belachelijk, wat is er nou, heb je niet lekker geslapen?'

Vrouwe Veronique reageert niet, dit is nu al de tweede keer dat ze zich op deze wijze heeft laten gaan. Wat bezielt haar in godsnaam. Zulke gevoelens zijn ongehoord. Die vrouw is een duivelin, verleidt haar tot walgelijke handelingen. Ze moet zich van haar ontdoen. Langzaam maakt de schaamte plaats voor woede. Dezelfde woede die ze een dag eerder voelde en juist door die woede had ze zich laten overmeesteren door dat tuig. Als ze even wat alerter was geweest had ze het hele stelletje in de pan gehakt en had ze meteen met deze duivelin kunnen afrekenen. Nu heeft ze slechts haar blote handen om mee te doden. Er zit niets anders op. Ze springt overeind en overbrugt de twee meter afstand met een sprong en duikt bovenop Francine. Haar handen sluiten zich in een wurgende greep rond de keel van haar. Met grote geschrokken ogen staart Francine haar aan. Ze probeert wat te zeggen, maar de dichtgeknepen keel kan geen geluid voortbrengen. Haar gezicht wordt roder en roder, de ogen puilen uit, de tong hangt steeds verder uit haar mond.

Sterke handen rukken vrouwe Veronique van haar los en smijten haar in een hoek. Als ze woedend opspringt slaat de Hollander haar hard in het gezicht waardoor ze tegen de muur kwakt en willoos blijft liggen.

'Jezus, Sam, waar zijn die wijven mee bezig. Bindt jij die halvegare moordenares, ik neem deze voor mijn rekening.' Hij slaat Francine een keer met een klets op de wang waardoor die bij haar positieven komt. Ze wil haar keel betasten, maar de Hollander trekt haar handen ruw op de rug om ze aan elkaar te binden. Terwijl hij een stuk touw uit zijn zak haalt, kijkt hij hoe Sam hardhandig in de weer is met het slappe lijf van vrouwe Veronique. Door de klap tegen de muur is die buiten westen geraakt en Sam maakt van de gelegenheid gebruik om haar overal te betasten. Als de Hollander dat ziet geeft hij de Engelsman met een geile grijns een trap onder zijn kont.

'Kom op, profiteur, we moeten de handel even wat opkalefateren en er dan mee naar de markt,' laat hij er lachend op volgen. Sam begrijpt de opdracht niet helemaal goed en zet vrouwe Veronique rechtop tegen de muur, rukt ondertussen het touw rond zijn broeksband los. Wild sjort hij aan het kleed van vrouwe Veronique en stoot zijn lid hardhandig naar binnen. Deze keer geeft Francine geen commentaar en roept zelfs een verwensing naar de bewusteloze vrouw die haar zojuist probeerde te wurgen. De Hollander wordt zo gestimuleerd door het zien van de woest stotende Engelsman dat hij zelf ook geil wordt en zich op Francine stort. Die weet hem behendig te pareren en manipuleert hem zodanig dat ze hem het idee geeft zijn lid in haar mond te nemen en hem zo te bevredigen. Door jaren ervaring kost het haar weinig moeite de man tevreden te stellen en staat dan vlug op. Ook Sam is aan zijn gerief gekomen en staat juist zijn broek op te hijsen en het touw weer vast te binden. Vrouwe Veronique hangt slap tegen de muur, heeft amper in de gaten wat er gebeurt. Voorzichtig opent ze een oog en ziet min of meer dat Francine haar in het gezicht spuugt.

'Zo, heb je nu je zin, vuil rot wijf, je bent niet goed wijs, hoe haal je het in die verwaande kop van je om mij te wurgen. Ik heb je voortdurend de hand boven het hoofd gehouden en dat is dus je dank. Ik hoop dat ze je verkopen aan een of andere pooier en dat je alle dagen je trekken thuis krijgt.'

De Hollander bindt ondertussen grinnikend haar handen op de rug en als Sam de handen van vrouwe Veronique gebonden heeft, gaan ze in optocht de stal uit en worden de vrouwen op de wagen gesmeten. Daar staat de Fransoos te wachten en vraagt waar ze zolang bleven.

'Moest even wat rechtzetten,' reageert Sam lachend en de Hollander slaat de wachtende man eens flink op de schouders.

'We hadden even de handen vol aan de dames, Fransoos, maar vooruit, op naar de markt en zorg dat die oude knol van die wijven een goede indruk maakt, wie weet brengt die ook nog een paar centen op.'

25. Als vrouwe Veronique eindelijk volledig bij haar positieven komt, bemerkt ze dat ze door de Hollander overeind gehouden wordt op een soort van verhoging. De man heeft een deken over haar schouders gelegd waardoor ze langzaam aan wat warmer wordt. Voor haar ziet ze een grote mensenmenigte. Als ze opzij kijkt ziet ze dat Francine op de zelfde manier wordt vastgehouden door Sam, ook met een deken rond haar schouders. De Fransoos staat wild gebarend voor haar en dan pas bemerkt ze het joelen en schreeuwen van de toeschouwers. De stem van de Fransoos komt er maar amper bovenuit. Ze probeert zich los te wurmen uit de greep van de Hollander die luid lachend geniet van haar wilde bewegingen.

'Hé, Fransoos, kijk eens, deze doet het nu ook weer,' roept hij naar de op en neer lopende man die met weidse gebaren de handel aanprijst. Vrouwe Veronique weet haar hoofd zover te draaien dat ze de Hollander in het lachende gezicht kan spugen. Het maakt de man razend en door het schaterende publiek, dat gezien heeft wat er gebeurde, wordt hij zo kwaad dat hij haar woest voor zich uit smijt. Vrouwe Veronique landt op haar knieën, nog net voor de rand van het podium. Graaiende handen strekken zich naar haar uit. Het schreeuwen en joelen wordt steeds luider, maar de Fransoos is de gretige handen voor, sleurt vrouwe Veronique aan haar haren naar achter en zet haar weer op de benen.

'Kijk, heren, zie eens wat een prachtig exemplaar, nog helemaal gaaf, nergens een smetje en ze is zelfs nog maagd, wie van de heren opent het bieden?'

'Laat eerst die tieten maar eens zien,' gilt er een vrouw ergens midden in de menigte. 'Ja, laat zien,' schreeuwen anderen in koor. De Fransoos aarzelt een moment. Hij is bang dat als hij de toeschouwers te veel ophitst ze het podium bestormen en dat dan de vrouwen door het wel erg gretige publiek worden verslonden.

Hij weet de massa met een sussend gebaren te kalmeren en als hij boven de herrie en het gekrijs denkt uit te komen roept hij: 'De eerste die een aannemelijk bod doet voor deze prachtige dame mag naar voren komen en een van haar tieten betasten, kom op wie biedt, denk aan de schone toekomst heren.'

'Ik bied, ik bied,' roept een oude man die zich giechelend door de dicht opeengepakte mensenmassa naar voren worstelt. Hij wordt beschimpt en uitgelachen door de omstanders en een vrouw gilt dat hij helemaal niets meer kan klaarmaken met die oude verschrompelde lul van hem. De man wordt weggehoond en het duurt even voor er iemand anders een bod durft te doen. Dan roept er plots een lange kerel, helemaal achteraan, dat hij wil bieden. Met behulp van een aantal gewapende mannen, die voor hem de weg vrijmaken, komt hij naar voren.

'Ik bied veertig goudstukken voor beide, dat lijkt me meer dan voldoende. Aarzel niet, verkoper, anders verlaag ik mijn bod met tien.'

De Fransoos kijkt naar de man die steeds dichterbij komt en ziet dat hij bepaald niet eenvoudig gekleed is. Die moet ruim voldoende bezitten om wat meer voor de vrouwen te betalen.

'Biedt het dubbele, edele heer, en de dames zijn voor u,' roept hij zelfverzekerd als antwoord.

'Ik heb gezegd, aarzel niet, dus nu verminder ik het bod met tien en rest je slechts dertig, domme verkoper,' reageert de man laconiek als hij, omringd door zijn soldaten, voor het podium gaat staan. De Fransoos begint te twijfelen en de Hollander port hem ongeduldig in zijn rug.

'Kom op, idioot, zeg ja voor hij er nog eens tien afdoet.' De Fransoos laat zijn blik nog eens over de menigte gaan. Het publiek staat doodstil en gespannen te wachten op zijn antwoord. Er zijn geen andere welgestelde lieden te zien dus kan hij vast geen beter bod verwachten. Precies op het moment dat de koper zijn mond opent om het bod nog verder te verlagen, stemt hij in met de dertig goudstukken en gebaart zijn helpers de vrouwen over te dragen aan de koper. Die werpt op zijn beurt drie kleine buideltjes naar de Fransoos. Hij opent de buideltjes met gretige handen en telt de munten snel. Het bedrag klopt precies en tevreden verlaat het drietal het podium. Gejuich stijgt op uit de menigte, terwijl de vrouwen omringt door soldaten van de koopman worden afgevoerd.

Door het escorte worden beide vrouwen naar de rivieroever gebracht. Aan de kade ligt een schuit, klaar voor vertrek. Als de koper aan boord is, volgen zijn soldaten met de vrouwen. De scheepsbemanning begint met het binnenhalen van de loopplank en het losmaken van de landvasten. Een koppel paarden wordt langs de rivieroever opgesteld en een lang touw met het schip verbonden. Een aantal voerlieden jaagt met luide kreten de paarden op gang, waardoor het touw naar de boeg van het schip zich spant. Het vaartuig begint te bewegen. Het water van de sterk stromende rivier kolkt woest langs de boeg. Maar het koppel paarden is sterker en sleurt het vaartuig gestaag tegen de stroom op.

Een viertal soldaten heeft beide vrouwen in afwachting van bevelen op het brede dek vastgehouden, elk aan een kant van hen. De koper kijkt met een tevreden gezicht hoe de schuit zich van de kade verwijdert en op het midden van de wijde rivier opgang komt. De lijn tussen de boeg en het koppel paarden op de wal danst vlak boven het water op en neer. Als de schuit even versnelt zakt de draad in het water en springt vervolgens weer tevoorschijn om dan als een snaar te spannen, terwijl de waterdruppels in het rond vliegen. Dan beveelt de man zijn soldaten de vrouwen in een half open ruimte onder het verhoogde achterdek op te sluiten en verdwijnt zelf door een opening ernaast. Boven op het verhoogde dek worstelen twee half naakte bemanningsleden met een enorme roeiriem waarmee ze de schuit besturen.

De ruimte waarin ze worden opgesloten stinkt naar paardenmest. De vloer is bedekt met vuil stro. Naar het voorschip toe sluit een traliehek de ruimte af. Dus zijn ze voor de tweede keer in een paardenstal beland. Vrouwe Veronique gaat moedeloos tegen de achterwand zitten. Ze had even gehoopt dat ze gered zou worden toen ze zag dat de koper als een edelman gekleed gaat. Hij zou toch moeten zien dat hij met een gelijke van doen heeft, maar hij had haar geen blik waardig gegund. Ze heeft totaal geen idee waarom hij geld voor hen geboden heeft. Hij heeft amper naar hen gekeken en al helemaal geen woord tegen hen gezegd. Dat duivelse wijf zal wel weten wat de bedoeling van dit geheel is, maar die wil ze niets meer vragen, het is al erg genoeg dat ze nog altijd samen opgesloten zitten. Ze is als de dood dat ze opnieuw door haar betoverd wordt en tot handelingen komt die ze te erg voor woorden vindt. Wat bezielt die vrouw? Bezielen, die duivelin heeft helemaal geen ziel, bedenkt ze dan, die heeft haar ziel aan de duivel verkocht en is er slechts op uit om anderen tot het zelfde gedrag te verleiden. Verschrikkelijk, hoe heeft ze het zo ver laten komen, hoe is het mogelijk dat dit haar allemaal overkomt. Ze kruipt zo diep mogelijk in de hoek, probeert zich onzichtbaar voor die duivelse vrouw te maken. Onwillekeurig komen toch de gevoelens van de afgelopen nacht weer bovendrijven,

143

hoe ze zich ook verzet, de hartstocht en het heerlijke gevoel overvallen haar opnieuw. Wild schudt ze met haar hoofd, beukt met haar vuisten op haar voorhoofd, trekt hard aan haar haren tot ze het uitschreeuwt van pijn. Uiteindelijk verdrijft de pijn de lust.

Francine bekijkt haar met angstige ogen, ze is zo ver mogelijk van haar vandaan gaan zitten. Ze heeft geen woord meer tegen haar gesproken sinds ze uit de stal gehaald werden. Ook zij is verbaasds dat ze hier is opgesloten, samen met die achterlijk gek die haar op elk moment weer kan aanvallen. Moet je dat stomme kakwijf daar nu tegen die achterwand zien zitten, wat bezielt dat mens. Mens, het is eerder een beest. Het ene moment ligt ze op haar te kronkelen als een krolse kat en even later probeert ze haar te wurgen. Ze moet haar goed in de gaten houden en er voor zorgen dat ze niet langer samen opgesloten blijven. Die vrouw spoort absoluut niet, is volkomen krankzinnig.

Ze had verwacht dat de koper haar mee naar zijn slaapvertrek zou nemen, ver van dat monster vandaan. Daar zou ze er wel voor zorgen dat ze onder betere omstandigheden gevangen gehouden wordt. Ze heeft duidelijk verstaan dat de man Spaans tegen zijn soldaten sprak, dus hij moet een Spanjaard zijn. Zeker een koopman die met zijn schip op zoek naar handelswaar over de grote rivier reist. Hij zal in de marktplaats waar hij hen kocht handel gedreven hebben. Maar waar gaan ze naar toe, veel verder dan de plaats waaruit ze zojuist vertrokken was ze nooit stroomopwaarts geweest. Uit verhalen weet ze dat er ergens een enorme stad moet zijn, een stuk noordelijker, waar een andere grote rivier in deze uitmondt. De open voorkant van de stal biedt haar een ruime blik op de omgeving. Steile heuvels vormen de rivieroever, overal op de hellingen ziet ze druivenaanplant. De eerste bladeren kleuren de hellingen met een groene waas.

Over de boeg heen kan ze het stel paarden op het pad langs de rivier zien zwoegen. De stuurlui moeten goed bekend zijn met dit woeste water, want her en der ziet ze hoe het rond scherpe rotspunten kolkt. Als ze er op eentje stoten zal de schuit binnen de kortste keren volstromen en zal ze verdrinken in deze stinkende stal. Ze moet zorgen dat ze die man er van overtuigt dat ze hem geweldig kan plezieren, zodat hij haar niet weer in dit stinkhol laat opsluiten. Had ze haar buidels met spullen nog maar dan kon ze zich wat opkalefateren waardoor ze er wat aantrekkelijker uit zou zien.

Plotseling maakt een man in een raar kostuum het slot in het traliehek open en gebaart naar Francine dat ze moet komen. Vrouwe Veronique wil ook opstaan, maar met gebaren en woorden in een taal die ze niet verstaat maakt hij haar duidelijk dat ze moet blijven waar ze is. Moedeloos laat ze zich weer tegen de achterwand zakken. Er is niets over van haar vechtlust, haar wil om te overleven. Van haar hoeft het allemaal niet meer. Ze heeft zich voorgenomen dat, zodra ze haar uit deze kooi laten, ze zich in het kolkende water zal storten. Ze beseft maar al te goed dat de hele onderneming, het redden van haar vesting, op een fiasco is uitgelopen. In plaats van het huren van een leger is ze nu zelf gedegradeerd tot een willoze slaaf, een gevangene die maar moet afwachten wat er met haar gebeurt. Waarom heeft ze zich toch laten inpalmen door die walgelijke danseres. Vanaf het eerste moment dat ze haar ontmoette, is ze het slachtoffer van haar bedwelmende wellust. Haar verwerpelijke manier van leven. Wie had ooit kunnen denken dat zij, een dame van de betere stand, zich zou verlagen tot het behagen van een hoer. Een gevallen vrouw, een vazal van de duivel, wie weet zelfs een heks. Het is jammer dat de tijd van heksenverbranding voorbij is. Even flakkert er een klein vlammetje vechtlust in haar op en besluit ze dat ze, zodra ze de kans krijgt, haar zal doden. Sterven moet die vrouw. Haar verwerpelijke gedrag moet gestopt worden, ze moet zorgen dat er niet nog meer slachtoffers gemaakt worden.

Ach, wat maakt het uit, denkt ze vervolgens, en het kleine vlammetje dooft weer. Ze is verloren en daarmee haar vesting. Ze heeft hopeloos gefaald, het was haar taak om de vesting voor haar familie te behouden. Ach wat, welke familie, haar moeder is dood, haar vader waarschijnlijk ook, haar zuster en nichtje afgeslacht door een stelletje barbaren en zijzelf is op sterven na dood. Er is helemaal geen familie meer om wat dan ook voor te behouden. En daarbij, de heer van Bollène heeft nu haar vesting in bezit, wat had zij in haar eentje tegen hem moeten beginnen. Maar wacht eens even, die man heeft waarschijnlijk gewoon de waarheid verteld en was wel degelijk heer van Bollène. Hoe kon ze zo stom zijn om zich door die hoer van de wijs te laten brengen, die heeft haar juist voorgelogen. Haar laten geloven dat er geen Papen in het zuiden aan de oevers van deze rivier wonen. De Papen waar haar vader tegen ten strijde getrokken is en waarschijnlijk gesneuveld, bedenkt ze tot slot, waardoor opnieuw het zwak opflakkerende vlammetje hoop dooft. De wanhopige gedachten keren terug. Vanaf dat ze haar plan opvatte om een leger te gaan huren is ze alles kwijt geraakt. Ze had gewoon moeten blijven waar ze was en als er een vijand tot de aanval was overgegaan zich moeten doodvechten. Tot de laatste snik haar vesting moeten verdedigen. Dan was ze eervol gesneuveld, had ze alles gegeven. Kijk hoe ze er nu bij zit, verslagen en vernederd. Gevallen voor een hoer en gevangen door een slavendrijver.

26. Door het rammelen van het traliehek ontwaakt ze uit haar lethargie en veert ze op, wil snel langs de man in het vreemde kostuum naar buiten vluchten en overboord springen. Maar ze heeft geen schijn van kans, de man is snel, duwt haar ruw terug, gooit een pan eten, die hij kwam brengen, achter haar aan. Met een harde klap komt ze met haar hoofd tegen de houten achterwand terecht en blijft versuft liggen. Dus ze is zelfs niet meer in staat om te ontsnappen. De eerste de beste paljas weet haar tegen te houden. Nu kan ze maar beter blijven liggen waar ze ligt en wachten tot ze door uitputting bezwijkt. Verder leven is nu onmogelijk, ze heeft keer op keer gefaald, er is niets meer over om voor te leven, ze moet opgeven, zo snel mogelijk sterven.

Een klaterende lach onderbreekt haar eindeloze zelfbeklag. Het is zonder twijfel de lach van een vrouw, ze draait zich snel om en ziet tot haar stomme verbazing een deftig geklede dame, begeleid door de edelman die hen kocht, over het dek flaneren. De vrouw ziet er prachtig uit. Ze draagt een schitterende japon en haar haren zijn hoog opgestoken en versierd met kleine bloemen. Als de vrouw even naar haar omkijkt, gaat er een hevige schok door haar heen. Het is Francine, de hoer Francine, de duivelin Francine, die daar aan de zijde van de edelman voortschrijdt. Verschrikkelijk, de duivelin heeft hem ook weten te betoveren, hem bedwelmd en in haar macht gekregen. Ze moet hem redden, voorkomen dat hij helemaal door het monster in bezit genomen wordt. Vlug staat ze op, werpt zich tegen de tralies en grijpt zich er vertwijfeld aan vast.

'Heer,' roept ze met schorre stem, 'heer, weest bevreesd, die vrouw is een heks, een duivelin die u bedwelmt, u laat denken dat ze vol liefde is. Werp haar overboord, dood haar alstublieft. O, heer, kom tot u zelf, bevrijdt u van dit monster.'

Ook de man kijkt nu om en staart met een verbaasde blik naar haar, terwijl Francine hem met een lach op haar gezicht iets in het oor fluistert. De man kijkt Francine even met opgetrokken wenkbrauwen aan en begint dan te schaterlachen. Francine lacht voluit mee. Ze kijken naar vrouwe Veronique en beginnen dan opnieuw. De man roept iets tegen de vreemd uitgedoste man die haar daarstraks tegen de wand wierp. Hij luistert naar de vreemde woorden die ze niet kan verstaan en komt dan naar vrouwe Veronique toe. Hij opent het traliehek en sleurt haar aan een arm het dek op. Ze denkt dat hij haar overboord zal werpen en al wilde ze dat net nog zo graag, nu is het echter haar taak om die edelman te redden. Ze wil voor zijn voeten op haar knieën neervallen om hem te smeken zich te ontdoen van die gevaarlijke gevallen vrouw, maar krijgt geen kans om bij hem in de buurt te komen. De vreemde man sleurt haar over het dek de opening onder het verhoogde achterschip in. Hij dwingt haar een trap af waardoor ze in een schemerige ruimte komen. Als hij haar van zich afduwt en ze aan het schemerlicht gewend raakt, ziet ze dat ze in een soort keuken beland is. De man begint heftig te gebaren en roept van alles in die vreemde taal.

Ze snapt er niets van, wat wil die man, laat hij liever zijn meester gaan beschermen tegen die gevallen vrouw. Hij verspilt kostbare tijd, het kan elk moment te laat zijn en dan is zijn meester voorgoed verloren. Daarmee ook haar laatste kans om de heer er van te kunnen overtuigen dat hij haar moet helpen. Dat hij nog in staat is om in te zien dat zij tot de heersende klasse behoort en ook bijna in de macht van die duivelse vrouw raakte. Gelukkig heeft ze nog net op tijd kunnen voorkomen dat ze haar helemaal in haar greep kreeg. Zien ze dan niet wat zij ziet, zijn ze dan al zo bedwelmd. Wat staat die man toch tegen haar te schreeuwen en wat is hij van plan met die bezem. Die bezem drukt hij ruw in haar handen en maakt met gebaren duidelijk dat ze de vloer moet vegen. Ze kijkt hem een ogenblik verbaasd aan en dan met grote ogen naar de bezem in haar handen. Is die man ook al gek geworden, flitst het door haar oververhitte hersenen. Hij schreeuwt steeds dezelfde woorden tegen haar en begint aan haar te duwen en trekken. Vrouwe Veronique reageert woedend en ze begint met de bezem op hem in te slaan. Hij ontwijkt haar slagen behendig en treft haar plotseling met een harde vuist vol in het gezicht. Het bloed spat uit haar neus en het is even helemaal zwart voor haar ogen. Ze staat wel een minuut te duizelen en komt dan weer bij haar positieven. Ze wil hem opnieuw een mep met de bezem geven, maar hij grijpt de steel beet en dwingt haar tot het maken van een vegende beweging. Woest laat ze de bezem los en schopt de man hard in zijn kruis. Terwijl hij schreeuwend van pijn en woede op de vloer ligt te kronkelen stampvoet vrouwe Veronique naar het dek en stevent rechtstreeks op het flanerende paar af.

'Heer koopman, ik moet u waarschuwen, de vrouw die u aan u arm voert is een gevallen duivelin, een heks die u bedwelmt en in haar macht probeert te krijgen. Dood haar of smijt haar overboord, laat u niet langer inpalmen. Luister naar mij, ik waarschuw u als een gelijke, ze heeft met mij het zelfde geprobeerd, ook ik raakte in haar ban, gelukkig kwam ik nog net tot inkeer. Laat haar......' Verder komt ze niet, de bediende heeft de pijn verdrongen en is haar razend van woede achterna gerend. Hij sleurt haar aan de haren over dek terug naar de keuken terwijl zij het nu uitgilt van de pijn. Ondanks dat hoort ze de bittere woorden die Francine haar naroept: 'Hij gelooft je helemaal niet, stom wijf. Hoe voelt het,' hoort ze haar er achteraan roepen terwijl ze de treden naar de keukenruimte afgesleurd wordt, 'om nu zelf eens als slaaf behandeld te worden, krankzinnig wijf?'

De man zet haar overeind en drukt opnieuw de bezemsteel in haar hand. Als ze die dreigt op te heffen gebaart hij waarschuwend met de linkerhand en wijst haar op het vlijmscherpe mes in de andere hand. Ze begrijpt dat ze zich beter even kan inhouden en net doen of ze de vloer gaat vegen. Maar de eerste de beste gelegenheid om te ontsnappen aan dit behekste schip zal ze zeker aangrijpen. Hoe dat wijf het voor elkaar krijgt weet ze niet, maar het lijkt er op dat ze iedereen tegen haar opgezet heeft. Wacht maar, haar kans komt nog wel.

27. Ineengedoken zit ze tegen de achterwand van de paardenstal. Het enige geluid dat ze hoort is het rivierwater dat gorgelend langs de romp stroomt. Het schip ligt midden op de rivier voor anker. De nachtelijke hemel is wolkeloos en oneindig veel sterren schitteren aan de zwarte hemel. Een koude wind giert over het dek en laat het stro in de stal rondwarrelen. De koude wind verkleumt haar tot op het bot. Haar handen doen zeer van het ruwe werk waartoe de bediende van de koopman haar dwong. Ze neemt zich voor, dat zodra het traliehek open gaat ze zonder een seconde te aarzelen overboord zal springen. De verdrinkingsdood is duizenden keren beter dan zich nog langer te laten vernederen door deze behekste lieden. Ze had Francine en de koopman niet meer gezien, nadat de idioot in zijn belachelijke kostuum haar van de trap afsleurde. Haar haarwortels doen nog steeds zeer. Na de bedreiging met het mes heeft ze geen kans meer gezien om zich te onttrekken aan zijn wil en vol ingehouden woede de vloer geveegd en de potten en pannen geschuurd tot ze blonken. Voortdurend loerde ze op een ogenblik van verslapping van de waakzaamheid van de pias, maar hij heeft zich niet meer laten verassen. Daarom moet ze als ze morgenochtend het traliehek openen ook direct uitvoeren wat ze zich voorgenomen heeft. Dat had ze gister al moeten doen, toen ze tegen de bedwelmde koopman riep dat hij door die duivelin bezeten werd had ze direct moeten inzien dat het te laat was, meteen over de reling moeten springen. Wat was ze stom geweest, hoe heeft ze die kans kunnen laten schieten. Ze had niet moeten twijfelen, niet moeten aarzelen. Die heks heeft iedereen ook zo razendsnel in haar greep gekregen, hoe is dat mogelijk, het is een wonder dat zijzelf aan haar bedwelmende invloed heeft weten te ontsnappen. Maar dit schip en zijn bemanning is verloren, verdoemd tot het dienen van de duivelin. Is dit dan wat er door de papen gepredikt werd, bedoelden ze dit met hun geroep over duivel en verdoemenis, waar mijn vader zo smalend over sprak? Hebben ze dan toch gelijk, met hun bewering dat zij die enige God dienen in hun strijd tegen de duivel? Heeft haar vader het dan toch bij het verkeerde eind gehad toen hij beweerde dat die paters met hun verhalen over goed en kwaad slechts uit waren op hun geld en bezittingen? Dat ze met die verhalen de mensen slechts angst wilden aanjagen? Angst voor de duivel, zodat ze zich gedwongen voelen om zich aan te sluiten bij hun kerk, hun geloofsgemeenschap. Dus die vrouw is slechts het verlengstuk van het eigenlijke grote kwaad, een vlees geworden tentakel van de echte duivel. Maar ze lijkt totaal niet op de afbeeldingen die haar vader toonde, de belachelijke man met hoorns en bokkenpoten. Ze bezit geen gevorkte staart en heeft geen drietand in haar hand. Ze ziet er immers uit als een doodgewone vrouw. Is die duivel dan zo machtig, dat hij in staat is om zich zodanig te vermommen? Ze weet zeker dat het een vrouwenlichaam was, waartegen ze zich aan vleide, die warme borsten waren absoluut echt. Dan kan het toch niet anders zijn dan dat die vrouw door de duivel in bezit genomen is, dat die zich binnen in haar lichaam verscholen heeft. Dat is toch onmogelijk, dat bestaat niet.

De herinnering aan die warme borsten roept prettige gedachten bij haar op, laat een huivering van genot door haar lijf trekken. Een vreemde gloed verspreidt zich door haar lichaam, roept opnieuw dat verwerpelijke verlangen op. De twee nachten die ze dicht tegen haar aan gelegen had. De zachte handen die haar voorzichtig streelden, haar zo prettig beroerden. De golf van genot die, oooh, stop, stop die gedachten, ze moet sterk zijn, zich verzetten tegen die bedwelmende gedachten. Weer wordt ze door de duivelin in bezit genomen, weer probeert ze haar in haar macht te krijgen. De verleidingen zijn zo moeilijk te weerstaan, maar ze moet sterk zijn, zich niet laten gaan, niet zoals die nacht daar op het gras. Die nacht toen ze nog hoop had, hoop op het redden van haar vesting, de vesting die nu zo oneindig ver weg lijkt. Ze kan zich de torens en de prachtige vallei nog amper voor de geest halen. Het heden, het nu, neemt haar volledig in beslag. De warme gloed trekt even snel weg als dat die in haar opkwam, de koude krijgt opnieuw greep op haar lichaam. Nog maar heel vaag, ergens ver weg, in het diepst van haar brein, sluimert nog dat verlangen, loert het op een kans om haar geest te overweldigen.

'Pssst, Veroniekje, hé, hoor je me, ben je daar?' Haar invloed is nu al zo sterk, dat ze zelfs haar stem hoort fluisteren. Zal de fatale vrouw haar uiteindelijk dan toch weten te bedwelmen, haar in haar macht krijgen? Ze bonkt hard met haar achterhoofd tegen de houten wand om die stem te verdrijven.

'Hoor je me nu, geef eens antwoord,' klinkt het opnieuw zachtjes. O wat klinkt die stem echt, het bonken tegen de wand kan die stem niet eens verdrijven.

Dan opeens ziet ze iets bij de tralies bewegen, er glinstert iets. Er glimmen een paar ogen, er beweegt een vage schaduw, er wordt zacht tegen de tralies getikt. Ze drukt zich nog strakker tegen de achterwand, zover mogelijk van de gevaarlijke gedaante vandaan. Nu ze weet waar ze moet kijken ziet ze een vage vorm, een vlek die zich aftekent tegen de nachtelijke hemel. Met een wanhopige kreet stort ze zich naar voren, grijpt door de tralies heen naar de verschijning. Haar handen vangen slechts koude nachtlucht en de ijzeren staven omklemmen haar hoofd. Met een ruk trekt ze haar hoofd terug en voelt hoe een van haar oren bijna afscheurt.

'Hé, doe nou eens rustig, halve gare, ik ben het,' hoort ze Francine zachtjes zeggen. Luister naar me, ik zal je….'

'Ga weg, ga weg, duivelin, vervloekte vrouw, verdwijn, ik laat me niet langer door jou bedwelmen,' roept vrouwe Veronique vertwijfeld uit.

'Hé, doe verdomme zachtjes, straks horen ze ons en ben ik de klos, hij weet niet dat ik wakker ben.'

'Weg, weg, ga weg,' overstemt vrouwe Veronique haar woorden.

'Wat klets je nou, wees nou stil.'

'Je hebt geen macht meer over me, ik ben vrij, ik laat me niet meer door jouw duivelse woorden bedwelmen,' jammert vrouwe Veronique wanhopig. Ze grijpt zich vast aan de tralies en schudt als een waanzinnig geworden dier aan het hek. Met haar hoofd steunt ze tegen een van de ijzeren staven. Zakt dan langzaam van uitputting voorover, met haar gezicht in het vuile stro en laat zich op haar rechterzijde vallen. Ze geeft haar verzet op en begint zachtjes te huilen.

'Luister nou naar me, Veroniekje, huil nou niet lieverd, ik heb goed nieuws. We gaan binnenkort ontsnappen, ik heb die koopman helemaal in de hand, hij is helemaal gek van me. Je moet gewoon een paar dagen volhouden en dan zorg ik er voor dat hij je vrij laat, dat hij je laat gaan. Dan kan je terug naar je vesting en als je wilt ga ik met je mee. Binnen de kortst mogelijke keren heb ik die de heer van Bollène van je te pakken, geloof me, hij heeft geen schijn van kans tegen mijn charmes. Je zou zelf ook eens moeten leren je vrouwelijke talenten uit te buiten. Je moet niet steeds als een kerel reageren, meteen naar de wapens grijpen. Mijn manier is veel effectiever, je hebt die klootzakken in een mum van tijd waar je ze hebben wil. Ze zijn zo zwak als pas geboren lammeren. Je moet gewoon even hun pik bespelen en ze kruipen voor je. Trouwens, die laatste afleidingspoging van je was wel erg realistisch. Je had me bijna echt gewurgd. Als die kerels een halve minuut later waren binnen gekomen was ik er geweest. Dus wees in het vervolg wat voorzichtiger, zorg dat je precies weet hoe ver je kunt gaan . Hé, kom nou schatje, sta nou op, hé kom eens hier, ik beloof dat het allemaal goed komt en als je het niet langer uit kan houden zal ik die paljas van een bediende ook even bespelen. Dan zorg ik dat ik de sleutel van dit vieze hok te pakken krijg. Kom, ga nou van dat vieze stro af, blijf daar nu niet in die paardenmest liggen.'

De woorden van Francine stromen door haar ziel als de kleine rivier door haar vallei, het is als een voortkabbelende muziek, een reeks klanken zonder einde. Ze hoort slechts tonen, geen woorden meer en merkt hoe ze langzaam aan toch weer bedwelmd raakt. Haar laatste verzet is weggesmolten als de sneeuw in het voorjaar. Ze kan gewoon niet langer weerstand bieden tegen de zoete klanken die over haar heen stromen. Haar tranen vloeien niet langer, de bronnen drogen op. Zonder controle over haar lichaam, zonder te beseffen wat ze doet, komt ze traag overeind. Ze gaat op haar gat zitten en staart naar de vage contouren, naar de plek waarvan ze weet dat daar haar mond moet zitten. Naar de mond, waaruit de eindeloze reeks klanken vloeit. Zonder er bij te denken veegt ze met een stuk droog stro de aangekoekte mest van haar rechterwang, waardoor de penetrante geur wat vermindert. Het liefst kruipt ze op haar knieën naar het traliehek, steekt ze haar armen er door, kruipt zo dicht mogelijk tegen de zoemende vrouw aan. Ze wil haar kussen, strelen, vasthouden, dichtbij haar warmte zijn. Werktuigelijk volgt ze haar verlangen, overbrugt kruipend het kleine stukje dat hen scheidt. Ze steekt haar armen tussen de tralies door, wil haar omhelzen. Maar dan trekt de vrouw zich plotseling terug, wijkt ze achteruit.

'Nu niet schat, het spijt me, maar je kunt me nu niet vasthouden, de koopman zou de geur van mest bemerken als ik zo weer naast hem ga liggen. Morgen, als je wat opgeknapt bent, dan, nee nu niet weer huilen, ik zal regelen dat je morgen jezelf kunt wassen en ook voor andere kleren zorgen. Heus, rustig nu maar, ga achteraan op dat droge stukje liggen en slaap, morgen wordt alles beter.'

Willoos kruipt ze naar de achterwand, vlijt zich neer en sluit haar ogen. Ze bemerkt niet eens dat Francine al verdwenen is nog voordat ze ligt. En slaapt bijna direct.

28. Woedend schuift ze de houten tafel opzij, grijpt de bezem en wil inslaan op het lachende gezicht van Francine die op het zachte bed naar haar ligt te roepen. Ze kan de woorden niet verstaan maar de klanken zijn als zoete honing. Zonder het te willen laat ze de opgeheven bezem zakken en doet voorzichtig een stap naar voren, naar Francine, Francine die met haar hand wenkt. Haar geur is warm en bedwelmend, laat het verlangen in vrouwe Veronique groeien en groeien. De bezem glijdt uit haar handen, valt geluidloos op de grond en ze strekt beide armen uit naar de warmte van de verleidelijke vrouw. Plots hoort ze een hoge gil achter zich, een schelle stem in doodsnood. Geschrokken draait ze zich om, kijkt vertwijfeld naar de man die zijn strijdbijl met een sierlijke zwaai in het hoofd van haar nichtje laat verdwijnen. Het kind valt neer, haar hoofd verandert in een gespleten houtblok, dat ze zo dadelijk in de haard zal werpen. Tot haar stomme verbazing zweeft Francine langs haar heen en land naast het kind op de grond. Nee, het is Francine niet, het is haar zuster, die daar naast het in tweeën gehakte kind ligt. De aanvaller heft zijn bijl al weer op en richt de volgende slag op haarzelf. Snel duikt ze diep weg in het zachte bed waar Francine zojuist nog lag. Ze valt er dwars doorheen, met een bons op een koude stenen vloer. Haar hoofd doet pijn en ze moet zich snel oprichten om zich te beschermen tegen de suizende bijl. Nog voordat die haar raakt voelt ze de koude dood en schiet met een kreet overeind.

De geur van mest laat haar beseffen dat ze nog altijd in de paardenstal aan boord van dat grote vaartuig zit. Ze is door en door koud, slaat haar armen om zich heen. Ze voelt zich geradbraakt, totaal uitgeput. Ze begrijpt er niets meer van, hoe kan het dat zij hier zit te vernikkelen in deze vieze stinkende stal, terwijl Francine lekker warm in het veren bed van de koopman ligt. Waarom laat die man mij als een slaaf in de keuken werken, wat heeft hij zo aan mij, er lopen tientallen lieden over dek. Ze heeft zeker al vijf vrouwen gezien die bezig waren met het schrobben van potten en pannen. Zijzelf heeft totaal geen waarde als keukenhulp, ze kan geen voedsel bereiden en heeft geen verstand van schoonmaken. Ze is opgegroeid als dochter van een kasteelheer en heeft geleerd te vechten en om onderdanen te bevelen. Haar vader had na de dood van zijn echtgenoot geen andere vrouw meer genomen, zodat hij met twee dochters achterbleef. Bij gebrek aan een opvolgende zoon had hij er voor gekozen om haar en haar zuster alles te leren wat je als heerser over een vesting moet leren. Niet hoe je als vrouw het huishouden moest bestieren, of wat andere dochters van een kasteelheer dan ook moeten leren. Ze heeft geen idee, ze kent geen voorbeelden. Haar hele leven heeft ze doorgebracht in de vertrouwde vallei aan de voet van haar vesting. Nu en dan verbleef ze in de bossen er boven, als ze met haar vader ging jagen. Slechts en enkele keer in het stadje, waar ze Francine tegenkwam. Na die ontmoeting is alle misgegaan. Heeft ze zich van de wijs laten brengen door die, ja, hoe noemt ze haar. Hoer is het juiste woord, maar waarom laat ze zich dan door haar verleiden, ze is toch geen man. Ze is een vrouw en toch voelt ze bij haar dat enorme genot. Het overweldigende gevoel. Zou ze dat nu ook bij die koopman ter weeg brengen en niet alleen bij hem, maar bij al die mannen waar ze het zo zelfverzekerd over heeft? De kasteelheren en vorsten, waarvan ze beweert dat ze die heeft ontmoet. Is dat wat ze bedoelt met het bespelen van die mannen? Ach barst, wat kan mij het allemaal schelen, ik moet hier weg, terug naar mijn vesting. Weg van die verderfelijke, verleidelijke, heerlijke…. 'Nee,' roept ze vertwijfeld tegen zichzelf, 'ik moet daar mee stoppen, ik moet me bevrijden van die invloed, ik moet hier uit.' Razend om haar steeds weerkerend verlangen begint ze wild aan het traliehek te schudden. Het rammelt in de ijzeren scharnieren, het hout van de zijwand kreunt onder het geweld. En dan ineens, volkomen onverwacht, schiet het hek een stukje omhoog aan de scharnierzijde. Stomverbaasd laat ze het hek los, het valt met een doffe bons op het houten dek. Even duurt het, dan beseft ze dat ze vrij is, dat ze uit het stinkende hok kan kruipen. Vlug duikt ze naar voren, springt overeind en kijkt snel om zich heen. Er is niemand te zien op het donkere dek, wolken jagen langs de donkere hemel, waardoor de maan nu en dan tevoorschijn komt en de omgeving in een spookachtig licht zet. Het enige dat ze hoort is het bruisen en gorgelen van het woest stromende rivierwater onder en langszij het schip. Snel rent ze naar de trap waarlangs ze op het verhoogde achterschip komt. Ze is in een paar stappen bij de houten verschansing. De maan laat het wit van het kolkende water oplichten. Ze voelt hoe de ijskoude wind tot op haar lijf doordringt, het lijkt alsof ze geen kleding draagt. Haastig zoekt ze naar een mogelijkheid om vanaf het schip naar de wal te geraken, ze moet weg, vlug, niet langer dralen. Ze moet terug naar haar vesting, terug naar de vertrouwde omgeving, weg van die verwerpelijke vrouw en dit verdoemde vaartuig met zijn vreemde bemanning. Maar er is niets waarlangs ze naar de oever kan komen. Er is geen touw naar de wal, geen kleine boot waarmee ze kan vluchten, niets, ze is nog net zo gevangen als daarnet. Een uitroep achter haar laat haar schrikken, vlug draait ze zich om, twee bemanningsleden klimmen het trappetje naar het achterdek op. Stormen naar voren, willen haar grijpen.

159

Zonder te denken springt ze overboord en belandt in het koude water. Met een hevige ruk trek er iets aan haar kleed, een van die mannen heeft haar nog weten te grijpen. Wild slaat ze om zich heen, wil de hand die haar vasthoud afhakken, maar dat is zonder wapen onmogelijk. Als ze met haar rechtervuist op de hand beukt voelt ze dat het geen hand is, maar een harde houten pen waaraan ze is blijven hangen is. Steeds verdwijnt haar bovenlichaam onder water en voelt ze hoe het aan haar trekt en sleurt. Ze hangt op haar kop aan een haak als een net gevangen vis. Wild worstelt ze met haar kleed, ze wil het laten scheuren, desnoods uitrekken. Ondertussen moet ze telkens weer haar bovenlichaam optrekken om boven water naar lucht te happen. Het water, kolkt, het water dringt in haar neus, haar oren en mond, ze ademt water. Nog een keer en nog een keer trekt ze zich op, spuugt het water uit, zuigt een grote teug naar binnen, rukt en worstelt volkomen in paniek met de houten pen en haar kleed. Uitgeput laat ze zich opnieuw in het water vallen en weet zich nog maar net omhoog te werken voor een nieuwe adem teug. Dan ineens voelt ze dat ze losschiet, maar niet het water in, ze wordt naar boven getrokken en door vele handen over de leuning gesleurd. Lachende mannen, schreeuwende stemmen in haar oor, ze ziet ze niet, hoort ze niet. Ze brengen haar bewusteloos terug naar de paardenstal en sluiten het traliehek. Ze zekeren de scharnieren zodanig dat ze het hek niet nogmaals zal kunnen lichten.

29. Een hoog geluid en een roepende stem wekken vrouwe Veronique uit donkere diepten. Langzaam opent ze haar ogen, knijpt ze meteen weer toe, het felle licht brandt op haar netvlies. De stem blijft roepen, het hoge tikkende geluid klinkt opnieuw. Heel voorzichtig opent ze een oog en schermt het af met haar hand. Het felle, haast ondraaglijke licht, wordt door de hand getemperd en na een poosje opent ze een tweede oog. Maar iets ermee zien lukt nog niet, pas na verloop van tijd, nadat ze half overeind komt, onderscheidt ze een vage vorm die tegen het felle licht afsteekt. En dan is er dat geluid er weer, het tikken, de stem, het is weer die verwerpelijke-, die gevaarlijke-, die heerlijke zoete stem, die haar uit de donkere diepten naar boven sleurt en haar laat beseffen dat ze opnieuw is opgesloten in de stinkende paardenstal.

'Hé, Veroniekje,' roept die stem haar zachtjes, 'kom op nou, pak die beker aan voor iemand ziet dat ik die aan je geef. Kom op nou, wacht niet langer. Je hebt vannacht al genoeg rare fratsen uitgehaald, hoe kan ik je op die manier nu beschermen en helpen. Je moet wat drinken vlug, pak aan.'

Maar vrouwe Veronique blijft wezenloos naar de donkere vlek staren, weigert zich opnieuw te laten inpalmen. Er ontbrandt een felle tweestrijd in haar hoofd. Het is allemaal de schuld van die vrouw. Als ik die niet had ontmoet dan, nou ja, in die herberg was het wel goed geweest, maar daarna had ik, ja ik had haar gewoon moeten doden en alleen verder gaan, door haar was ik afgeleid, niet op mijn hoede. Het is haar schuld dat die kerels me wisten te overrompelen. Verdomme, waarom overkomt me dit.

Plotseling is de donkere vlek verdwenen, is er slechts het traliehek en het felle licht. Ze komt nu helemaal overeind en gaat tegen de achterwand zitten. Ze wrijft in haar ogen, opent ze opnieuw voorzichtig en dan pas beginnen ze langzaam aan het felle licht te wennen. Ze onderscheidt het dek, de heen en weer rennende bemanningsleden. Er wordt geschreeuwd. Bevelen, in die vreemde taal, weerkaatsen tegen steile klippen. Ze gaat voorzichtig staan, steunt met een hand tegen de zijwand en stapt naar voren. Met een hand houdt ze zich vast aan een tralie en kijkt naar links en daarna rechts. Ineens ziet ze het, het zijn geen steile klippen waartegen de stemmen weerkaatsen, het zijn stenen muren, muren met daarin raamopeningen. Muren van een lange eindeloze vesting, nee het zijn gebouwen. Niet opgetrokken van bleke, grauwe natuursteen, maar gekleurd met lichte pasteltinten. In de raamopeningen glinsteren vreemde vlakken, dat zijn de glazen ramen waar die idiote steenhouwer steeds over begon, flits het door haar hoofd.

Hier en daar hangt er een vrouw uit een raam en roept wat naar de bemanning. Die schreeuwen met harde ruwe klanken terug, lachen luid, roepen nog wat. Vanuit de ramen wordt hun roep beantwoordt door schaars geklede vrouwen. Eentje gilt en een ander lacht gierend.

Dan beseft ze dat ze het water niet langer hoort gorgelen, dat de oevers niet langer langs glijden. Ze rekt zich tot het uiterste uit en ziet dan dat het schip tegen een muur ligt en dat er achter de muur een weg loopt waarop zich een grote groep mensen verzameld heeft. Er wordt in het dek een luik geopend en er worden kisten en kratten tevoorschijn gehesen, die naar de kade worden gedragen en op karren geladen. Wild trekt en duwt ze aan het hek, nu kan ze ontsnappen, nu kan ze van dit verrekte schip af. Waarom geeft het verdomde ding niet mee, waarom kan ze het nu niet oplichten. Vertwijfeld schudt en rammelt ze aan de tralies. Bemanningsleden kijken naar haar, maken rare geluiden, eentje maakt een krabbend gebaar onder zijn oksels en roept iets, de anderen reageren met gierend gelach. Een kreet vanaf het dek boven vrouwe Veronique laat de gezichten verstenen, angstig kijken ze omhoog en gaan vlug verder met het lossen van de lading. Het luik wordt niet veel later met een klap gesloten en de bemanning verlaat in optocht het schip en gaat achter de volgeladen karren aan. Ze schreeuwen en joelen tegen elkaar, roepen wat naar de nu lege ramen, slaan elkaar op de rug, stompen op elkaars schouders. Even later is het dek helemaal verlaten. Iedereen is naar de wal verdwenen.

Dan hoort ze weer die stem, die verleidelijke stem, een hoge giechelende lach en ze ziet hoe de koopman Francine aan de arm naar de verschansing voert, haar aan wal helpt. Ze is gekleed in een prachtig gewaad en draagt een aanstellerig parasolletje boven haar hoofd. Doet net of ze zich tegen de zon moet beschermen. De koopman heeft een arm om haar taille geslagen en houdt haar stevig vast. Een heftige steek trekt door het hoofd van vrouwe Veronique. Ze voelt een pijn die ze nooit eerder ervoer. Ze roept het weglopende paar een grove vloek na en gaat kwaad op het stro zitten piekeren. Hoe kan ze uit deze kooi komen, waarom geeft het hek niet mee. Ze springt weer op, schud woest aan de tralies en laat zich dan weer moedeloos in het vieze stro vallen. Ze voelt de tranen opwellen. Denkt dan ineens aan de stem van haar vader. Haar vader die keer op keer tegen haar riep dat ze moest stoppen met janken, als ze zich tijdens de oefengevechten bezeerde, of als ze door hem geslagen werd. Overspoeld door herinneringen aan de mooie dagen van haar jeugd zakt ze langzaam weg in een diepe slaap.

30. Voorzichtig opent ze een oog, net voldoende om naar de voorkant van de kooi te loeren. Ja, daar is dat zachte kraken weer. Iets of iemand maakt een krakend geluid. Het is zachtjes, toch weet ze zeker dat ze er wakker door werd. Ze kan niet veel zien, slechts een bleke nachtelijke hemel boven de gebouwen langs de rivieroevers. Verder is het aardedonker, nergens brandt een lantaarn. Weer klinkt het gekraak, dan volgt een hoog knerpend geluid, wat is dat? Het lijkt alsof er iemand probeert een deel van de zijwand open te breken. Ze blijft doodstil liggen, speurt nu met wijd opengesperde ogen om zich heen. Niets anders dan duisternis. Het kraakt opeens hard, opnieuw gevolgd door een hoge piep, dan klettert een stuk hout op het dek en vervolgens hoort ze niets meer. Behoedzaam komt ze overeind, gaat zitten, het stro ritselt, doordat ze zo gespannen is lijkt het oorverdovend hard. Roerloos kijkt ze om zich heen. Geen geluid. Niets te zien. Dan begint het kraken plots opnieuw, een hoog gesnerp gevolgd door een zachte snik. Weer gekraak en voor de tweede keer valt er iets op de dek-planken. Nu weet ze het zeker, iemand probeert iets open te breken.

'Veroniekje,' klinkt onverwacht de zachte stem van Francine. Het hart van vrouwe Veronique maakt een wilde sprong, wat moet die vrouw nu weer van haar. Hoewel ze blij is haar stem te horen zou ze haar toch het liefst wurgen. Ze schaamt zich zo ontzettend diep voor haar verlangen naar die vrouw. Haar hart gaat als een waanzinnige tekeer. Is ze er echt, of verbeeldt ze zich dat.

164

'Veroniekje, psst, hoor je me.'

Nee, ze heeft zich niet vergist, Francine is daar ergens in het donker. Maar wat wil ze.

'Veroniekje, wordt eens wakker,' fluistert Francine op dringende toon.

'Ik ben wakker,' antwoord vrouwe Veronique saggerijnig. Dat achterlijke Veroniekje ook, ze ergert zich er steeds meer aan. 'Wat moet je,' snauwt ze op goed geluk in de richting waar ze Francine vermoedt. Al haar spieren zijn tot het uiterste gespannen, ze is helemaal klaar voor een verwoestende uithaal.

'Als je me helpt tillen kunnen we dat verdomde hek uit de hengsels beuren, het lukt me alleen niet.'

Hoezo, dat hek opbeuren, grauwt vrouwe Veronique inwendig? Wat denkt dat mens wel, zeker dat ik stom ben. Dat heb ik allang geprobeerd, die lui hebben iets boven de scharnieren gespijkerd. Daardoor is het hek niet te lichten, maar dat snapt dat mens natuurlijk niet. Maar wacht eens, dat kraken en piepen, heeft dat mens die stukken hout weggehaald?

'Dat hek zit vast, stom figuur,' snauwt ze in de richting van Francine.

'Stt, niet zo hard, straks horen ze je, als ze me hier betrappen zitten we een twee drie samen in die stinkstal, kom op nou, kom naar voren en help me. Ik heb het hek losgemaakt, dus nu kan het wel omhoog.'

Vrouwe Veronique overweegt de mogelijkheden, die vrouw is dus minder stom dan ze dacht, nu kan ze twee vliegen in een klap slaan. Eerst die vervloekte vrouw overboord gooien en er dan via de kade er als een haas vandoor. Maar stel dat het hek niet te lichten is, wat is dan het addertje onder het gras, staat dat mens daar ergens in het donker te wachten tot ik naar voren kom en steekt ze me dan overhoop. Ze zal nu toch wel door hebben, dat ik haar wil doden. Waarom kan ik haar niet zien, het is ook zo verdomde donker.

Onverwacht worden haar overpeinzingen onderbroken door het zachte janken van een hond. Aha, bedenkt ze dan, ze heeft een of andere hond opgeduikeld die ze loslaat zodra het hek open is. Ze zal me dus niet zelf aan durven vallen, ze wil de schuld aan een bloeddorstig monster geven. Dan blijft zij buiten schot. Slim bedacht dame, maar daar trap ik heus niet in. Als ik dat hek oplicht en een klein stukje openzet. Dan wacht ik tot dat monster op me af komt en trek ik het hek vervolgens hard naar me toe. Dan zit dat beest klem en kan ik hem uitschakelen. Vervolgens draai ik hem de nek om, gooi het hek bovenop dat mens en laat haar nek er op volgen. Dan kan ik er vandoor, eindelijk terug naar huis.

Ze stapt geruisloos naar voren, pakt het hek beet en beurt het voorzichtig een stukje omhoog waardoor het uit de scharnierpennen gelicht wordt. Nergens ziet ze de handen van Francine, dus zie je wel, die staat daar in het donker te wachten tot ze dat beest kan loslaten. Zo'n hond kan in het duister net zo goed zien als overdag, die gebruikt natuurlijk zijn neus. Heel langzaam duwt ze het hek wat naar voren en wacht een tel om vervolgens de val dicht te klappen. De tel was te lang, ze voelt hoe een beest tegen haar opspringt, laat het hek los en graait op goed geluk naar de kop van het dier. Ze voelt een natte lap in haar gezicht en terwijl het hek met een donderende klap op het dek belandt, hoort ze hoe Francine de naam Isabel roept. Een eindeloos durende seconde bevriest iedere beweging en in die ene eindeloze seconde dringt de naam Isabel door tot de hersens van vrouwe Veronique. Die ene seconde is precies voldoende om de draaiende beweging van de in haar handen geklemde hondenkop te onderbreken en verbaasd, zonder wat te zien, naar haar handen te staren.

'Isabel, de Isabel,' roept ze volkomen overrompeld.

'Ja, ze kwam gister achter me aan, kennelijk is ze ons langs de oevers gevolgd,' reageert Francine.

En om haar woorden te onderstrepen likt de hond de handen van vrouwe Veronique nadat ze het dier losgelaten heeft. Totaal in de war staat vrouwe Veronique voor zich uit staat te staren.

'Kom op, Veroniekje, we moeten maken dat we wegkomen voordat de hele bemanning ons op de nek springt.'

Die woorden brengen haar terug in het heden en ze beseft dat dit inderdaad *de kans* is om te ontsnappen, de nek van Francine moet maar even wachten, eerst dit stinkhok uit en van deze verrekte schuit af. Maar hoe, het is te donker om te zien waar ze haar voeten neerzet. Tastend zet ze voorzichtig een stap naar voren, nog een en waagt het er dan op om wat vlugger richting de verschansing te lopen. Plotseling voelt ze een hand op haar arm, waardoor ze hevig schrikt, dan beseft dat het de hand van Francine is. Kennelijk kan die wel goed zien, want de vrouw sleurt haar mee. Haast struikelend over haar eigen benen voelt ze dat ze bij de houten verschansing gekomen zijn. Stevige handen grijpen haar van achter vast, maar dat is vreemd, de hand van Francine voelt ze tegelijkertijd op haar arm. Ze wordt wild naar achter getrokken en dan flakkert er een klein vlammetje op, dat langzaam groter wordt. In het licht van de juist ontstoken lantaarn ziet ze hoe een aantal bemanningsleden Francine naar de paardenstal slepen en voor ze goed en wel door heeft wat er gebeurt, volgt ze dezelfde weg. Beide worden hardhandig in het vieze stro gegooid en zonder dat er een woord gesproken is, wordt het traliehek terug geplaatst en beginnen twee kerels het met planken vast te timmeren. Vrouwe Veronique en Francine kijken elkaar verbouwereerd aan en voor een van hen wat kan zeggen verschijnt de koopman aan de andere kant van het hek.

'Zo, dame, je wilde je vriendin zo graag bevrijden, wel, je hoeft haar niet lager te missen, je mag haar gezelschap houden totdat ik een afnemer heb gevonden voor twee bedslaafjes. En als jullie nog een keer proberen te ontsnappen, geef ik jullie aan de bemanning. Tegen de tijd dat zij genoeg van jullie hebben, zal er weinig van jullie over zijn en kunnen jullie als oud vuil over boord.'

Na de op bijtende toon gesproken woorden verdwijnt hij uit beeld. De timmerlui zijn kennelijk klaar, want de lamp wordt gedoofd en na wat gestommel op het dek wordt het weer doodstil. Maar dat bemerkt vrouwe Veronique amper, de woorden van de koopman dreunen nog na in haar hoofd. Wat is in godsnaam een bedslaafje, daar heeft ze nog nooit van gehoord. Vlakbij ritselt het stro. Ze spitst haar oren. O, natuurlijk, Francine is daar ergens aan de andere kant van dit hok. Op het zelfde moment begint Francine te praten.

'Verdomme, waarom was je niet wat sneller, dan waren we er nu vandoor, jij met dat stomme gestuntel daarnet, waarom liep je de verkeerde kant uit?'

'Hoezo, de verkeerde kant, ik weet nergens van,' antwoordt vrouwe Veronique op hoge toon, 'ik probeerde gewoon de reling te vinden, kan ik er wat aan doen dat het zo verdomde donker is.'

'Ja, het is donker, maar als je je ogen open gedaan had had je heus wel kunnen zien welke kant je op moest.'

'Wat een onzin, het is harstikkedonker, jij ziet nu toch ook niets, nou dan.'

'Hoezo, jij ziet niks, ik zie anders een stom wijf tegen de wand van dit verdomde paardenhok zitten.'

'Dat meen je niet, je kunt me helemaal niet zien, ik zie jou toch ook niet.'

'Dan mankeer je zeker wat aan die bekakte ogen van je.'

O ja, hoeveel vingers steek ik dan op,' reageert vrouwe Veronique op smalende toon, 'dat kun je vast niet zien.'

'Het zijn er zes of zeven, zoveel licht is er nu ook weer niet, maar als

168

je naar buiten kijkt kun je de dek planken en de reling zien, zo moeilijk is dat toch niet.'

Vrouwe Veronique tuurt in de richting waar ze het dek weet, maar ziet nog altijd helemaal niets. Zit dat mens me nu te bedonderen of kan ze echt wat zien en waarom ik dan niet.

Het is haar nooit eerder opgevallen dat ze slecht ziet in het donker. Hoe had dat ook gekund, dan had ze met iemand een vergelijking moeten maken net zoals nu. Maar horen kan ze haar wel, elke beweging van haar klinkt luid in haar oren. Het zal geen enkele moeite kosten om op haar af te duiken en het plan van daarstraks alsnog uit te voeren. Die vrouw moet sterven voor ze haar opnieuw in vervoering weet te brengen. Ze spant haar spieren, bereid haar lichaam voor op een onverwachte duik. Ze duikt naar voren, haar armen gestrekt in de richting van Francine. Met een dreun komt ze tegen de houten wand terecht. Francine heeft vol verbazing zitten kijken naar haar vreemde bewegingen en laat zich opzij vallen op het moment dat vrouwe Veronique op haar af vliegt.

'Hé, halvegare, wat ben jij van plan,' snauwt ze vrouwe Veronique toe, terwijl die moeizaam overeind krabbelt en met haar vingers haar pijnlijke gezicht betast.

'Waar slaat dit nu weer op, kakmadam, ben je nu ook nog helemaal gestoord geraakt, wordt het tijd dat ik je eens even flink in elkaar timmer. Haal dat soort grappen niet meer uit, hoor je, ik sla je verrot als je nog eens probeert om me aan te vallen.' Het is Francine volkomen duidelijk waar die plotselinge duik voor bedoeld is. Toen ze samen de eerste keer opgesloten zaten en dat achterlijke mens haar begon te wurgen, dacht ze nog dat het een tactische zet was om die klootzakken af te leiden. Maar nu dringt het tot haar door, dat die gek echt van plan is om haar nek om te draaien. Wat bezielt dat mens, was ze er vannacht maar in haar eentje vandoor gegaan. En was ze maar niet zo stom geweest om haar eerst te bevrijden, verdomme, ik moet bij dat mens vandaan, zodra ik een oog dicht doe, word ik nooit meer wakker.

'Waar ben je mee bezig, Veronique, waarom probeer je me steeds te doden?'

Vrouwe Veronique geeft geen antwoordt, tuurt in het duister zonder iets te zien. Ze spant haar ogen tot het uiterste in, het helpt niets. Het ritselen van het stro vertelt haar daarentegen dat Francine zich verplaatst. Ze is er zeker van, dat ze nu precies weet waar ze zich bevindt. De spanning is te snijden. Ze loert en loert en beseft dan dat Francine haar wel kan zien, dat ze haar op een andere manier moet aanvallen. Ze ontspant haar spieren gaat quasi onverschillig over haar gezicht zitten wrijven, geeuwt uitvoerig en doet alsof ze gaat liggen. Dan duikt ze plotsklaps op Francine af en knalt opnieuw hard tegen het ruwe houtenschot.

'Hé, idioot,' gilt Francine, 'houd daar verdomme mee op.' Ze geeft vrouwe Veronique een harde klets in het toch al gehavende gezicht. Maar die geeft geen krimp, doet net of ze het niet voelt. Ze snapt het niet, hoe kan ze haar nu weer gemist hebben. Zoals het er nu uitziet kan ze beter wachten tot de dag aanbreekt en ze ziet wat ze doet. Ze gaat liggen, deze keer echt om te gaan slapen. Ze hoort hoe Francine zich snel verplaatst en ze denkt wacht maar, ik krijg je morgen wel.

Hé, Veroniekje,' probeert Francine het nog een keer op zoetsappige toon, 'waarom doe je dat nou, ik ben toch je vriendin, je maatje, samen kunnen we goed uit deze rot situatie geraken en dan terug naar je prachtige vesting.'

Wat weet jij nou van mijn vesting, denkt vrouwe Veronique, je hebt hem nog nooit gezien. Denk maar niet dat ik er intrap, je kletst maar lekker, ik reageer niet meer.

'Toe nou, Veroniekje, je hele gezicht ligt open, je bloed, laat me je helpen, straks ontsteekt de boel. Kom nou, echt, er is maar een manier om uit dit rot hok te komen en dat is elkaar door dik en dun steunen. Waarom val je me steeds aan, vertel me op zijn minst wat ik je misdaan heb, dan begrijp ik waarom je het doet.'

'Vuile hoer, een vuile hoer, dat ben je, een vieze vuile hoer.' Vrouwe Veronique spuugt de woorden in de richting waar ze Francine vermoedt. 'Een vazal van de duivel ben je, door jou zit ik in deze narigheid, het is door jou dat ik mijn vesting nooit meer terug zal zien.' Het overkwam haar gewoon, ze was zo vastbesloten geen woord te zeggen, maar in haar woede vliegen de woorden eruit voor ze het weet, ze kan het puntje van haar tong wel afbijten, maar het is te laat. De duivelin heeft haar toch weer weten te verlokken.

'Hoor, nou eens, Veroniekje, je hebt gelijk als je zegt dat het mijn schuld is dat we hier zitten, ik had net wat sneller moeten zijn met dat hek en minder lawaai moeten maken. Maar ik wist toch niet dat jij niets ziet in het donker, ik dacht dat je achter mij aan rende. Het is dat Isabel plotseling terugging anders was ik al op de kade geweest. Daardoor keek ik om en zag dat je de verkeerde kant opliep. Maar om me nu een duivelin te noemen slaat echt nergens op. Ik had ook gewoon weg kunnen rennen en jou achter kunnen laten. Voor jou ben ik omgedraaid en ben je komen halen. Is dat nu een reden om me steeds aan te vallen, je hoeft me niet dankbaar te zijn, maar een beetje vriendelijkheid mag ik toch wel van je verwachten. Ik heb jou toch niets misdaan, het is toch die verrekte handelaar die ons hier opgesloten heeft. Dat doe ik toch niet.'

Isabel, ja natuurlijk die was het die me plotseling in het gezicht likte, waar kwam die opeens vandaan. Het is onmogelijk dat die ons heeft gevolgd. Ze moet zich vergissen en, ja ja, je weet het allemaal weer mooi te brengen, denk maar niet dat ik me de stroop om de mond laat smeren, je bent een sluwe slang. Een slang zoals in het scheppingsverhaal. Ach verdomme, ik heb nooit iets opgehad met die christelijke verhaaltjes, hoe kom ik nu opeens op die onzin. Dat ik haar een duivelin vind heeft niets te maken met Bijbelse vertellingen. Het is gewoon…

'Toe nou, Veroniekje,' onderbreekt Francine haar gedachtegang. 'Je moet me geloven, je moet vertrouwen in me hebben, echt, ik weet heus wel een manier te verzinnen om hier uit te komen. Je hebt gelijk, ik ben een hoer, dat ben ik altijd al geweest, maar daar is niets mis mee. Zo heb ik me in deze harde wereld staande weten te houden, ik heb niet het geluk gehad om in een rijk nest te zijn geboren. Geloof me, de wereld is keihard voor arme mensen zoals ik. Dan moet je de talenten die je hebt gewoon benutten, anders redt je het niet. En heus, ik geef niets om die kerels zoals die koopman, ik gebruik ze gewoon. Ik dacht dat als ik hem een rad voor ogen kon draaien en er voor zorgen dat hij me vertrouwde, dat ik jou dan op een nacht kon bevrijden en we er samen vandoor konden gaan. Nou, je ziet het, ik lieg niet, ik heb gedaan wat ik bedacht. Ik had daarstraks net zo makkelijk weg kunnen lopen. Ik had helemaal niet naar je hoeven omkijken, zelfs niets aan dat verrekte traliehek hoeven doen. Het is omdat ik jou wilde redden dat we hier zitten, nergens anders om. Begrijp je nu waarom ik niet snap waarom je me steeds aanvalt, wil je me doden of zo, maar waarom dan?'

'Omdat je me steeds weer verleidt tot het doen van dingen die niet horen,' snauwt vrouwe Veronique kwaad tegen het duister. Ze raakt steeds verder vertwijfeld doordat ze niets kan zien, ben ik blind geworden, vraagt ze zich af, zal ik nooit meer kunnen zien. Heeft ze het licht uit mijn ogen gestolen?

'Ach, Veroniekje,' onderbreekt Francine haar gedachtegang opnieuw, kom eens hier, hé, kom kruip eens lekker tegen me aan, laat me je gezicht verzorgen. Kom, nee toe nou, kruip niet steeds weg. Ik doe je niets.'

Vrouwe Veronique kruipt blind in het rond, stoot keer op keer tegen de houten wanden. Wat moet ze nu, is het waar wat die vrouw zegt, is ze echt voor haar terug gekomen en als ik nu eens echt blind ben, dan heb ik iemand nodig die me kan leiden. He, verdomme, Veronique, vervloekt ze zichzelf, doe niets zo verrekte vals, wil je haar gaan gebruiken zoals zij met anderen doet, ach, waarom niet en ze is toch......

Francine heeft haar tegen zich aangetrokken en streelt met haar zachte handen over haar gezicht. Ze hoort hoe ze ergens op spuugt en voelt dan een natte doek over haar voorhoofd wrijven. Ze doet wat ze heeft gezegd, ze maakt de wondjes op haar voorhoofd schoon, stelpt het bloed met een puntje van haar kleed, streelt vrouwe Veronique zachtjes over haar haren, over haar rug. Drukt een kus op haar verwarde haar. Fluistert lieve woordjes.

'Kom, Veroniekje, ontspan nu maar, je hoeft niet steeds te vechten om in leven te blijven, er zijn andere manieren. Je moet leren je schoonheid te gebruiken, heus, als je jezelf wat beter presenteert ligt de wereld aan je voeten. We moeten samenwerken, we moeten eerst uit deze kooi, en dan trekken we langs de rivier terug naar het Zuiden en gaan samen naar je vesting. Denk daar liever aan, ontspan je nu maar. Ja zo, zie je nu wel, je voelt je al een stuk beter.'

Inderdaad voelt ze zich beter, juist hier is ze zo bang voor. Dat gevoel, het warme gevoel in haar buik, de aangename spanning tussen haar benen.

Verdomme, ze doet het weer. Vrouwe Veronique wil zich losrukken, zich verzetten, maar de zachte woorden van Francine houden haar tegen.

Ach, waarom zou ze zich verzetten tegen die aangename tinteling. Die heerlijk strelende zachte handen. Ah, wat weet die vrouw.....

Ze kreunt van genot, welft haar rug, laat zich weer volledig gaan. Geniet van de tastende vingers onder haar kleed, de lippen die zacht haar tepel beroeren. De vingers die haar dijen heel zachtjes strelen en uiteen duwen, het zalige gevoel als ze binnendringt. Ze zinkt weg in een zachte, warme wolk.

31. Door geschreeuw worden ze uit een diepe slaap losgerukt. Geschrokken komen ze overeind. Een deel van de bemanning staat met geile grijnzen op hun ongewassen gezicht door de tralies te gluren. Twee steken graaiende handen tussen de spijlen door, ondertussen hun lippen aflikkend. Opnieuw klinkt een schreeuw, gevolgd door een serie harde woorden, die overduidelijk vloeken zijn, waarmee de bemanning voor de kooi wordt verdreven. Het is de stem van de koopman, die over het dek schalt. Haastig, met angstige gezichten, schieten de bemanningsleden alle kanten op. Touwen worden binnengehaald, de loopplank, die ze vannacht net niet wisten te bereiken, klettert op het dek en wordt weggedragen. Op de wal schreeuwen de voerlieden tegen het span paarden en het schip komt in beweging. Uit de ramen hangen vrouwen in gedeeltelijke staat van ontkleding naar de bemanning te joelen en gillen. Ze zwaaien met kledingstukken en lachen en gieren om elkaars dubbelzinnigheden. De Spaans sprekende bemanning beseft niet dat ze belachelijk worden gemaakt en reageren vol enthousiasme op het gegil en geroep. Ze denken zeker dat ze gesmeekt worden snel terug te keren voor een nacht vol van drank en woeste vrijpartijen. Ze lachen, roepen van alles terug.

Weer schreeuwt de koopman grove dreigementen vanaf het dek boven de paardenstal en alle kerels gaan vlug aan het werk.

Francine rekt zich uit en geeuwt luidruchtig. Een blote borst verschijnt tussen de plooien van haar kleed. Nu pas ziet vrouwe Veronique dat ze beiden niet helemaal meer bedekt zijn en beseft nu pas dat, toen die kerels zojuist voor de tralies stonden te kwijlen, ze nog ineengestrengeld met Francine in het stro lag. Daarom stonden die kerels zich dus te vergapen. Het vuur schiet naar haar wangen, snel knoopt ze haar kleed toe, trekt de rok naar beneden en kruipt zover mogelijk van Francine vandaan. En drukt zich tegen de achterwand van de stal. Ze voelt zich vies en verward. Vies door het langdurig verblijf in het niet al te schone stro en verward doordat ze zich herinnert hoe ze vannacht genoten heeft van de strelingen en kussen waar Francine haar mee in vervoering bracht. Dus ze had het weer gedaan, haar weer weten te verleiden. Opnieuw voelt ze verlangen in zich opwellen. Het is niet alleen Francine die dat doet, zelf is ze minstens zo schuldig. Ze snapt het niet helemaal meer, wat is er aan de hand, waarom heeft ze dergelijke gevoelens. Is ze door haar betoverd of zit het dieper, is het verlangen in haar altijd aanwezig geweest, sluimerend wachtend op het juiste ogenblik. Stel dat ze haar gedood had, dat ze had toegegeven aan haar angst voor de gedachten en woorden van anderen en aan de gevoelens van schaamte, wat dan? Had ze dan daarmee alle heerlijke gevoelens vernietigd, zichzelf een zalig gevoel ontnomen? Waarom denkt ze nu deze dingen? Hoe komt ze zo in de war en vol twijfel? Waar zijn al haar zekerheden gebleven? Wat is er verkeerd aan deze gevoelens? Is het niet hetzelfde wat andere vrouwen voelen, maar dan bij het zien van een man? Verwarde gedachten wervelen door haar hoofd, schaamte, angst en woede vechten om de voorrang. Op het ene moment wil ze haar armen strekken om Francine van de tralies weg te sleuren en te wurgen, op het andere zou ze zich het liefst in haar armen storten, haar knuffelen en kussen. Wild schudt ze met haar hoofd, slaat met haar vuisten een roffel op haar kop, trekt woest aan haar haren. Ze slaakt een kreet van wanhoop waardoor Francine zich omdraait en haar verbaasd aankijkt.

Hé, Veroniekje, wat is er aan de hand, heb je gezien dat we weer varen, kijk we zijn de stad al bijna uit. Zie, het span paarden dat ons trekt is lang niet zo groot als voorheen, de stroom van de rivier is hier zeker een stuk minder. Hé, kijk dan, we zijn al in een bos. Waar zouden we nu heen gaan?' Ze heeft totaal geen oog voor de verwarde toestand waarin vrouwe Veronique verkeert, daar merkt ze niets van. Ze rekt zich zover mogelijk uit om te zien waar ze langs varen. Ineens schiet vanaf de links de rare pias tevoorschijn. Francine schrikt hevig van de plotselinge verschijning en laat zich beduusd achterover vallen. Hij maakt dreigende gebaren met een eind hout. Ondertussen schreeuwt hij woorden in die vreemde taal. Ze verstaat hem niet, toch begrijpt ze dat ze achteruit moet gaan. Vrouwe Veronique die ook heel even schrok, maar snel weer alert is, springt naar voren en stelt zich beschermend op voor de gevallen Francine. Voor ze beseft wat ze doet haalt ze uit naar de man en geeft hem een stoot met haar rechter hand tegen zijn voorhoofd, waardoor hij naar achter wankelt. Nog harder schreeuwend stormt hij terug naar voren en slaat met zijn stok tussen de tralies door naar Vrouwe Veronique. Getraind als ze is in het vechten, ontwijkt ze de slag behendig, grijpt de man bij zijn pols, draait die om waardoor de stok uit zijn hand op het stro valt. De man vloekt en schreeuwt. Hij rukt zijn arm los en brult naar de bemanningsleden, die op het dek in de weer zijn. Ze komen aangerend en beginnen wild de planken, die het traliehek op zijn plaats houden, los te rukken.

'Pas op Veronique ' roept Francine haar toe, 'kom hier, achterin.' Ze is vlug naar de achterwand gekropen en staat daar nu met haar rug tegenaan gedrukt. Vrouwe Veronique springt ook naar achter en zo staan ze schouder aan schouder te wachten tot het hek opengaat en de aanvallers binnendringen. Ze nemen beiden een verdedigende houding aan, maar diep in hun hart zijn ze er van overtuigd, dat ze

177

geen schijn van kans hebben tegenover een groep potige bootslieden. Het hek zwaait open en de mannen, begeleid door aanmoedigende kreten van de pias, stormen naar voren.

Een gebrulde vloek van de koopman maakt een einde aan het gevecht nog voor het goed en wel begon.

De indringers vluchten snel de stal uit en zijn ineens druk met andere zaken. De pias staat met gebogen hoofd af te wachten wat zijn meester met hem zal doen. Die steekt een nieuwe knetterende redevoering af. Francine en vrouwe Veronique verstaan er geen woord van, maar ze kunnen zich de inhoud wel voorstellen. De koopman heeft zelfs niet eens de moeite genomen om van het bovendek af te dalen. Het enige wat ze van hem zien is zijn heftig bewegende schaduwbeeld op het dek. De wilde armgebaren laten niets te raden over.

Vrouwe Veronique loert op een mogelijkheid om weg te komen nu het hek verwijderd is. Zolang het schip vaart hebben ze slechts één manier om te ontkomen aan deze kerels, dat is naar de verschansing rennen en overboord springen.

'Kun je zwemmen, 'sist ze zachtjes tegen Francine.

'Nee, is het korte antwoordt van Francine, 'maar als jij het wel kan wacht dan niet langer en schiet op.'

Vrouwe Veronique staat te twijfelen, als ze nu snel is kan ze er vandoor. Francine moet zichzelf maar redden. Maar het is toch ook weer niet erg nobel om haar in de steek te laten. Dan bedenkt ze dat, als ze nu snel maakt dat ze wegkomt en het schip volgt, er zich vast wel een gelegenheid voor zal doen om haar te bevrijden. Ze neemt een besluit en roept, terwijl ze over het dek naar de verschansing spurt, Francine toe dat ze haar later komt halen. Ze springt op de verschansing, waar ze heel even staat te wiebelen en angstig naar het langs kolkende water kijkt, dan haalt ze diep adem en springt. De grijpende handen van de pias vangen niets dan lucht en het borrelen en bruisen van het water in de oren van vrouwe Veronique voorkomt dat ze de woedende kreten van de koopman hoort.

Het lijkt eindeloos lang te duren voor ze boven water komt. Door al het bruisende water heeft ze geen idee meer wat onder en wat boven is, ze raakt bijna in paniek. Dan ineens kan ze ademhalen. Spartelend rondt kijkend ziet ze de kont van het schip nog niet heel ver weg is. De bemanning hangt over de verschansing en roept allerlei verwensingen. Ze gooien met stukken hout, maar ze is ver genoeg weg, ze kunnen haar niet meer raken. Dan richt de koopman twee dingen op haar, een voor een knallen ze en er komen rookwolkjes uit. De pias verschijnt met een lange stok waarlangs hij naar haar kijkt. Er klinkt een knal en naast haar spat water op. Ook uit de stok komt rook. Vrouwe Veronique heeft nooit eerder vuurwapens zien gebruiken dus begrijpt ze niet wat er gebeurt. Het schip raakt snel steeds verder weg en ze let er niet langer op. Nu moet ze besluiten naar welke oever ze zal zwemmen, die met het trekkende span paarden of de andere. Ze kiest voor de laatste en begint door het water te krabbelen, zoals ze als kind in het bergmeer geleerd heeft. Haar kleed hindert haar aanzienlijk en ze merkt dat het steeds moeilijker wordt om haar hoofd boven water te houden. De stroom sleurt haar snel mee. De oever is nog zo ver weg. Langzaam aan bekruipt de angst voor het verdrinken haar en als ze keer op keer onder water verdwijnt, raakt ze in paniek. Wild trappend met haar benen en met haar armen om zich heen slaand lukt het pas na een tijdje om weer boven te komen en lucht te happen. Dan stroomt het water in haar longen en reageert haar lichaam met schokken en krampen. Ze begint weg te zinken. Voelt plots de bodem en duwt zich in een reflex hard af en schiet met haar hoofd en bovenlijf boven het wateroppervlak uit. Ze braakt water en een groot deel van haar maaginhoud uit. Snel haalt ze diep adem en laat ze zich opnieuw naar de bodem zakken voor een volgende afzet. Tot haar stomme verbazing blijft ze met haar hoofd een eindje boven als ze de grond raakt. Ze kan staan! Ze gooit haar hoofd met een ruk naar achter, veegt het water van haar gezicht en doet haar ogen open. Ze is nog maar een meter of tien van de oever verwijderd en het schip is nog amper zichtbaar. Een spartelend geluid achter haar laat haar schrikken. Vliegensvlug draait ze zich om, zodat ze haar achtervolger kan opvangen. Dan ziet ze de kop van Isabel uit het water steken.

Ze neemt niet eens de tijd om zich af te vragen hoe dat kan en begint naar de oever te waden. Daar laat ze zich uitgeput in het hoge gras vallen. Nadat Isabel zich heeft uitgeschud, begint ze haar gezicht te likken. Nu pas vraagt vrouwe Veronique zich af hoe de hond hier komt.

'Jeetje, Isabel, hoe kan dit, waar kom jij ineens vandaan, ben je me al die tijd gevolgd, ongelooflijk.' Isabel kwispelt haar antwoord. Vrouwe Veronique glimlacht en kroelt het dier tussen de oren. Ze beseft dat ze hier niet kan blijven liggen. De kans is niet groot, maar stel dat de koopman iemand achter haar aan stuurt. Ze krabbelt op en rent naar de hoger gelegen oeverbegroeiing. Daar verschuilt ze zich tussen het struikgewas en speurt naar eventuele achtervolgers. Er is niets te zien, ook het schip niet, dat is in de verte achter een bocht in de rivier verdwenen. Wat nu. Ze kijkt in zuidelijke richting en denkt aan haar vredige vallei met er boven de prachtige vesting. Met een dag of tien lopen kan ze terug zijn. Ze hoeft de rivier slechts stroomafwaarts te volgen. Als ze dat doet is het waarschijnlijk beter om de grote stad te mijden. Ze heeft angst voor die grote groepen gebouwen vol ruw volk. Die opeengepakte steenwoestijn kwam nogal bedreigend op haar over.

'Kom op, Isabel, we gaan naar huis,' roept ze vrolijk naar de hond.

Maar ze heeft amper drie stappen gezet of ze stopt en kijkt om. Haar geweten begint te knagen. Francine is daar nog steeds op dat schip, wat zal er met haar gebeuren? Ach wat, bedenkt ze dan, die heeft zich altijd al prima zonder mij kunnen redden en verkocht worden aan een of andere wellusteling is voor haar geen probleem. Binnen de kortste keren wenst die koper dat hij er niet aan begonnen was. Dus, kom, naar huis, besluit ze. Vijf stappen verder kijkt ze opnieuw om. Isabel ziet ze nergens en als ze roept komt ze ook niet tevoorschijn. Nou ja, die stomme hond doet gewoon wat ze wil, daar kan ze geen rekening mee houden. Ze gaat weer op weg. Dan hoort ze de hond hevig janken. Snel loopt ze terug om te kijken wat er is. Het dier zit aan de rand van het struikgewas waarvandaan ze net vertrok.

'Hé, stomme hond, wat is er, wat valt er te janken, kom, we gaan naar huis. Ik zeker, dus zie maar wat je doet, maar houdt op met dat gejammer.' Isabel luistert aandachtig naar haar woorden en loopt dan weg, richting het noorden. Vrouwe Veronique haalt haar schouders op en gaat opnieuw op weg, naar het zuiden, naar huis. Die hond kan de boom in, denkt ze, wat kan mij dat beest schelen, ik wil terug naar mijn vesting, terug naar het kalme leven in de vallei. Hoe zal het er zijn, heeft de heer van Bollène goed op mijn bezit gepast en zal…. Tja, dat inhuren van een legertje is er bij in geschoten, daar moet ik nog wat op bedenken. Dat komt allemaal door die stomme trut met haar verleidelijke gedoe. Was ik die maar nooit tegen gekomen en, nou ja, het was mooi hoe ze me daar in het dorp uit de brand hielp. Maar toch, ik kan moeilijk eerst nog een tijd achter haar aan sjouwen om te kijken of ik haar kan bevrijden en dan pas naar huis gaan. Hè verdomme, dat mens ook met die rare fratsen van der. Laat ze de hik krijgen, ze zit daar prima in die paardenstal…. Of, nee, ik moet helemaal niets, ik , ja het is waar, ze heeft me geprobeerd te bevrijden en het was vast gelukt als ik niet zo slecht zou zien in het donker, maar dat is toch geen reden om…..Jeetje, Veronique houdt op met dat gepieker, ga gewoon naar huis en vergeet die vrouw.

In de verte maakt Isabel een vreemd jankend en blaffend geluid, het is net het loeien van een hoorn. Waarom gaat dat beest die kant op, malen haar gedachten verder, vindt ze nu ineens die vrouw belangrijker, ik dacht dat ze mij gevolgd was. Ze hoorde toch bij mij, of niet soms. Nou ja, ze stopt met lopen en kijkt in de richting van het geloei, in de richting van Francine. Hè, verdomme, vervloekt ze zichzelf opnieuw, wat loop ik toch te twijfelen. Die vrouw is prima af zonder mij en die hond ook. Wat kunnen die twee mij schelen. Hup, lopen, op huis aan.

Ze voegt de daad bij het woord, maar tien passen verder staat ze weer stil, schopt tegen een steen, waardoor ze haar grote teen behoorlijk bezeert, vloekt en tiert. Dan draait ze zich resoluut om en volgt de jankende hond, die meteen stopt met zijn gejammer.

Saggerijnig voor zich uit kijkend volgt ze het karrespoor dat parallel aan de rivier loopt. Na vijftig meter haalt ze de wachtende hond in. Het dier kwispelt uitvoerig en ze kan het niet laten om haar uit te schelden, zonder dat ze het meent. In feite is ze van het dier gaan houden en is ze onder de indruk van haar trouw. Al die tijd heeft ze haar, en vooruit, Francine ook, gevolgd. Door de stad, waar ze werden verkocht, langs de rivieroever tot aan de grote stad, waar ze bijna waren ontsnapt en vervolgens opnieuw langs de rivier.

Het schip met Francine aan boord is allang achter een volgende rivierbocht verdwenen. Maar vrouwe Veronique is er zeker van dat ze niet erg ver voor haar uit zijn. Het span paarden trekt het vaartuig tegen de stroom op en dat gaat vast niet veel sneller dan dat zij loopt. De rivier zelf is vanaf het karrespoor amper zichtbaar. Struikgewas en dunne boompjes groeien dicht opeen langs het water. Rechts van het karrespoor loopt het land langzaam op. Zover ze kan zien zijn er velden groen gras met hier en daar groepjes struiken of bomen. In de verte, op het hoogste punt van een heuvel, ziet ze vaag een figuur op een lange stok leunen. Het zal een herder zijn. Hij hoedt zeker de dieren die op de glooiende helling grazen. Er lopen schapen en koeien en daar tussendoor zelfs een enkele geit. De herder draagt een hoed waardoor zijn gezicht in de schaduw verborgen is, toch is ze er zeker van dat hij haar nauwlettend in de gaten houdt. Ze steekt een hand op als groet, maar de herder reageert niet. Ze loopt stevig door, het kan best zijn dat de herder niet alleen is en ze wil zoveel mogelijk het contact met onbekenden vermijden. Voor je het weet wordt ze opnieuw gevangen en verkocht. Ongewapend voelt ze zich niet op haar gemak. Het ontbreekt haar zelfs aan een eenvoudig mes. Ze begint zich af te vragen hoe het nu verder moet. Ze heeft niets te eten en geen wapen om zich te verdedigen. Geen boog om wild te schieten. En zover haar oog rijkt ziet ze glooiende heuvels zonder huizen of boerderijen. Alleen die ene kudde met de spiedende herder. En die is even later ook niet langer zichtbaar als ze de bocht in de rivier gevolgd heeft. Wat verderop ziet ze paar konijntjes rondhuppen. Ze sist zachtjes tegen Isabel en laat zich op een knie zakken. Hoe kan ze een van die beestjes te pakken krijgen. Ze zijn snel, er achteraan rennen heeft geen zin. Wat kan die hond, heeft het beest leren jagen? Ze kijkt opzij en ziet hoe Isabel plat op de grond ook naar de konijntjes ligt te turen. Haar neus trilt van spanning.

'Pak ze,' commandeert ze de hond zachtjes en die sprint zonder aarzeling op de konijnen af. Ze hebben de aanstormende jager meteen in de gaten en schieten alle kanten op. Isabel twijfelt maar heel even, welke zal ze volgen, daardoor weten ze alle vier te ontkomen. Hoe hard ze ook gillend achter een van de konijnen aanrent, ze zijn in een mum van tijd verdwenen. Dit werkt niet, bedenkt vrouwe Veronique. Ze moet een boog hebben. Al lopend speurt ze tussen de struiken en boompjes langs de rivier. Al snel ziet ze een geschikte tak voor een boog. Met veel pijn en moeite weet ze de tak van de boom te breken. Nu nog een pees en pijlen. Eerst zoekt ze tussen het gras naar stenen, waar ze een scherpe splinter vanaf kan slaan, waardoor ze een primitief mes heeft. Keer op keer smijt ze stenen hard op elkaar en uiteindelijk springt er een bruikbaar stuk af. Dan volgt de rest vlug. Van repen schors vlecht ze een pees en met het primitieve mes bewerkt ze de dikke tak net zolang tot ze uiteindelijk een bruikbare boog heeft. Dan nog pijlen. Oude rietstengels lossen dat probleem op en de jacht kan beginnen. Al werkend aan haar wapen is ze blijven doorlopen. Isabel kwam nu en dan uit het struikgewas tevoorschijn met een gevangen muis en zelfs een mol. Daardoor weet ze hoe dat beestje zichzelf weet te voeden. Ze biedt de prooi keer op keer aan, maar vrouwe Veronique bedankt voor de muizen, daar heeft ze geen zin in. Ze speurt voor zich uit op zoek naar de kleine springers met hun kleine witte staartje. Een lekker konijntje zal vanavond op het menu niet misstaan. Ineens ziet ze een hert. Het is eerder een ree, maar toch een flink dier. Ze legt aan voor een dodelijk schot en bedenkt dan dat het geen zin heeft. Ze kan zo'n groot dier niet slachten met haar primitieve mesje. Het met zich meedragen is ook onmogelijk, trouwens, met een rietstengel zal ze het dier hooguit verwonden. Met een zucht laat ze de boog zakken en Isabel ziet dat als teken om achter het beest aan te jagen. Samen verdwijnen ze in het kreupelhout. Luidt gekraak en het gillen van Isabel geven aan waar ze lopen. Zelfs de Reebok brult nu en dan. Verder en verder klinkt het geluid, tot vrouwe Veronique niets meer hoort. Na een hele tijd komt Isabel hijgend tevoorschijn, haar tong hangt ver uit haar bek. Ze lijkt ze zich te verontschuldigen, omdat ze zonder buit teruggekomen is.

Vrouwe Veronique glimlacht om het dier en om de gedachten

waarmee ze het woorden, die er natuurlijk niet zijn, in de bek legt. Ze stapt stevig door, wil het schip vandaag nog in het zicht krijgen en dan zo snel mogelijk Francine bevrijden, zodat ze terug kan keren naar haar vesting. Hoe verder ze achter het schip aan moet, hoe verder ze van huis raakt, en dat bevalt haar helemaal niet. Ze is al veel te lang weg, er kan wel van alles gebeurd zijn. De heer van Bollène gedood in de strijd met een aanvaller, de horigen in opstand, alles platgebrand, haar oogst verwoest. Stel je voor, nee ze moet nu toch echt zo snel mogelijk terug. De steenhouwer kan met zijn rare ideeën de hele boel wel verbouwd hebben, waardoor de vesting in een gatenkaas veranderd is. Ziekte kan al haar dorpelingen wel geveld hebben. Er kan van alles voorgevallen zijn. Een roversbende heeft misschien het hele kasteel leeggeroofd. Of die engerd van verderop kan de heer van Bollène wel vermoord hebben en haar vesting ingepikt. Steeds meer verschrikkingen komen in haar hoofd op en steeds harder begint ze te lopen.

De dikke boomwortel ziet ze niet, waardoor ze met een smak op haar gezicht valt en alle fatalistische gedachten uiteen spatten. Als de sterren op houden met het dansen voor haar ogen, ziet ze een groepje konijnen ronddollen in het lange gras. Ze haalt de boog van haar schouder, gaat heel traag op haar knieën zitten en legt behoedzaam aan. De pijl suist door de lucht, het slachtoffer maakt een laatste luchtsprong en valt dood op de grond. De andere konijnen zijn plotseling verdwenen, gevolgd door een gillende Isabel.

Mooi, ze heeft vanavond wat te eten, nu nog snel die boot inhalen.

32. Na uren lopen, soms zelfs stukjes rennend, heeft ze die verdomde schuit nog niet in beeld. Na elke bocht in de rivier is er een nieuwe bocht. Soms is er een recht stuk, niet zo lang, maar geen spoor van de boot.

Tegen de avond geeft ze de moed op en gaat bij een groepje bomen zitten overwegen wat ze zal doen. Haar maag knort en ze voelt zich uitgeput van al het lopen en rennen. Ze haalt het konijn tevoorschijn en wil het diertje gaan villen. Ze zit een tijdje te prutsen met het scherpe scherfje steen, maar krijgt amper een paar sneetjes in de taaie vacht van het dier. Boos slingert ze het dier van zich af waardoor Isabel denkt dat zij er aan kan beginnen. Grommend trekt ze aan het buikje, scheurt het open met haar sterke tanden.

'Hé, stomme hond,' blijf van mijn eten af,' schreeuwt ze woedend tegen het dier. Daar laat ze het bij, ze is veel te moe om het konijn af te pakken. De wanhoop neemt bezit van haar en met haar hoofd rustend op haar knieën en haar armen er omheen geslagen, geeft ze zich over aan haar verdriet. De tranen stromen, haar schouders schokken. Isabel komt dicht tegen haar aan liggen, heeft het konijn aan haar voeten gelegd en jankt zachtjes mee. Alle ellende van de afgelopen tijd komt voorbij, het verdriet overweldigt haar volledig, dan verdrijven rationele gedachten haar zelfmedelijden en drogen de tranen op. Ze beurt haar hoofd op en ziet dat het nu helemaal donker geworden is. Dan schrikt ze, is ze plotseling weer alert. Ergens ver weg hoort ze schreeuwen, harde mannenstemmen klinken luid in het duister. Dan is het opnieuw stil. In de richting vanwaar het geluid kwam ziet ze een rode gloed aan de hemel. De zon is achter haar ondergegaan, dus dat kan de oorzaak niet zijn. Er moet daar ergens vuur zijn. Vuur en mensen. Mensen met gereedschap en vuur. Eten en drinken. Het water uit de rivier is helemaal niet lekker, licht bier of een kroes wijn zal haar wanhoop zeker verdrijven. Maar wie zijn die mensen, is het het schip dat daar gestopt is voor de nacht? Zijn het de voerlieden van het span paarden, dat het vaartuig tegen de stroom opsleurt? Ze besluit door te lopen, voorzichtig op onderzoek uit te gaan. Vlak langs de bosschages, die de rivieroever markeren, loopt ze behoedzaam verder. De maan is nog niet op, maar de hemel boven haar krijgt al een bleke tint. Met de grootst mogelijke moeite kan ze zien waar ze haar voeten zet. De maan moet niet lang op zich laten wachten, want de nachtblindheid dwingt haar anders tot stoppen. Ze loopt zoveel mogelijk in de schaduw van de bosschages, dat maakt het nog moeilijker, dus komt ze maar langzaam vooruit. Nu en dan struikelt ze, weet dan nog net op de been te blijven. Het is haar een raadsel hoe die hond kan zien waar ze loopt. En Francine ook al, ze heeft geen enkele moeite met het zien in het donker, is zij dan de enige die daar last van heeft? Ze beveelt Isabel om zachtjes te doen, volkomen overbodig, het dier loopt zonder een geluid te maken. Uiteindelijk nadert ze de bocht in de rivier waarachter ze de rode gloed ziet. De stemmen klinken steeds luider, het geschreeuw en gelach zwelt aan en verstomt. Het zijn zeker meerdere mannen, minstens een stuk of vijf. Nog behoedzamer vervolgt ze haar weg. Als ze nog dichterbij gekomen is merkt ze dat de kerels zich aan de andere kant van de rivier bevinden. Dus vormen ze geen bedreiging voor haar, daarmee is ook hun voedsel en drank onbereikbaar geworden. Zonder geluid te maken wurmt ze zich voorzichtig door het struikgewas langs de rivier. En dan ziet ze het opeens. Aan de overkant ligt het schip, het is aangemeerd tegen een hoge stenen muur en op die kade branden een drietal vuren. De mensen die ze hoorde staan en zitten er omheen. Ze drinken, dansen en roepen allerlei dingen, in die vreemde taal. Achter de kade kan ze nu een hoge stenen muur zien, een hoog gebouw. Ze tuurt en tuurt en ziet dan dat het een grote groep gebouwen is die trapsgewijs op de stijloplopende oever gebouwd zijn. De vuren zetten het geheel in een rode gloed. Torens steken af tegen de bleke hemel, een bel, in een van de torens, begint met een heldere klank te luiden. Ze telt de slagen, zijn het er nu tien of elf? Ze weet het niet zeker. ze vergaapt zich aan het enorme imposante bolwerk, daarbij vergeleken is haar vesting een klein gebouwtje. Hier moet een enorm leger gehuisvest zijn. Ze trekt zich wat dieper terug in het struikgewas, ze is bang dat ze haar zullen zien, met al dat licht van de vuren. Ze heeft de boot dus ingehaald, en nu? Nu beseft ze pas hoe zinloos haar tocht geweest is. Wat kan ze uitrichten tegen deze enorme overmacht? Het bevrijden van Francine is gewoon een waanidee. Wat is ze stom geweest, een hele dag verspild. Het enige dat ze bereikt heeft is dat ze nog verder van haar vesting verwijderd is geraakt. Dat ze nog langer als een zwerver door het land moet trekken om terug te kunnen keren. De wanhoop keert terug, het liefst laat ze zich in de rivier vallen om zich te verdrinken. Laat ze zich opslokken door de rivier, laat ze zich willoos meevoeren door de stroom. Ze heeft geen idee hoe het zal zijn om te verdrinken. Ze wurmt zich verder door het struikgewas, maalt niet langer om het lawaai. Als ze op het punt staat, om zich voorover in de rivier te laten vallen, ziet ze plots de brug. In het midden van de rivier is een grote toren gebouwd en een weg, hangend aan kabels, loopt eroverheen, van oever tot oever.

Snel trekt ze zich terug in het struikgewas, hebben ze haar gezien? Niemand komt over de brug gerend. Er wordt niet in haar richting gewezen, niets geroepen. Ze is veilig, ze hebben haar niet opgemerkt.

Nieuwe moed geeft haar kracht, verdrijft het verdriet en de wanhoop. De honger en dorst is vergeten, ze is weer de strijdvaardige vrouwe Veronique als voorheen. Ze bedenkt dat ze slechts hoeft te wachten tot de feestende meute op de kade dronken en uitgeput in slaap valt. Dan kan zij over de brug naar de andere kant sluipen en zich te goed te doen aan de resten van hun maaltijd en drank. Ze trekt zich terug naar het pad aan de andere kant van de struiken en volgt dat langzaam richting het begin van de brug. De maan is nu op, waardoor ze eindelijk het karrespoor goed kan zien. Ze hoeft niet langer bang te zijn dat ze ergens over struikelt. Waar het pad de brug oploopt gaat ze plat op de grond liggen turen om te zien of de weg bewaakt wordt. Ze ligt doodstil en wacht geduldig af. De maan klimt hoger en hoger, verlicht de omgeving met zijn witte spookachtige licht steeds beter. Een uur, want de heldere bel klinkt weer, ligt ze zo te spieden. Al die tijd heeft ze geen beweging aan deze zijde van de rivier waargenomen. Het maanlicht helpt haar, maar maakt de kans op ontdekking ook groter. Ze sluipt vlak boven de grond naar de brug. Aan de overkant wordt het gelach en geschreeuw minder en minder. Ze stelt zich voor dat de een na de ander uitgeteld ergens wegkruipt om zijn roes uit te slapen. Isabel ligt naast haar op de grond geduldig te wachten op wat er komen gaat. Ze beveelt het dier zachtjes om hier te blijven, zich niet te bewegen. Zelf kruipt ze langzaam naar het midden van de brug, dicht langs de reling die voor wat schaduw zorgt. De weg is ruw en bevlekt met mest van paarden en geitenkeutels. Ze let er niet op, is zo gespannen als een vos die haar prooi besluipt. Eindelijk bereikt ze het hoogste punt van de brug. De weg loopt hier door een poortachtige opening in de hoge pijler waaraan de brug hangt. Aan de overkant loopt de weg, over de kade naar een poortgebouw, de ingang van het grote bolwerk. Ze gaat langzaam staan en drukt zich strak tegen de stenen muur. Zo staat ze lange tijd te staren naar het andere uiteinde van de brug en de kade. Het is daar stil geworden. De hoog oplaaiende vlammen zijn gedoofd, de vuren zijn veranderd in hopen gloeiende as. Alleen nu en dan verspreiden kleine vlammetjes nog wat spookachtig dansend licht. De maan beschijnt de muren van het enorme bolwerk, dat trapsgewijs tegen de heuvel aan gebouwd is. Waarom zijn er nergens poortwachters te zien? Op de muren is ook alles stil, er is geen verdediger te zien. Iedereen kan zomaar de kade oversteken. Als zij het voor het zeggen zou hebben zou de brug zeker bewaakt moeten worden. Ach barst, wat ben ik toch aan het piekeren, als er wachters zijn, liggen die daar ergens tussen de feestgangers te slapen. Ze vrezen zeker geen vijanden of roverbendes die de stad komen plunderen. Niet langer staan treuzelen, ze moet naar die kade, snel voedsel en wat te drinken verzamelen en dan als de bliksem terug de rivier over. Haar maag knort zo luid dat ze bang is dat daardoor de mannen op de kade wakker zullen worden. Ze aarzelt niet langer, waagt het er op. Holt zo stil mogelijk gebukt naar de kade, naar de dichtstbijzijnde ashoop. Speurt over de grond, vindt daar een lege kruik en een andere die is stuk gevallen. Een kleine mandfles, zo te voelen nog halfvol. Ze ruikt aan de opening, het is wijn. Snel zoekt ze verder. Dan ziet ze dat de resten van een geroosterd varken boven de gloeiende as hangen. Ze duwt de stellage, waaraan het spit bevestigd is, omver en begint te rukken en trekken aan de gebraden achterpoot. Het gewricht geeft mee, de poot scheurt los. Snel gaat ze zitten, strekt zich uit op de grond naast de berg warme as en spiedt in het rond om te zien of er iemand op haar let. Niemand. Ze gaat zitten en begint gulzig te eten. Nu en dan neemt ze een slok van de wijn, kijkt dan weer om zich heen en schrikt zich rot als ze plots de ogen van Isabel achter zich ziet. Klote hond, vervloekt ze het beest zacht. Ze schuift het karkas van het gebraden varken naar de hond. Als ze zelf voldoende gegeten en gedronken heeft, kruipt ze naar de dichtstbijzijnde man en betast hem, op zoek naar een mes of een ander wapen. Ze vindt inderdaad een dolk, frummelt die voorzichtig uit zijn tailleband. De man kreunt en maakt een snuivend geluid. Ze zet het mes op zijn keel, klaar om die door te snijden, maar als de man rustig verder slaapt laat ze hem leven. Ze kruipt terug naar het karkas van het varken duwt Isabel aan de kant en begint met het afsnijden van repen vlees. Als ze een aantal heeft verzameld, doet ze die in de leren zak, onder haar kleed. Het konijn gooit ze eruit en propt de zak verder vol met varkensvlees. Snel drinkt ze nog een paar slokken wijn. Het wordt tijd om zich terug te trekken, snel over de brug en dan zonder verder oponthoud naar haar vesting. Geen omwegen meer, gewoon domweg doorlopen zonder sentimenteel gezeur over Francine. Als die stomme hond hier wil blijven, best, ze bekijkt het maar. Ze ziet nog een half brood liggen, propt dat ook nog in de voedselzak en neemt een laatste slok van de wijn. Dan staat ze op en loopt zachtjes zo snel mogelijk richting de brug. Even kijkt ze om zich heen, er is niemand die op haar let. De schuit ligt vredig tegen de kade gemeerd. Alles is stil. De torenklok slaat weer, ze schrikt er van, grinnikt dan om zichzelf en loopt verder naar de brug. Plots klinkt er een raar geluid, een straal water valt klaterend in de rivier. Wat is dat. Net was het er nog niet. Ze schrikt opnieuw, een schim staat bij de reling aan de rivierzijde, schraapt zijn keel, spuugt een rochel die kletsen in de rivier beland. Ze heeft zich al plat op de grond laten vallen. Ze ziet de figuur over het dek lopen en naast de paardenstal, waar Francine gevangen zit, onder het verhoogde achterdek verdwijnen. Nu ziet ze ook dat het traliehek verdwenen is, dus waar is Francine? Die hebben ze zeker met zijn allen gebruikt en daarna als oud vuil in de rivier gegooid. De klootzakken, maar vooruit Veronique, wegwezen voordat die vent weer tevoorschijn

191

komt. Ze heeft al geluk genoeg gehad, het is een wonder dat niemand haar gezien heeft. Ze gaat op haar knieën zitten, klaar voor een sprint naar de brug, het zal maar een paar sprongen over de kade kosten, en dan snel naar de overkant. Ze denkt even aan die stinkende paardenstal waar ze zoveel uren in opgesloten zat en kan het niet laten om er wat dichter naar toe te lopen. Dan herinnert ze zich de deken die ze er achterliet. De deken die ze al die tijd bij zich had, die ze vanaf haar vesting meebracht. Met daarin de munten genaaid, waarmee ze die soldaten zou gaan huren. Verdomme, daar zit al het geld dat ze bezit in verborgen. Als ze die nu even snel pakt en er dan vandoor gaat, kan ze op de terugweg toch nog ergens een legertje opscharrelen en meenemen naar haar vesting. Als ze snel is moet dat lukken. Mocht die vent weer tevoorschijn komen kan ze hem de strot doorsnijden, ze heeft nu weer een mes. Dan kan ze er alsnog vandoor gaan. Twijfelend kijkt ze van de brug naar het schip, dan springt ze op en spurt naar de scheepsreling. Wipt er geluidloos overheen en duikt het duister van de paardenstal in. En, ja hoor, het is een mirakel, de deken ligt er als een achteloos weggeworpen vod, opgepropt in de hoek. Snel vouwt ze hem op tot een handig pakketje en steekt het, precies zoals ze hem steeds achter op haar rug gedragen heeft, onder de tailleband. Het is nog altijd doodstil, ze sluipt zover naar voren dat ze het hele dek kan overzien, speurt in het rond. Er is niemand te zien. Ze wil net in een snelle, flitsende beweging over de reling springen, als er een hoge lach klinkt, gevolgd door een giechelend geluid en een geile grom. Ja hoor, treft de gedachte haar als een mokerslag, madame Francine is weer aan het werk, het zal verdomme toch niet waar zijn. Ben ik zo stom geweest achter dat verrekte schip aan te gaan om die vuile hoer te bevrijden, ligt ze daar doodleuk met iemand te flikflooien. Knarsetandend loopt ze de gang onder het achterdek in. Aan het einde verlichten brandende kaarsen de fraai ingerichte hut van de eigenaar. De hut waar ze nog niet zolang geleden de vloer dweilde. Razend is ze, heeft ze voor die vrouw de hele dag gelopen. Met gevaar voor eigen leven bezig geweest. Heeft ze als een dief in de nacht over de kade moeten sluipen om wat te eten te bemachtigen. Ze zal dat wijf eens even het mes op de keel zetten. De handelaar staat met zijn rug naar de gang en gooit juist het laatste kledingstuk van zich af, heeft slechts oog voor de naakte vrouw die, aan handen en voeten gebonden, op het bed ligt te kirren en klimt bovenop haar. vrouwe Veronique stapt woedend de hut binnen, grijpt een zware pan van tafel, waar ze kennelijk nog net hebben zitten eten, en slaat daarmee op het achterhoofd van de koopman. Zijn dikke naakte lijf valt slap bovenop Francine, die een gesmoorde kreet uit. Woest trekt vrouwe Veronique het slappe witte lijf opzij. De naakte man rolt om en valt met een smak op de grond. Met grote ogen van angst kijkt Francine naar vrouwe Veronique.

'Jezus Maria, waar kom jij ineens vandaan,' roept ze geschrokken uit.

'Zo, is madame de hoer weer lekker bezig,' snauwt vrouwe Veronique terug, 'ik kwam je bevrijden, stom wijf dat je bent. En kijk, wat vind ik hier. Madame hoeft niet bevrijd te worden, wel nee, madame de hoer zorgt zelf wel dat ze uit de nesten geraakt. Nou, je bekijkt het maar, godverdomme, dat ik voor jou dat hele stuk achter die verdomde rotschuit aangelopen ben. Ik lijk wel gek.'

'Ja, maar,' stamelt Francine volkomen in de war, 'ik wist toch niet dat, ik moest toch zorgen dat. Jeetje, ben je echt gekomen om me te bevrijden en niet alleen ook nog.'

Vrouwe Veronique kijkt haar verbaasd aan, draait zich dan snel om, er is niemand.

'Wat lul je nou,' richt ze zich weer tot Francine. Die wordt juist in het gezicht gelikt door de kwispelende Isabel die op het bed gesprongen is.

'Gatverdamme, je doet het zelfs met honden,' roept vrouwe Veronique voor ze het weet.

'Hé, Isa, ophouden,' roept Francine giechelend, 'en, Veroniekje, maak me even los, dan kan ik me aankleden en er samen vandoor voor de koopman bij zijn positieven komt.'

'Krijg jij maar mooi de pest, ik ga jou niet losmaken, je vermaakt je zo ook wel prima, ik ga er alleen vandoor.

'Ah, toe nou,' antwoordt Francine op smekende toon, 'laat me nu niet in de steek.'

'In de steek, ik laat helemaal niemand in de steek, ik ben verdomme in die verrekte rivier gesprongen en toen ik kans zag om aan de wal te komen, heb ik niets anders gedaan dan achter deze schuit aan rennen, en waarvoor, waarvoor denk je dat ik dat deed? En ik niet alleen, madam de hoer, kijk eens naar die hond, moet je zien hoe trouw dat beestje is. Ze heeft je overal gevolgd, waar je ook ging, ze kwam achter je aan. En heb jij een moment aan dat beest gedacht, heb je een moment aan mij gedacht? Nee, natuurlijk niet, madam is slechts met haar eigen pleziertjes bezig geweest. Nou ben ik het helemaal zat, je zit me tot hier en nu is het genoeg, ik ben weg.'

'Wacht nou toch even, Veroniekje, het is toch overduidelijk dat ik hier niet voor mijn plezier lig, je ziet toch dat ik vastgebonden ben. Ik ben net zo goed slachtoffer van die handelaar als jij, toe nou, maak me nou los. Neem me alsjeblieft mee, ik heb jullie zo gemist,' laat ze er smekend op volgen. 'Echt, je bent geen ogenblik uit mijn gedachten geweest. Ik heb aan een stuk liggen treuren, nadat je overboord sprong. Ik dacht dat je was verdronken. Het is gewoon een wonder dat je nog leeft. O, wat was ik verdrietig, en nu wil je me alweer verlaten, steek me dan liever dood. Zonder jou zal ik zeker sterven onder de handen van deze wrede handelaar. Hij zal denken dat ik hem sloeg. Toe, help me nu, ik smeek je.'

Vrouwe Veronique wil niet, maar ze kan het niet helpen, de woede zakt, haar hart smelt en met een aantal flinke halen snijdt ze de armen en benen van Francine los.

'Schiet op, haast je, trek wat aan.'

'Snel doorzoekt ze de hut voor bruikbare spullen. Ze ziet een riem op de grond naast het bed liggen, met eraan vast een lang gevest, waar ze een zwaard in vermoedt. Bij de voeten van de koopman ligt een andere band, voor om het middel. Eraan hangt een kleine buidel gevuld met munten. De gordel gespt ze snel om en de buidel steekt ze vliegensvlug weg. Dat is Francine niet ontgaan, maar dat merkt vrouwe Veronique niet. Ze ziet een dolk, die rechtop in het tafelblad gestoken is. Ze rukt hem eruit en beveelt Francine die bij zich te steken. Vervolgens wil ze door de gang naar het dek rennen. Als ze in die richting kijkt, stokt haar adem. De rare pias staat midden in de gang en heeft een buisvormige stok op haar gericht. Al snel bekomt ze van de schrik, grijpt het gevest van het wapen, dat ze van de koopman pikte en trekt het eruit. Tot haar stomme verbazing komt er geen zwaard tevoorschijn, maar een dun langwerpig staafje staal met aan het uiteinde een scherpe punt. Het ding trilt als een riet in de wind. Daarmee kan ze toch geen vijand het hoofd afhakken of wat dan ook. Ze gooit het onbruikbare ding in de richting van de pias, tegelijkertijd klinkt er een harde knal. Vrouwe Veronique krijgt een enorme dreun tegen haar linker schouder, tolt om haar as en smakt tegen de wand van de gang. Francine gilt als een speenvarken en kijkt met opengesperde ogen naar aanstormende pias die de donderbus wegwerpt en met een mes in zijn hand uithaalt naar de versufte vrouwe Veronique. Ze gooit het eerste dat ze voorhanden heeft in de richting van de man. Het is de kiel van de koopman die door de lucht dwarrelt. Het mes van de pias raakt er in verstrikt waardoor vrouwe

Veronique een paar seconden respijt heeft om bij haar positieven te komen. Ze heeft de dolk vanonder haar kleed in haar hand voor ze het goed en wel beseft en steekt met een opwaartse beweging toe. Het wapen ritst de buik van de pias open, van zijn kruis tot aan de borst. Gillend en krijsend stort hij op de grond. Vrouwe Veronique springt over hem heen en rent naar het dek. Francine staat met haar handen voor het gezicht geslagen mee te krijsen, ze is zo geschrokken van het plotselinge geweld, dat ze als aan de grond genageld is. Vrouwe Veronique bemerkt het niet, gaat er vanuit dat ze haar volgt.

Op de kade is er een eind gekomen aan de rust. Het maanlicht gaat over in het ochtendschemer. Een deel van de bemanning, die er als oud vuil op de grond lag, is gewekt door het schot. Woedend gebrul stijgt op als ze de vluchtende vrouwe in de gaten krijgen. Ze stormen op het schip af en vrouwe Veronique is daardoor van de kade afgesneden. Haar rest slecht opnieuw een duik in het water.

'Vlug, spring overboord,' schreeuwt ze naar Francine. Dan pas bemerkt ze dat die haar niet is gevolgd. Ze heeft geen tijd om zich af te vragen waarom en springt over de reling.

Terwijl de stroom haar meesleurt hangen de bemanningsleden loeiend en brullend over de verschansing. Er worden wapens achter haar aan gesmeten, maar die zinken meteen. Daar heeft ze geen last van. Ze ziet het niet eens, ze worstelt met het kleed dat over haar hoofd geslagen is en met wild spartelende, trappelende voeten stoot ze op de grond. Ze slaat het natte kleed terug en waadt met wilde bewegingen naar de oever. Daar breekt ze met geweld door de begroeiing en rent voor haar leven de glooiende landerijen in. Ze kijkt niet om, draaft maar door. Nu en dan struikelt ze over een grote steen of een tak. Ze ramt door doornenhagen en struiken, zonder te beseffen wat ze doet. Uiteindelijk bereikt ze een bos waar het vage ochtendlicht niet doordringt. Daar moet ze het wel wat rustiger aan doen, de nachtblindheid speelt haar weer parten. Ze moet haar weg langzaam vervolgen. Dan bemerkt ze pas dat het doodstil is. Ze hoort helemaal geen achtervolgers hijgen en schreeuwen. In de verte kwaken slechts de kikkers, dat is alles.

Doodmoe laat ze zich vallen. De paniek die haar voortdreef ebt langzaam weg. De pijn en een moedeloos gevoel komen er voor in de plaats. Haar hele lichaam is overdekt met krassen en bloedende wondjes. De doornstruiken hebben haar kleed zwaar toegetakeld. Het zit vol scheuren. Een doornentak hangt in haar haren. Haar onderlip is gescheurd. Steeds heviger wordt de pijn. En steeds dieper wordt de geestelijke afgrond waarin ze wegzinkt. Ze beseft dat dit het einde is, dat ze volledig gefaald heeft in alles wat ze ondernam, sinds ze vertrok uit haar vertrouwde omgeving. De wereld blijkt een grote vijandige gevaarlijke onbekende voor haar. Haar hele zelfvertrouwen, alles wat ze leerde, het leven zoals ze het kende, niets, helemaal niets blijft er van over. Ze is hopeloos verloren in een vijandige wereld waar edelen niet langer vechten met zwaarden en een strijdbijl. Maar waar rovers en handelaren in mensen maar kunnen doen wat ze willen. Het ontbreekt volledig aan respect voor de hogere klasse waaruit ze voortkomt. Vrouwen hoereren zich alsof het de gewoonste zaak van de wereld is. Woeste mannen jagen er achteraan alsof het konijnen zijn. Het is een onbegrijpelijke waanzin, een wereld vol geweld. Ze heeft gebouwen gezien waarbij vergeleken haar enorme vesting een klein krot lijkt. De zogenaamde moderne raampartijen, waar de steenhouwer eindeloos over zeurde, blijken primitieve opening in muren. Hele verzamelingen gebouwen, waartussen het krioelt van de mensen, worden kennelijk gezien als iets doodgewoons. Het is voor haar niet meer te bevatten. Deze hele idiote wereld heeft totaal niets met de hare te maken, staat er volledig los van. Zo wil ze niet leven, als ze daar toe wordt gedwongen kan ze maar beter sterven. Heeft ze geen legertje en dus ook geen munten meer nodig. De deken die ze terugvond, waarover ze zo blij was, is gewoon een waardeloos ding, volkomen onbelangrijk. En Francine die ze zo nodig moest bevrijden, die heeft haar hulp helemaal niet nodig, die past perfect in deze zieke wereld. Die heeft haar juist deze wereld binnen gesleurd. Vanaf het moment dat ze haar ontmoette in die herberg, de voorpost van al deze idiotie, haar verleid tot dingen, haar vervoerd tot gevoelens die ze nooit eerder voelde. Een verlangen in haar losgemaakt dat ze, als de lustgevoelens wegzakken, keer op keer verwerpelijk vindt. Ze is zo radeloos, zo moedeloos, dat ze zelfs geen energie over heeft om te huilen. Ze is compleet kapot, gebroken, verpletterd door al de gebeurtenissen van de afgelopen dagen. Hoe lang is ze nu al niet van huis, ze heeft geen idee en de hoop dat ze er ooit zal terugkeren is volledig vervlogen.

Dan krijgt de pijn in haar schouder de overhand, het kloppen dat alle andere pijntjes verdringt. Ze kreunt, begint te kronkelen, gilt wanhopig. Grijpt naar de schouder, voelt het kleverige bloed, knijpt er in, rukt er aan, wil er met een vuist op beuken, de pijn wegsnijden met haar mes. De alles overheersende pijn dwingt haar om tot zichzelf te komen, dwingt haar tot zelfbehoud. Onderdrukt haar zelfmedelijden. Laat haar handelen.

Met veel moeite weet ze zich van haar kleed te ontdoen. Het ochtendlicht bereikt haar nu ook, daardoor kan ze zien dat de schouder zwaar gewond is. Aan de voorkant is er een gat aan de achterzijde is het vlees ruw weggescheurd, het bloed stroomt eruit. Ze moet het zo snel mogelijk stelpen. Met behulp van haar tanden en haar rechterhand ziet ze kans een stuk stof van haar kleding te scheuren. Het uiteinde houdt ze met haar mond vast en wikkelt het met de rechterhand zo strak mogelijk om de wond. De pijn is overweldigend, niet te verdragen. Adrenaline kolkt door haar bloed, voorkomt nog net dat ze bewusteloos raakt. Ze trekt de strook stof laag voor laag rond de wond. Het knellen onderdrukt een klein deeltje van de pijn, een veel te klein deel. Ze knoopt de uiteinden moeizaam aan elkaar, strekt zich uit op de grond en zinkt weg in de zwarte vergetelheid.

33. Het is pikkedonker en doodstil als de kloppende schouder haar dwingt wakker te worden. Traag komt ze volledig bij bewustzijn. Een aantal keer eerder was ze zich half bewust geweest van de hopeloze toestand waarin ze verkeert, maar ze was steeds weer teruggezonken in bewusteloosheid.

Voorzichtig gaat ze zitten. De pijnscheuten in haar schouder pulseren met het ritme van haar hart. Elke slag wordt ze zich bewuster van haar hopeloze situatie. Even dreigt ze in paniek te raken, de angst voor de dood grijpt haar bij de keel. Ze raapt haar laatste krachten bijeen en gaat staan. Het worstelen met haar kleed duurt eindeloos. Maar het lukt, ze is niet langer naakt en een makkelijke prooi voor de vliegen die het op haar bloederige schouder voorzien hebben. Ze zoekt wat er over is van haar spullen bij elkaar en loopt wankelend richting het vage licht achter de bosrand. Voor ze het veld oploopt tuurt ze eerst langdurig over de glooiende heuvels, er zijn geen achtervolgers te zien. Ze richt haar blik op een dier dat hijgend over het veld naar boven komt rennen. Ze laat zich op een knie vallen, verbijt de vlammende pijn in haar schouder en rukt een pijl tevoorschijn. Nog voor ze aanlegt ziet ze dat het Isabel is, die verdomde Isabel die steeds weer opduikt. Ze is als een duiveltje uit een doosje, op de raarste ogenblikken, als ze het helemaal niet verwacht, is daar ineens weer die Isabel. Het dier legt een donker voorwerp voor haar op de grond. Vrouwe Veronique moet gaan zitten, moet voorkomen dat ze door de pijn overmand wordt. Na een poosje gaat het weer. Ze bekijkt het ding dat de hond voor haar neergelegd heeft en ziet dat het een jong konijn is.

'Isabel, verdorie, hoe flik je hem dat, bedankt. We moeten het beest maar snel bereiden, jij zult ook wel honger hebben.' Dan herinnert ze zich het varkensvlees dat ze in de zak stopte en haalt dat tevoorschijn. De zak is leeg. Heb ik die nu wel of niet gevuld, bedenkt ze dan. Ze twijfelt even, maar dan weet ze het weer zeker. Maar waar is alles dan gebleven, ze snapt het niet en bemerkt nu ook dat de waterzak leeg is. Dan pas ziet ze hoe de beide zakken door de doornen zijn toegetakeld, waardoor ze alles op haar wilde vlucht verloor. Ze breekt haar hoofd er niet langer over, besluit domweg het konijn op te eten.

Langs de bosrand zoekt ze droge twijgjes en houtjes voor een vuur. Het kost haar veel van haar krachten en nu en dan dreigt ze weer buiten westen te raken. Gek genoeg is de hond zo slim om haar te helpen en sleept allerlei takken uit het bos. In een mum van tijd heeft ze hout voor een groot vuur en dat is natuurlijk niet de bedoeling.

'Stop maar hondje, zo is het genoeg.' Zittend bouwt ze een vuurtje en als het eindelijk lukt om het hout vlam te laten vatten, slacht ze het konijntje.

Het mes heeft ze gelukkig nog. Haar boog en het mes. De buidel met munten, die ze meenam, is ook verdwenen. De deken met ingenaaide munten heeft ze ook verloren. Verder heeft ze slechts haar gehavende kleding. Dat is alles, maar ze zal het er mee moeten doen.

Van wat stokken snijdt ze een kleine stellage voor het spit waar ze het konijn mee boven het vuur hangt. Het kloppen van haar schouder lijkt steeds erger te worden. Ze beseft dat ze niet te lang moet wachten met het zoeken van geneeskrachtige kruiden. Alles wat haar vader haar leerde heeft ze nu hard nodig om te overleven. Kruiden zoeken gaat niet met dit vage ochtendlicht, dus moet ze wachten op de nieuwe dag. Eerst het konijn, dan de volgende stap. Als ze het dier uiteindelijk samen met de hond opgegeten heeft, is ze zo vermoeid dat ze haar ogen niet langer open kan houden en omvalt. Ze wordt overmand door de slaap. De trouwe Isabel houdt de wacht bij het langzaam dovende vuurtje.

De tong van Isabel wekt haar, het is al licht. De zon schijnt volop, er is licht om op zoek te gaan naar kruiden. Ze moet zichzelf dwingen op haar zijde te rollen en op te staan. Het kloppen van haar schouder is overweldigend. Ze begrijpt niet hoe ze daarmee heeft kunnen slapen. Uiteindelijk staat ze te wiebelen op haar benen en begint te lopen, speurend naar de hoognodige kruiden. Isabel volgt haar bij elke stap, wijkt niet van haar zijde. Op een van de velden, een stuk lager, ziet ze een groepje reeën grazen. Een van hen heft zijn kop en tuurt in haar richting. Ze weet dat het geen zin heeft om in haar toestand achter die dieren aan te gaan, maar het geeft haar vertrouwen voor de toekomst. Ze zal niet van de honger omkomen als ze kans ziet om die wond te laten genezen, dan kan ze jagen terwijl ze onderweg naar huis is. Naar huis, terug naar haar vesting, ze moet terug, hier wil ze niet sterven. Ze is nog zo jong en heeft nog een lang leven voor zich.

Al snel vind ze de juiste kruiden voor het behandelen van de wond en gaat zitten. Het lopen heeft haar uitgeput. Met haar tanden op elkaar geklemd maakt ze voorzichtig de strook stof om de wond los. Het opgedroogde bloed heeft een koek gevormd waardoor de stof aan de wond plakt. Het doet verschrikkelijk zeer als ze de laatste laag met een ruk lostrekt. Ze schreeuwt het uit. Het wordt zwart voor haar ogen en even verliest ze weer het bewustzijn. Isabel begint aan de wond te likken, jankt zacht. Daardoor keert ze terug op aarde en begint een nieuwe strook van haar kleed te scheuren. Ze doet een hand kruiden op de wond en wikkelt de strook stof er strak omheen. De wond is weer gaan bloeden en de pijn is ondragelijk. Opnieuw raakt ze buiten westen. Gelukkig heeft ze het verband nog net weten vast te knopen, anders waren de kruiden weggegleden en hadden hun werk niet kunnen doen.

Het is aardedonker als ze haar ogen opent. De hele dag heeft ze gelegen op de plek waar ze neerviel. De schouder klopt nog altijd, maar het lijkt net of het iets minder is. Moeizaam gaat ze zitten. Ze vindt het restant van de kruiden die ze bijeen zocht en begon met het losmaken van het verband. Tergend langzaam vernieuwt ze het bosje kruiden. Het bloeden is gestopt. Als ze het verband weer vastknoopt, doet het zo verschrikkelijk zeer, dat ze opnieuw wegzinkt is de vergetelheid.

De volgende ochtend wekt de tong van Isabel haar opnieuw. Het eerste dat ze voelt is de pijn in haar schouder, maar het kloppen is nu een stuk minder. Een droge mond herinnert haar er aan dat ze al een hele tijd niets gedronken heeft. Ze moet naar de rivier voor water. Ze krabbelt langzaam op en loopt strompelend door de velden in de richting van de rivier. Een eindje verderop komt ze in een diepe plooi tussen twee heuvels. Verborgen onder struiken en kreupelhout vindt ze een snel stromend beekje. Daar is water, helder water. Ze worstelt zich moeizaam door de dichte begroeiing en zakt bij het smalle stroompje op haar knieën. Ze schept het water met haar handen op en drinkt gulzig. Wat verderop steekt de kop van Isabel onder de struiken door en drinkt zij ook van het koude, helder water. Ze kruipt weer door het struikgewas en gaat daar zitten bijkomen van de korte tocht door de heuvels. Het is ongelooflijk hoe weinig energie ze nog over heeft. Het wordt tijd dat ze weer wat eet, dat ze nieuwe krachten op doet. En het is nodig om nieuwe, andere kruiden te zoeken voor haar wonden. Ze staat op en sjokt weer door de velden. Hier en daar vindt ze eetbare knolletjes en ook ruim voldoende geneeskrachtige kruiden. Dan ziet ze een stuk vlees liggen, verderop nog meer, ze weet het nu zeker, haar einde nadert. Ze ziet waanbeelden als gevolg van de naderende dood, die haar elk moment kan meesleuren. Tot haar stomme verbazing schiet Isabel langs haar heen en zet haar tanden in het vlees. Als het dier begint te kauwen beseft ze dat ze niet hallucineert, maar dat ze wel degelijk vlees gevonden heeft. Dat moet het vlees zijn dat uit haar zak gevallen is tijdens haar vlucht.

'Hé, Isabel, loslaten, ik wil ook een stuk.' Ze stapt naar voren en grijpt naar het vlees. Daardoor schiet er een vlammende pijn door haar heen en duikelt ze voorover, ze belandt met haar gezicht naast het vlees in het gras. Isabel heeft de prooi zonder meer losgelaten en pakt snel een ander stuk. Vrouwe Veronique gaat moeizaam zitten en samen eten ze van het vlees. Als ze genoeg hebben begint vrouwe Veronique met het vervangen van het verband. Het gaat nu wat gemakkelijker, de pijn is niet meer overweldigend. Nog een paar dagen en dan kan ze op weg gaan. Maar eerst moet ze meer voedsel verzamelen en een schuilplaats zoeken, ze kan niet in het open veld blijven. De vondst van het vlees geeft haar de zekerheid dat de andere etenswaren die ze verloor, ergens in de buurt moeten liggen. Ze speurt de omgeving af en dan hoort ze in de verte het klingelen van de torenklok in de stad. Ze loopt in tegengestelde richting en zoekt naar het gevallen eten. Elke stap kost haar grote moeite, ze dwingt zichzelf door te lopen naar het bos, waar ze eerder verbleef. Ze vindt geen ander verloren voedsel, slechts haar deken die ze, sinds ze van haar veste vertrok, bij zich draagt. Met de deken heeft ze ook haar zilveren munten terug waarmee ze voedsel kan kopen, maar niet hier, hier is het geld waardeloos. Toch houdt ze de deken bij zich, de zomernachten zijn niet koud, maar wie weet hoe lang het duurt voor ze weer veilig thuis is. Het is zo ver weg, zo hopeloos ver. Opnieuw verliest ze bijna de moed. Het kost ongelooflijk veel wilskracht om niet toe te geven aan het verlangen naar het einde, om neer te vallen en te gaan liggen wachten tot de dood haar meevoert. Ze kijkt over de velden in de richting van de rivier, weet dat ze hier niet kan blijven, dat het hier niet veilig is. Ze gaat het bos in en zoekt moeizaam haar weg in het halfduister tussen de dicht opeenstaande bomen. Na lange tijd komt ze bij een open plek waar ze uitgeput neerzakt. Ze kan niet meer.

Uren later keert ze terug uit een diepe slaap. Ze gaat zitten en kijkt verbaasd om zich heen, dan weet ze het weer. Beseft ze in wat voor hopeloze toestand ze geraakt is. Ze staat op en kijkt in het rond. Heel vaag, bijna onhoorbaar, hoort ze ergens wat water druppen. Haar oren tot het uiterste spitsend, gaat ze op zoek. Niet ver van de plek waar ze lag, ontdekt ze een rotsachtige helling met een natte plek. Water drupt uit een spleet en valt in een stenen kuiltje. Voorzichtig schept ze met een hand er wat uit en drinkt. Na een paar slokken voelt ze zich alweer een stukje beter. Nu nog wat eten. Ze haalt het restant van het vlees tevoorschijn en begint er op te kauwen. Isabel zit met smekende ogen naar haar te kijken en ze werpt het dier ook een stuk toe.
'Hier, eet jij het maar op, je hebt het verdiend.'
Een klokkend geluid doet haar opkijken. Een koppeltje fazanten komt de open plek op lopen. Zonder geluid te maken zakt ze op de grond, gebaart Isabel ook doodstil te gaan liggen. Behoedzaam haalt ze de boog van haar rechterschouder en trekt een pijl tevoorschijn, legt aan, richt eindeloos, tot ze absoluut zeker is dat ze niet kan missen, dan laat ze de pijl door de lucht suizen. Die treft een van de vogels midden in het lichaam. Ze springt op, vervloekt de hevige pijn die de heftige beweging veroorzaakt, negeert die en holt samen met Isabel

naar de getroffen vogel. Ze heeft eindelijk weer eens geluk.

34. Als ze wakker wordt is het donker. De afgelopen dag heeft ze besteed aan het bereiden en opeten van de fazant en aan het verzorgen van de schouderwond. Daarna is ze in slaap gevallen.

De maan zet de open plek in een spookachtig licht. De donkere bosrand rondom geeft haar een opgesloten gevoel, maakt haar angstig. Ze kan niet zien wat er in het duister schuil gaat. Ze gaat zitten en strekt haar benen en beweegt de gewonde arm. Het gaat steeds beter met haar schouder, ze kan haar arm al een heel eind opheffen. Ze heeft dorst. Om te kunnen drinken zal ze eerst de angst voor het duistere moeten overwinnen en naar de bron lopen. Dan beseft ze dat Isabel haar wel zal waarschuwen als er gevaar dreigt. De hond ligt vlakbij rustig te slapen, haar ademhaling maakt een snurkend geluid.

'Psst, hé, Isabel, wordt eens wakker.' De kop van het dier komt met een ruk omhoog en met trillende neus kijkt ze om zich heen.

'Er is niks,' fluistert ze, 'kom eens hier.' Het dier staat op en rekt zich omstandig uit, dan komt ze naast haar zitten. Vrouwe Veronique slaat een arm om haar heen.

'Nu weet ik pas hoe belangrijk je voor me bent,' zegt ze zacht in het oor van het trouwe dier. Een lik over haar gezicht is het korte antwoord.

'Kom, we gaan even wat water drinken.' Ze staat op en loopt met de hond vlak naast zich naar de bosrand. Tastend tussen de struiken waar ergens die rotspartij moet zijn, zoekt ze naar de bron. Ze vindt het doodeng om zonder te zien wat ze doet in het rond te tasten.

'Hé, kom op Isa, jij kunt met die neus van je dat water toch wel vinden. Zoek, zoek het water.'

De hond verdwijnt in het donkere bos en komt na een poosje met een stok in haar bek weer tevoorschijn.

'Nee, sufferd, water, zoek het water.' Opnieuw loopt de hond het donker in en komt terug met een andere stok. Vrouwe Veronique geeft het op, draait zich om en wil naar haar slaapplek teruglopen. Haar hart slaat minstens een paar slagen over, ze blijft met stokkende adem aan de grond genageld staan. Een donker gestalte staat over haar deken gebogen en rommelt tussen de spullen. Een golf adrenaline spuit in haar bloed, ze komt in beweging en stormt op de indringer af. Die heeft haar direct in de gaten en maakt een ontwijkende beweging. Daardoor duikt vrouwe Veronique over de vijand heen en landt keihard op haar gewonde schouder. De pijn is zo erg, dat ze meteen buiten westen raakt.

Flakkerende rood licht danst over de bomen en het struikgewas als ze haar ogen opent. Met een ruk komt ze overeind, is een en al vechtlust, maar door de stekende pijn in haar schouder wordt het weer even zwart voor haar ogen. Als het zwart wijkt en ze weer kan zien, ontdekt ze dat een groot vuur de open plek verlicht. Om te voorkomen dat de pijn haar opnieuw overmant staat ze voorzichtig op en kijkt verbaasd naar de groep mensen die rond het vuur zitten. Hun gezichten worden verlicht door de dansende vlammen.

'Ah, je bent weer wakker, mooi, kom hier naast me zitten en vertel ons hoe het gaat.'

Vrouwe Veronique is volledig overdonderd, al de vechtlust is verdwenen en heeft plaats gemaakt voor angst en verbazing. Ze staart naar de gezichten en die staren nieuwsgierig terug. Er is geen spoor van vijandigheid te bespeuren en Isabel ligt op haar gemak naast de vrouw die haar net aansprak. Ze heeft geen idee wat ze hier van moet denken. Moet ze vluchten, snel tussen de bomen verdwijnen, zodat het duister haar opslokt? Dat heeft geen zin, ze zal niets kunnen zien en tegen de eerste de beste boom aanrennen. Vechten dan, tot de aanval overgaan, strijden tot ze er bij neervalt? Met een dergelijke overmacht is dat ook zinloos, het zelfde als het plegen van zelfmoord. De laatste tijd heeft ze vaker gehoopt dat de dood haar zou wegsleuren. Maar nu, na de hoopgevende dag met voldoende te eten en water om te drinken, had ze juist voldoende moed verzameld om de terugreis te aanvaarden.

'Kom vrouwe,' zegt dezelfde spreekster van daarnet, 'weest niet bevreesd, we doen je niets, warm je aan ons vuur, vertel waar je vandaan komt. Hoe kom je aan die schotwond in je schouder? Wie ben je, van welke stad ben je gevlucht?' Haar stem is zacht en heeft een warme klank. Vrouwe Veronique blijft twijfelend staan kijken naar de groep. Nergens ziet ze wapens waarmee ze haar onverwacht kunnen overmeesteren. En, bedenkt ze dan, als ze me willen doden hadden ze dat daarnet makkelijk kunnen doen. Maar ze willen misschien eerst weten wie ik ben en waar ik vandaan kom en doden me daarna. Ik moet ze niet wijzer maken dan ze zijn, voorlopig het spel meespelen. Zodra het licht is kan ik er vandoor, in ieder geval een poging wagen. Als ze me dan achterhalen kan ik altijd nog vechten tot de dood me te pakken krijgt.

Langzaam loopt ze naar de spreekster en gaat voorzichtig naast haar zitten. Ze houdt ze allemaal angstvallig in de gaten. Geen van hen maakt een verdachte beweging, eentje port met een stok in het vuur, een ander zuigt aan een lange pijp, allemaal kijken ze nieuwsgierig in haar richting.

'Wie zijn jullie,' vraagt ze met een ferme stem, in de hoop daarmee haar angst te verbergen.

'Dat vroeg ik juist aan jou,' antwoordt de vrouw naast haar, een ander grinnikt zacht. 'Maar goed, je wilt eerst weten wie wij zijn, dat begrijpen we. We kunnen ons voorstellen dat je geschrokken bent van onze plotselinge verschijning. We hebben je al een aantal dagen in de gaten gehouden. Al vanaf het moment dat je van dat schip afsprong, net als voor die tijd. Je hebt daar lelijk onze plannen gedwarsboomd, we lagen klaar om die kerels op de kade allemaal de hals af te snijden toen jij na die knal van een musket het dek op kwam rennen.'

Een van de mensen aan de andere kant van het vuur staat op en pakt hout van een stapel die een eindje verderop klaar ligt. Vrouwe Veronique luistert niet langer naar de vrouw, maar volgt die ander met argusogen, net zolang tot ook die weer in de kring rond het vuur zit. De vrouw naast haar heeft het gemerkt, had haar verhaal even onderbroken.

'We,' gaat ze verder, met een nauwelijks zichtbare glimlach rond haar lippen, 'hadden je al aan boord zien sluipen en vroegen ons af wat je ging doen. Het was onze bedoeling om het schip te beroven van zijn lading musketten. Daar waren we voor gekomen. We lagen te wachten tot iedereen voldoende drank binnengekregen had en dan was de rest een koud kunstje geweest. En daar heb jij dus een stokje voor gestoken. Deed je dat met opzet? We denken van niet, we zijn er vrij zeker van dat je ons helemaal niet opgemerkt hebt. En de hond van je heeft ons ook niet verraden, want die kent ons. Zij trok samen met ons op toen jij nog met dat schip de rivier op voer. We volgen die schuit al een hele tijd, al vanaf dat ze de lading musketten overnam van het zeeschip aan de kust. We hebben steeds moeten wachten met het overvallen tot de bemanning aan het vat bier begon waar wij het slaapmiddel in deden voor ze die inkochten. Zo, nu weet je wie wij zijn, wie ben jij, en waarom ging je toch achter dat schip aan nadat je de eerste keer over boord sprong? Dat begrijpen we niet. We hebben gezien dat de eigenaar jou samen met een andere vrouw op de markt kocht en je aan boord bracht. Ook gezien hoe je gevangen gehouden werd. En dan ontsnap je eindelijk en dan ga je toch terug aan boord? Is dat soms voor die andere vrouw, de vrouw die samen met de kapitein was?

Vrouwe Veronique voelt het schaamrood naar het gezicht vliegen, ze is blij dat het zo donker is en dat de vlammen een rode gloed verspreiden, daardoor zullen ze het niet merken. Het is helemaal niet nodig dat zij iets weten over de dingen die tussen haar en Francine voorgevallen zijn. Dat mag helemaal niemand weten. Het zou het einde voor haar betekenen. De gedachten aan Francine onderdrukt ze snel en richt haar gedachten op het verhaal van de vrouw. Hoe kan het dat zij haar en het schip volgden zonder dat zij het merkte, dat is onmogelijk, ze proberen me wat wijs te maken. Maar waarom? Wie zijn deze mensen? Het enige dat zeker is, is dat de vrouw naast haar de leiding heeft, de andere mensen zitten zwijgend naar het vuur te staren. En als ze dan zo nodig dat schip willen leeghalen, wat doen ze dan hier, wat moeten ze van mij? Het is een raar verhaal dat ze me op de mouw willen spelden. Gezien de overmacht lijkt het verstandiger om net te doen of ik hen geloof en, zodra het licht is, er vandoor te gaan. Deze hele toestand en al het gedoe met Francine heeft nu lang genoeg geduurd.

Voor de zoveelste keer besluit ze dat het de hoogste tijd is om naar haar vesting terug te keren. Twee personen aan de andere zijde van het vuur staan plotseling op en vrouwe Veronique volgt hun voorbeeld terwijl ze een verdedigende houding aanneemt. Over het vuur heen staren de duistere gezichten haar aan en dan draaien ze zich om en verdwijnen uit de lichtkring. Vrouwe Veronique vertrouwt het niet, verwacht dat ze een omtrekkende beweging zullen maken om haar van achter aan te vallen. Ze doet een paar stappen van het vuur vandaan zodat ze niet langer last heeft van het licht, maar ze ziet gewoon weer helemaal niets. Haar nachtblindheid speelt haar opnieuw parten. Vlug gaat ze terug naar de plaats bij het vuur, draait zich om en tuurt in het duister. Als ze haar nu aanvallen zal ze hen zien zodra het vuur hen verlicht. Dan beseft ze in wat voor belachelijke positie ze verkeert. De vrouw die het verhaal vertelde en de anderen zitten nog altijd stil rond het vuur en zouden haar evengoed zondermeer kunnen uitschakelen. Waarom gaat ze niet gewoon weer zitten en wacht af wat er komen gaat. Zich verdedigen tegen deze overmacht is compleet zinloos. Langzaam draait ze zich weer om en gaat op de zelfde plaats als daarnet zitten. De vrouw naast haar steekt een hand naar haar uit om haar met een vriendelijk gebaar gerust te stellen. Met een wilde beweging wijkt vrouwe Veronique achteruit.

'Kalm toch, vrouwe, we doen u niets, van ons heeft u geen gevaar te duchten. De twee die net opstonden gaan de wacht houden terwijl wij gaan slapen. Morgen zullen we verder trekken, achter het schip aan. Vroeg of laat zullen ze vastlopen op de ondiepten in de rivier en zijn ze gedwongen de lading verder over land te vervoeren. Dan grijpen we onze kans en veroveren we alsnog de wapens. Als u wilt kunt u met ons verder trekken, het is geheel aan u. We waren alleen nieuwsgierig naar de reden waarom u ook het schip blijft volgen. Maar weest gerust. U hoeft niets te zeggen. Het is ons slechts om de musketten te doen.'

'Musketten,' vraagt vrouwe Veronique aarzelend, 'is dat zo'n ding als waarmee die pias me verwondde?'

'Wie de pias is weet ik niet, maar die wond in je schouder is waarschijnlijk door een kogel uit een musket veroorzaakt. Dat denken we tenminste, omdat we er eentje hebben horen afvuren.'

212

'Afvuren,' vraagt vrouwe Veronique verbaasd, 'wat is dat, afvuren, hoe werken die stokken.'

'U gaat me toch niet vertellen dat u nooit van een vuurwapen gehoord hebt. Die dingen bestaan al zowat honderd jaar. Ongelooflijk, waar komt u toch vandaan. Bent u soms een tijdreiziger die vanuit de middeleeuwen naar onze tijd gevlogen is?'

Vrouwe Veronique kijkt naar het door het vuur verlichte gezicht naast haar. Er is geen spoor van een lachje zichtbaar, zodat ze er van overtuigd is dat ze haar niet in de maling probeert te nemen. Dus die stokken zijn wapens, denk ze, vuurwapens, maar hoe werkt zoiets dan. Met een paar van die dingen zou ze haar vesting prima kunnen verdedigen. Iedereen die de muren probeert te bestormen kan ze met zo'n ding gemakkelijk uitschakelen. Ze hoeft er maar een aantal van te bemachtigen en haar horigen te leren er mee om te gaan en ze heeft haar defensieprobleem opgelost. Dus rest er slechts een kleine moeilijkheid, het verkrijgen van die wapens.

'Hoe werken zulke dingen,' vraagt ze de vrouw op neutrale toon, in de hoop te verbergen dat ze er erg veel belangstelling voor gekregen heeft.

'Dat is niet een twee drie uit te leggen. In principe komt het er op neer dat er een lading buskruit in de loop wordt gedaan en een loden kogel er achteraan. Als je dan het kruit laat ontploffen, vliegt de kogel weg en komt hard tegen het doel terecht.'

'Buskruit, ontploffen, ik begrijp het niet.'

'U komt echt uit een andere tijd, geloof ik. Maar als u het niet erg vindt ga ik nu slapen, als u morgen een stukje met ons oploopt zal ik een en ander uitleggen. Nu ben ik te moe, en dan verneem ik graag alsnog uw beweegredenen en alle inlichtingen over het schip die u ons kunt verstrekken.'

De vrouw staat op en doet een paar stappen bij het vuur vandaan en

213

gaat liggen. Alle anderen volgen haar voorbeeld. Vrouwe Veronique blijft alleen achter en staart naar de vlammen terwijl ze de dingen die ze te horen heeft gekregen probeert te verwerken.

35. Het is nog vroeg als ze rillend van de kou wakker wordt. Het gras is vochtig van de dauw, de zon nog verborgen achter de hoge bomen rond de open plek. Het vuur is veranderd in een witte hoop as die nog een beetje warmte uitstraalt. Ze kruipt er zo dicht mogelijk naar toe. Er zitten nu nog maar een paar donkere gestalten rond de ashoop. De anderen zijn verdwenen. Ze heeft geen idee wie van de hen de vertelster is. Alle figuren zitten diep weggedoken in een donker kleed met hun gezichten verborgen onder een capuchon. Vrouwe Veronique tuurt van de een naar de ander, kan niet zien wie of wat deze mensen zijn. Dan klinkt de zachte stem van gisteravond achter haar en draait ze zich met een ruk om. De vrouw gaat net zo donker gekleed en heeft ook haar gezicht verborgen onder de overstekende capuchon, net als de anderen. Het lijkt er op dat ze zich opzettelijk zoveel mogelijk bedekken met die donkere kleding, waardoor ze minder opvallen. Ze lijken net een groep melaatsen die ze ooit op een gravure zag. Er trekt een golf angst door haar heen. Hebben ze haar aangeraakt, zijn het melaatsen?

Ze gaat staan en tuurt naar het gezicht onder de kap. Ze hoort hoe de vrouw lacht. De vrouw werpt de kap naar achter waardoor haar mooie, gave gezicht in het ochtendlicht goed te zien is. Vrouwe Veronique grinnikt een beetje schaapachtig en mompelt een groet. De vrouw vraagt of ze goed heeft kunnen slapen en of ze al weet wat ze gaat doen. Ze biedt haar wat te eten aan, eenvoudig droog brood en wat zure wijn om dat weg te spoelen. Ze gaan naast elkaar bij de

215

ashoop zitten en kauwen op het droge brood. Als de laatste brok doorgeslikt is vraagt ze aan vrouwe Veronique hoe het gaat met haar schouderwond. Achterdocht kruipt als een sluwe slang in het hoofd van vrouwe Veronique. Waarom doet deze vrouw zo vriendelijk, wat wil ze van haar. Ze antwoordt zo onverschillig mogelijk dat het prima gaat met de wond, ze wil geen zwakte tonen. Maar de uitleg over de vuurwapens heeft haar erg geïntrigeerd. Hoe kan ze ook in het bezit van zulke machtige wapens komen? Kennelijk is het niet eenvoudig, anders zou de groep niet zolang achter de handelswaar van die koopman aantrekken. En hoe kan ze deze vrouw zover krijgen dat ze haar er ook een paar geeft, zonder dat ze zich bloot hoeft te geven. Het lijkt haar beter dat ze niets over haar vesting en het gebrek aan verdediging te weten komt. Maar ze zullen ongetwijfeld iets terug verlangen voor de hulp. Wat heeft ze hen te bieden? Ze denken dat ze dingen over het schip weet die zij ook graag zouden willen weten, anders waren ze vast niet zo vriendelijk geweest. Maar ze weet helemaal niets bijzonders, heeft helemaal geen verstand van schepen. En al helemaal niet van de rivier, ze is hier nooit eerder geweest, is volkomen vreemd in dit gebied. En dat niet alleen, ze is er nu wel achter dat ze helemaal niets weet over de wereld buiten haar kleine vallei. Haar hele wereldbeeld is aan duigen gevallen. Eerst heeft Francine haar volkomen van haar stuk gebracht met haar verhaal over de feitelijke toestand rond de geloofsoorlog. Haar duidelijk gemaakt dat het hele verhaal van de heer van Bollène op verzinsels berustte, dat hij haar van A tot Z belogen heeft. En nu heeft ze ontdekt dat men tegenwoordig niet meer ten strijde trekt met zwaard en boog, maar met een musket. Ze zullen haar wel erg achterlijk vinden. Net als Francine, die haar steeds uitlachte. Francine, wacht eens even, Francine is misschien wel de sleutel tot de oplossing.

'Vrouwe, heel erg bedankt voor uw vriendelijke woorden,' begint ze met het smeren van stroop, 'ik zou u graag van dienst zijn om u terug te betalen, maar ik weet niet hoe ik u zou kunnen helpen. Het enige wat ik te bieden heb is mijn kennis van de gewapende strijd. Ik ben getraind in het boogschieten en zwaardvechten, maar sinds uw verhaal over vuurwapens is het me duidelijk geworden dat die kennis wat achterhaald is. Tja, en daarnaast weet ik een en ander over het varen met schepen,' laat ze er zonder blikken of blozen bluffend op volgen. 'Ik weet niet of u daar iets aan heeft.'

Er trekt een glimlach over het fraaie gezicht van de vrouw en als ze antwoordt weet ze heel goed te verbergen dat ze haar bluf doorziet.

'Die kennis kan ons zeker van nut zijn, maar ik heb geen moment het gevoel dat u ons iets schuldig bent. U bent volkomen vrij te gaan waar u wilt, en als u hier op deze plek wilt blijven, is dat natuurlijk geen enkel probleem. Maar als u de behoefte voelt om samen met ons op te trekken bent u zeker welkom. Ook nu nog is het beheersen van de boog van grote waarde en bij man tot man gevecht is de kennis van het zwaard zeker een pré. Maar weest geheel vrij in uw beslissing. Wij gaan nu verder en vervolgen onze tocht achter het schip aan. Het gaat ons om de geweren, niet om het schip. Mijn verkenners hebben gezien dat ze niet langer naar u zoeken, iedereen is terug aan boord en vanmorgen zijn ze in alle vroegte vertrokken. Dus, vrouwe, het is geheel aan u,' en terwijl ze opstaat, laat ze er op volgen: 'Het was een aangename ontmoeting.'

Vrouwe Veronique staat een poosje te twijfelen, dit antwoord heeft ze niet verwacht. Ze vond zichzelf zo slim bezig en dacht dat de vrouw haar zou vragen om hen te helpen. Daardoor zou ze met hen mee kunnen gaan zonder dat ze weten, dat het haar alleen maar om de musketten te doen is. Dus hoe zal ze het nu aanpakken? Dan komt er een ander idee in haar op.

'Nou ja, ziet u, mijn vriendin wordt nog altijd aan boord van dat schip gevangen gehouden. Als u nu tijdens het roven van de musketten haar ook kunt bevrijden, kan ze samen met mij terug naar mijn, eh, huis.' Bijna heeft ze vesting gezegd, daarover hoeft die vrouw helemaal niets te weten. Hoe minder ze over zichzelf vertelt, hoe beter het is.

'Maar natuurlijk kunt u met ons optrekken en als het kan, zullen wij u helpen met het bevrijden van uw vriendin. Kom, genoeg gepraat, pak uw spullen en volg ons.'

Vrouwe Veronique is erg tevreden over zichzelf, dit heeft ze goed aangepakt. En onderweg zal ze die merkwaardige figuren eens uithoren over de musketten. Want ze moet natuurlijk wel weten hoe je die gebruikt, wat dat spul is dat ontploft en hoe dat met dat ronde ding zit, dat uit de opening vliegt. Snel grist ze het weinige dat ze bezit bijeen en als ze opkijkt om achter hen aan te gaan ziet ze niemand meer. Vlug loopt ze door het bos in de richting waar ze de rivier weet en als ze op het open veld komt en de glooiende velden afspeurt, ziet ze geen mens. Hoe kan dat? Heeft ze dan alles gedroomd? Er zijn haar ook heel wat verhalen over geesten en tovenaars verteld toen ze nog jong was, maar dit kunnen geen betoveringen zijn. Het vuur, de kring mensen er omheen, het hele verhaal van de vrouw, dat kan ze zich niet allemaal verbeeld hebben. Maar waarom ziet ze dan niemand lopen? Zover voor haar uit kunnen ze niet geweest zijn. Ze heeft maar een paar tellen nodig gehad om hen te volgen. De twijfel aan zichzelf groeit en groeit. Ze rent terug het bos in, snel naar de open plek. Zie je wel, het is geen zinsbegoocheling, er ligt wel degelijk die hoop witte as en het gras er omheen is platgetrapt. Maar waar zijn ze nu dan?

'Waar blijft u, we moeten opschieten,' hoort ze een vrouwenstem achter haar zeggen. Wild draait ze zich om, het is niet de stem van de vertelster. Een vage schim wenkt haar vanaf de bosrand. Alle spoken en demonen uit verhalen komen in haar op, bijna rent ze er als een haas vandoor. Tot haar stomme verbazing zit Isabel naast de vrouw en gaapt uitgebreid. Daardoor vervliegen de gedachten aan schimmen en geesten.

'Gaat u nu wel of niet mee,' roept de vrouw venijnig. Vrouwe Veronique knikt vlug ja en loopt snel achter haar aan.

'Ik keek even over het veld of we niet gevolgd worden,' roept ze hijgend tegen de vrouw die ze amper kan bij houden. Maar ze betwijfelt dat de vrouw haar gelooft, ze reageert in ieder geval totaal niet. Nu pas bemerkt ze hoe effectief die grauwe kleding is, als ze even wat achterop raakt ziet ze de vrouw nog amper tussen de bomen en struiken. Als niet zou bewegen zou ze haar helemaal niet meer zien. De witte staartpunt van Isabel, die naast de vrouw loopt, is veel beter zichtbaar. Dat moet ze onthouden, die kennis kan haar goed van pas komen als ze op de terugweg is. Ze hoopt dat het beroven van dat schip niet al te lang duurt. Want hoe verder ze die schuit moeten volgen, hoe verder ze van haar vesting raakt. Het is nu al zo'n eind en straks moet ze ook nog met die musketten sjouwen. Zijn die dingen zwaar, heeft ze er geen hulp bij nodig? Misschien kan ze een paar van deze strijders als sjouwers inhuren. Per slot heeft ze nog altijd de ingenaaide munten in haar deken zitten. Die heeft ze nu niet meer nodig om een legertje te betalen. En anders kan ze die vuile sloerie, die verrekte duivelin, van dat schip halen en haar als pakezel gebruiken. Daar moet ze toch nog mee afrekenen, als ze dan eindelijk thuis is kan ze haar van de muur werpen of op de brandstapel zetten. Dat zijn dan mooi twee vliegen in een klap.

De vrouw voor haar rent zonder te stoppen door de velden en bossen. Vrouwe Veronique raakt steeds verder achterop en als ze eindelijk te moe is en ze de schijn niet langer kan ophouden, laat ze zich languit in het gras vallen en vloekt en tiert terwijl ze haar rechtervoet omklemt. De vrouw heeft haar gehoord en komt op een drafje terug en kijkt met een meewarig gezicht naar de gevallen kasteelvrouw.

'Gestruikeld,' roept vrouwe Veronique tussen het gevloek en gekreun door.

'Behoorlijk stom,' snauwt de vrouw op bitse toon. 'We zullen even wachten tot de pijn wat afzakt, dan gaan we verder.' Isabel kijkt haar ook al zo vreemd aan, dat beest kan haar toch niet door hebben.

'Waar gaan we in godsnaam helemaal naar toe,' vraagt vrouwe Veronique.

'Naar een bocht in de rivier,' is het korte antwoord.

'Ik weet niet of jullie het weten, maar dat schip gaat niet zo snel hoor, waarom moeten we dan zo nodig rennen?'

De vrouw reageert niet, loopt ongeduldig heen en weer.

'O ja,' gaat vrouwe Veronique verder, 'wat ik me afvroeg, zijn zulke musketten erg zwaar en hoe kom je aan dat ontplof spul en die balletjes, zitten die erbij?'

Ook hierop geeft de vrouw geen antwoord, ze trekt de kap over haar hoofd, die was naar achter gezakt tijdens het hardlopen. Uiteindelijk geeft ze het op en gaat weer staan. Voorzichtig stappend loopt ze een rondje en zegt dan dat ze verder kan. Zonder aarzeling begint de vrouw weer te rennen en ze volgt haar maar weer. Het lijkt wel of dat mens steeds harder loopt, denkt ze ondertussen. Nou ze bekijkt het maar, dit gaat niet lukken. Ze begint gewoon te lopen en niet veel later stopt de vrouw en wacht tot ze haar ingehaald heeft. Dan loopt ze voor haar uit, rent niet langer, maar stapt stevig door. Vrouwe Veronique heeft geen idee wat er in het hoofd van die vrouw omgaat, maar als ze straks de vertelster ziet, zal ze die eens vragen waarom het nodig is dat ze zich zo haasten.

36. Tegen de avond komen ze bij de rivier die traag door een wijde bocht stroomt. De groep mensen die voor hen uit gelopen is, ziet ze met takken en een omgevallen boom een dam in het water bouwen. Een deel van hen heeft het grauwe kleed uitgetrokken en waadt tot hun middel door het water. Het zijn allemaal vrouwen, ziet vrouwe Veronique tot haar stomme verbazing. Waarom laten ze uitgerekend de vrouwen het werk in het water doen, waarom doen de anderen, de mannen, dat niet. Dan valt haar op dat het geroep van de werkers op het land, die de vrouwen in het water aanwijzingen toeschreeuwen, ook vrouwenstemmen hebben. Het duurt even voordat ze het door heeft. De groep bestaat uitsluitend uit vrouwen. Vrouwen die zich hullen in grauwe kleding, waardoor ze zich onopvallend kunnen verplaatsen en waardoor ook niet te zien is dat het vrouwen zijn. Nu wordt vrouwe Veronique nog nieuwsgieriger. Waarom trekt een groep vrouwen door het land achter een schip aan, dat ze van zijn lading willen beroven en waarvoor hebben ze die vuurwapens nodig? Waarom doen ze dit? Ze kijkt of ze de vertelster ergens ziet, ze wil haar dat allemaal gaan vragen. Maar voordat ze haar vindt, hoort ze hoe er een vrouw in de verte iets roept. Ze staat aan het begin van de bocht, waarachter de rivier stroomopwaarts uit het zicht verdwijnt, te gebaren en rent dan naar de struiken langs de rivier. De vrouwen in het water waden vlug naar de oever, grijpen hun kleding en volgen de anderen die richting de hoger gelegen oever rennen. Vrouwe Veronique begrijpt het niet, wat is de oorzaak van al die consternatie? Ze besluit dan maar

221

domweg achter de anderen aan te gaan. In een oogwenk is iedereen verborgen achter de begroeiing op de helling. Ook de vrouw, die in de verte het alarmsignaal gaf, is uit het zicht verdwenen. Vrouwe Veronique ligt plat op de grond en tuurt tussen de struiken door naar de rivier. Dan ziet ze het span paarden om de bocht in de verte komen. Even later hoort ze ook de kreten van de voerlui waarmee ze de beesten aansporen. Dan verschijnt ook de kop van het schip. Ineens duikt er iemand naast haar op en als die wat zegt, hoort ze dat het de vertelster is. Meteen vuurt vrouwe Veronique een spervuur van vragen af, maar de vrouw onderbreekt haar en sist haar instructies toe. Ze drukt vrouwe Veronique een kruisboog in de handen en vraagt of ze daarmee kan schieten. Vrouwe Veronique kijkt haar stomverbaasd aan, snapt niet direct wat de bedoeling is. Nog voor de vrouw aan de uitleg over het gebruik van de boog kan beginnen, dringt tot haar door wat er staat te gebeuren. Ze gaan zo dadelijk het schip aanvallen en daarbij zal het er niet zachtzinnig aan toegaan. Ze vraagt zich af of zij hier wel aan mee wil doen. Wat heeft zij met deze groep vrouwen te maken? Waarom zou ze haar leven wagen voor het belang van hen? Ze is niet van huis gegaan om zich aan te sluiten bij andermans legertje. Ze is juist vertrokken om zelf zo'n leger te verwerven. Wat moet ze doen, opstaan en gewoon weglopen? Zullen ze haar laten gaan of wordt ze terstond een kopje kleiner gemaakt? En dan de musketten, ze heeft verteld dat het om de musketten gaat en die wil zijzelf ook wel hebben. En dan is er ook altijd nog de kans dat ze die verrekte sloerie Francine een pijl door het hart kan schieten, dan is daarmee de kans dat ontdekt wordt, waar dat wijf haar toe heeft gedreven, voorgoed voorbij. Veel tijd om na te denken heeft ze niet meer. Ze hoort de stemmen van de mannen, die het span paarden dat de boot trekt voortdrijven, dichterbij komen. Ze dwingen met zweepslagen de dieren tot een uiterste krachtsinspanning.

Schuimvlokken druipen van de wild bewegende paardenhoofden. Het is duidelijk dat het schip maar moeizaam vooruit komt. Nu en dan kantelt het naar een zijde, omdat het kennelijk de rivierbodem raakt. De koopman staat op het verhoogde achterdek bevelen te schreeuwen. Dan blijft het schip met een flinke slagzij helemaal steken. De paardenhoeven werpen kluiten gras en aarde op, maar zien geen kans het schip verder te trekken. De voerlui schreeuwen en laten hun zwepen knallen, de paarden gillen en worstelen steigerend in hun tuig. Nu pas beseft vrouwe Veronique wat de bedoeling van de primitieve dam is. Het water erboven is gestegen, eronder gedaald, waardoor het schip helemaal vastgelopen is. De koopman jaagt de bemanning met harde kreten en vloeken van boord en de kerels waden richting de dam waar ze aan de takken beginnen te rukken. Plotseling stuiven de vrouwen, gehuld in hun grauwe wapperende gewaden, de helling af en bestoken met hun bogen de weerloze mannen, die tot aan hun borst in het water staan. Er is geen enkele dekking voor hen, dus hebben ze geen schijn van kans. De koopman op het verhoogde achterdek rukt twee wapens uit zijn tailleband en vuurt hun lading op de aanstormende vrouwen af. Het heeft totaal geen effect. Hij springt van het verhoogde dek naar beneden en duikt achter de verschansing. De voerlui zijn even als aan de grond genageld blijven staan, maar rennen er dan vandoor. Bloed kleurt het water. De lichamen van de gedode mannen zijn of onderwater verdwenen of liggen in groteske houding op de andere oever, waarheen ze probeerden te vluchten. Vijf van de vrouwen, waaronder de leidster, waden met geheven boog naar het vast gevaren schip. Als ze aan boord willen klimmen, verschijnt plots de koopman boven de verschansing en richt zijn pistolen op de vrouwen. Er klinkt een schot, maar kennelijk is er niemand geraakt, want de vrouwen klimmen ongehinderd tegen de romp op. Dan ziet ze, dat de koopman

223

op het dek staat te wankelen, zijn pistolen laat vallen en vertwijfeld omkijkt. Achter hem staat Francine in de opening onder het verhoogde dek met een rokend musket. De koopman valt dood op het dek. Francine gooit het wapen van zich af en rent naar de verschansing om de aanvallende vrouwen bij het aan boord klimmen te helpen. Vrouwe Veronique staat op en richt haar boog op de valse vrouw en beseft dan dat door de grote afstand de kans groot is, dat ze een van de anderen zal raken. Woedend kijkt ze toe hoe Francine zichzelf als hulp van de vrouwen etaleert. De gluiperd, denkt ze, eerst ligt ze dag en nacht met die koopman te kroelen en dan schiet ze hem zomaar overhoop. Het moet toch overduidelijk zijn hoe onbetrouwbaar dat wijf is. Ze stormt naar de waterrand en richt de kruisboog op de druk kletsende Francine, die zichzelf nu ook nog als de blije zojuist bevrijde gevangen staat voor te doen. Haar handen trillen van woede waardoor het gezicht van Francine nu en dan door het vizier van het wapen danst. Razend op zichzelf laat ze het wapen zakken en stapt in het water om ook naar het schip te waden. Ze moet zorgen dat ze die vrouw de mond snoert voor ze kans gezien heeft om haar te blameren tegenover de hele groep vrouwen. Als ze bij het vast gevaren schip komt zoekt ze naar een manier om aan boord te klimmen. Een van de aanvallers heeft haar gezien en steekt beide handen naar beneden om haar te helpen. Met veel moeite weet ze vrouwe Veronique zover omhoog te trekken, dat die de rand van de verschansing kan grijpen en zichzelf aan boord kan hijsen. Ze rolt wat ongelukkig over de rand van de reling en valt met een klap op de planken. Als ze saggerijnig op krabbelt stormt Francine gillend en roepend op haar af.

'Veroniekje, geweldig, je bent weer teruggekomen om me te redden,' gilt ze met overslaande stem en sluit vrouwe Veronique in haar armen. 'Je bent een engel, een grote lieve schat.' Ze begint vrouwe

224

Veronique onstuimig te zoenen, terwijl die wild met haar armen zwaait om Francine af te weren. Ze verliest daarbij haar evenwicht en valt, met Francine bovenop zich, op het dek. Ze slaat haar armen om Francine heen, probeert om te rollen en worstelt zich onder haar vandaan. Eindelijk lukt het, komt moeizaam op haar knieën overeind en wil gaan staan. Het lukt gewoon niet. Francine blijft haar als maar kussen en hangt om haar nek, waardoor ze met haar gewicht vrouwe Veronique naar beneden trekt. Tranen van frustratie rollen bij vrouwe Veronique over de wangen en ze schaamt zich zo erg voor de toeschouwers, dat ze haar hoofd in de lange haren van Francine verberg. Rondom hoort ze opgewonden kreten van blijdschap om het amoureuze tafereel. Het is overduidelijk hoe blij het duo is. Wat is het fijn dat ze elkaar eindelijk weer in de armen kunnen sluiten. Het schaamrood en de woede op het gezicht van vrouwe Veronique kunnen ze niet zien. Die bedenkt dat het beter is te doen alsof, om later, als de gelegenheid zich voordoet, zich alsnog van Francine te ontdoen. Nu zou ze zichzelf in de problemen kunnen werken. Als de groep vrouwen zouden merken dat ze Francine haat tot in de grond van haar hart. Dat ze haar het liefst ter plekke de nek zou willen omdraaien juist nu Francine het leven van hen heeft gered. Want als ze de koopman niet had neergeschoten, had die zeker twee van de vrouwen kunnen treffen met zijn pistolen. Nee, ze moet nu wachten, Francine heeft duidelijk grote indruk op de groep gemaakt.

Eindelijk staat ze weer en weet Francine zover te krijgen dat die haar niet langer zoent. Die staat met verliefde ogen naar vrouwe Veronique te staren.

Het wordt tijd dat ze zich gaan bezighouden met het verkrijgen van de musketten. Hoe moet ze dat aanpakken. En als ze die heeft, hoe krijgt ze die dan in haar vesting. Ze pakt het wapen dat Francine heeft laten vallen van het dek en bekijkt het van alle kanten. Dus dit is zo'n ding.

Nogal zwaar, en uit die buis komt dus de kogel. Hoe richt je dan en waarmee laat je de kogel wegschieten.

'Mooi ding, hè,' hoort ze Francine naast zich zeggen. Verbaasd kijkt ze haar aan. Hoe komt het dat die vrouw weet hoe je met zo'n ding moet schieten, heeft ze dat dan ook al geleerd, is ze dan niet alleen maar de domme hoer? Als ik nu net doe alsof ik niet weet hoe dat ding werkt en ik laat het door haar uitleggen, dan kan ik haar per ongeluk overhoop schieten. Dat zijn dan twee vliegen in een klap.

'Zeg Francine,' begint ze zoetsappig, 'hoe werkt dit ding, als ik hier aan trek komt er daar dan wat uit?' Ondertussen richt ze de loop op Francine en haalt de trekker over. Er gebeurt niets, ze draait het ding om en kijkt in de loop.

'Ja, zo werkt dat natuurlijk niet, Veroniekje, je moet hem eerst laden, geef maar hier dan zal ik het voordoen.' Ze loopt door de gang onder het achterdek naar binnen. Op tafel liggen de kruithoorn en proppen, in een doosje de ronde kogels. Als ze klaar is en kruit op de vuurpan gedaan heeft, overhandigt ze het wapen aan vrouwe Veronique. Die begint er nonchalant mee in de rondte te zwaaien en drukt af op het moment dat de loop op Francine wijst. Weer gebeurt er niets. Wat een waardeloos ding, denkt ze, daar heb ik dus niets aan.

'Hij doet het niet,' zegt ze schijnheilig.

'Nee, gelukkig niet, het zou me een klap geven als dat ding afgaat terwijl jij het zo losjes vasthoudt. Ga maar mee aan dek, ik zal je laten zien hoe het moet.' Buiten drukt ze de kolf van de musket tegen haar schouder en doet of ze op de andere oever gaat schieten. 'Kijk, zo moet je hem vasthouden en dan deze hendel naar achter trekken. Als je dan dit brandende lont er insteekt en hier aan trekt, klapt de hendel met lont naar beneden, waardoor het kruit ontploft en de kogel wegvliegt.' Ze steekt de lont in de vuurslag en vervolgens geeft ze het wapen aan vrouwe Veronique. Die beseft nu dat het op deze manier onmogelijk is dat ze de loop per ongeluk op Francine richt. Dat is te opvallend, vooral omdat een aantal vrouwen, die zojuist uit het ruim klimmen, belangstellend naar de uitleg van Francine gaan staan luisteren. Vrouwe Veronique houdt het geweer tegen haar schouder en trekt aan het palletje. Met een oorverdovende dreun ontploft het kruit, ze slaat achterover en belandt met haar hoofd hard op de dek planken. Francine schatert het uit terwijl vrouwe Veronique beduusd overeind krabbelt, de pijn in haar net genezen schouder is verschrikkelijk. De vrouwen om hen heen kijken verbaasd van de een naar de ander. Wat is hier gaande, waarom slaat de een achterover en vindt de ander dat zo leuk?

'Wat valt er te lachen,' snauwt vrouwe Veronique in een poging haar gezicht te redden.

'Je zou je zelf moeten zien, je dacht zeker dat je als dame van de betere stand meteen in staat zou zijn om met een dergelijk wapen om te gaan. Niet dus, je moet de kolf strak tegen je schouder drukken en je goed schrap zetten voor de terugslag. Anders slaat het wapen jou ondersteboven en krijgt de kogel veel minder vaart.'

'Ik begrijp het,' antwoordt vrouwe Veronique ondertussen de pijn verbijtend. Om haar gezicht te redden vraagt ze: 'Laadt hem nog eens voor me, dan probeer ik het opnieuw.'

'Geen sprake van,' komt de stem van de vrouw, die de leiding over de groep heeft, tussenbeide, we hebben geen tijd voor die flauwekul.' Op hetzelfde moment begeeft de dam van takken het, raakt het schip met een schok los van de rivierbodem en wordt door het water mee gesleurd. Niet ver, want de paarden die het schip trokken zijn nog altijd ingespannen, waardoor de kabel tussen het span en de boot met een knal strak komt te staan. De dieren wankelen onder de plotselinge ruk en moeten zich schrap zetten om niet het water ingesleurd te worden. Het vaartuig zwiert aan de strakgespannen kabel rond, daarna naar de oever. Het stoot een eindje uit de kant op de bodem, waar het met flinke slagzij blijft liggen, als de golf water voorbij getrokken is en het niveau tot het normale pijl daalt. Een paar van de vrouwen is door de plotselinge beweging zodanig verrast, dat ze omgevallen zijn en komen geschrokken overeind. De leidster heeft snel door dat er nu verder geen gevaar dreigt. Het schip ligt vast. Het zal niet erg lang meer duren voor het donker wordt, dus vandaag zullen ze niet veel meer kunnen uitrichten, bedenkt ze dan. Ze geeft de vrouwen opdracht het schip goed vast te binden. Dan kunnen ze daarna de paarden uitspannen en loslaten. De vrouwen aan boord beveelt ze om de neergeschoten koopman overboord te kieperen en daarna met een aantal vrouwen op de wal de gesneuvelde bemanning ergens te begraven. Ze maant ze tot spoed en waarschuwt ze goed op te passen voor de voerlui, die nog ergens moeten zijn. Een deel van de vrouwen moet vuren aanleggen en beginnen met het bereiden van een maaltijd. Vrouwe Veronique klimt snel van boord en verdwijnt achter de begroeiing langs de oever. Ze wil zo snel mogelijk uit de buurt van Francine geraken, voor je het weet begint ze weer te kussen. Hoe ze morgen aan die musketten moet komen ziet ze dan wel weer.

37. Ze heeft een tijd in een bosje zitten mokken. Francine heeft haar volkomen belachelijk gemaakt. Ze had veel eerder moeten voorkomen dat dat zou gebeuren. Hier was ze juist zo bang voor geweest, nu weet de hele groep hoe het zit. Dat mens kan zich ook zo razend snel aanpassen, voor je het weet is ze het middelpunt. Ze zit nu al een hele tijd honderduit te kletsen met de vrouwen. Vrouwe Veronique heeft het tandenknarsend op een afstandje zitten bekijken, het liefst ging ze er vandoor. Maar ze heeft honger en die musketten, daarvoor was ze met de groep meegegaan. Uiteindelijk is ze stilletjes in de kring gaan zitten en at vlug wat van het warme voedsel. Daarna trok ze zich gauw terug en verborgen in het zelfde bosje wikkelde ze zich in haar deken en viel al snel in slaap.

Als ze wakker wordt duurt het even voor ze weet waar ze is. De stemmen van vrouwen brengen haar terug in het heden. Ze kruipt uit het bosje en ziet al een grote groep rond het vuur zitten. Zelf die verdomde hoer zit er al. Maar ze heeft het koud en wil zich aan het vuur warmen. Ze gaat in de kring zitten, zover mogelijk van Francine vandaan. Niemand zegt wat tegen haar, het lijkt of ze haar helemaal niet opgemerkt hebben. Stil luistert ze naar de opdrachten die de leidster aan de vrouwen geeft.
'Een deel van de groep moet de musketten uit het ruim naar boven brengen en een andere groep de paarden verzamelen, die hebben we nodig voor het transport. We moeten voortmaken, het lossen van het

schip moet nu zo snel mogelijk beginnen.'

'Mevrouw,' spreekt Francine de leidster omzichtig aan, 'is het niet handiger om het schip te gebruiken om de wapens te vervoeren, ik wil me er niet mee bemoeien, maar het is en hele vracht en, nou ja, ach, wat klets ik. Ik heb geen idee waar u met die dingen heen wilt. Neem me niet kwalijk, ik zal helpen met sjouwen.'

De leidster kijkt met een bedenkelijk gezicht naar Francine. Er zit wel wat in de opmerking van die vrouw, overweegt ze. Per slot is het zo, dat als we die musketten en alles wat er bij hoort op de wal hebben, ik ook nog geen idee heb waar we naar toe zullen gaan. We hebben nog steeds geen veilige plaats kunnen vinden, waar we ons als groep kunnen vestigen. Elke hoog gelegen plek in dit land lijkt wel bezet door een of andere heerser. Ik moet, nu we de wapens hebben om ons te verdedigen, toch eindelijk een bestemming voor mijn vrouwenleger vinden, anders wordt deze hele actie een beetje zinloos. Zou een van die twee nieuwkomers een veilige plek weten? Vragen kan geen kwaad, wat maakt het uit als ze daardoor merken dat we als een stel thuislozen door het land zwerven. Mijn groep is sterk genoeg om zich teweer te stellen tegen die twee. Het is een vreemd stel. Het lijkt wel of ze en haat liefde verhouding hebben. Het ene moment vliegen ze elkaar om de hals, het andere proberen ze elkaar de hals af te snijden.

'Vrouw,' zegt ze tegen Francine, 'mag ik u wat vragen?'

'Natuurlijk,' antwoordt Francine, 'u heeft me immers met uw legertje bevrijd, ik sta nog steeds bij u in het krijt.'

'U lijkt me iemand die nogal bereisd is,' begint de leidster omzichtig, 'zou u niet ergens een plekje weten waar we als groep veilig kunnen gaan wonen, zodat we ons kunnen weren tegen de buitenwereld en ons eigen leven kunnen leiden?'

'Tja,' reageert Francine, genietend van haar plotselinge belangrijkheid. Razendsnel overwegen haar hersenen de situatie. Die groep staat dus niet onder leiding van Veroniekje, dat is nu zeker. Ze kwam me helemaal niet redden, ze is gewoon een van de leden van die lui. Zal ik die vrouw vertellen over dat feodale slot van die trut en voorstellen om daar heen te trekken. Kunnen we meteen een eind maken aan die slavernij in die vallei van dat wijf. Pak ik haar mooi terug voor al die keren dat ze probeerde mij te doden.

'Tja,' begint ze nog eens, 'ik weet wel een aardige plek, een nagenoeg geheel verlaten vesting. Dat kasteel is hard toe aan een nieuwe bewoner. Anders dreigt het te vervallen tot een ruïne. Het is wel een eindje hier vandaan. Dus zal het niet eenvoudig zijn om er te komen.'

Vrouwe Veronique, die zich blauw zit te ergeren aan de irritante houding en de gewichtigdoenerij van Francine, begrijpt plotseling waar ze op aanstuurt. Verdomme, dat gemene rotwijf begint me gewoon te verraden. Ik moet voorkomen dat ze die vrouw vertelt over mijn vesting. Ze bedenkt zich niet langer en duikt met een grote sprong bovenop Francine en knijpt haar de strot toe. Na een teken van de leidster trekken een aantal van de andere vrouwen het tweetal uit elkaar en houden hen vast, zodat ze niet opnieuw kunnen beginnen.

'Wat is hier aan de hand,' vraagt de leidster boos, 'waarom mag ze ons niet vertellen over die vesting, wat is er mis mee, waarom probeer je haar tegen te houden.'

'Omdat zei de eigenaresse van die vesting is,' schreeuwt Francine, 'en zo nodig die slaven van haar onder de knoet moet houden. Daarvoor trekt ze door het land op zoek naar een legertje waarmee ze haar macht kan behouden.' Ze spuugt de woorden zo venijnig uit dat vrouwe Veronique geen kans heeft om te voorkomen dat ze haar geheim verklapt.

'Is dat waar,' vraagt de leidster op strenge toon aan vrouwe Veronique.

Die reageert niet, maar de manier waarop ze met fonkelende ogen naar Francine staart, is op zich een duidelijk antwoord. Met wilde bewegingen probeert ze zich los te rukken van de vrouwen die haar vast houden. Maar ze zijn te sterk, het lukt niet.

'Vuile gemene slang,' scheldt ze woedend, 'vuile hoer, gore oplichter!'

'Je bent zelf een smeerlap,' gilt Francine terug, 'arme mensen onderdrukken, dat kun je, wees maar eerlijk, je bent een slavendrijver, dat ben je.'

De leidster negeert het gescheld en denkt ondertussen diep na. Dus die ene vrouw bezit een vesting en was opzoek naar een leger, als ik haar nu mijn legertje aanbiedt, is ze misschien bereid om ons er heen te brengen. Dan doen we net of we haar dienen en kunnen we ons daar ontdoen van, nee, zulke dingen moet ik niet denken. Dan ben ik net zo erg als degeen waarvoor we op de vlucht zijn. Wij willen gewoon in vrede leven zonder heersers en onderdrukking. Dat is ons ideaal. Nou ja, niet helemaal zonder leiding natuurlijk, want als ik niet aangeef wat er moet gebeuren, wordt het een zooitje. Hoe pak ik dit aan? De een wil kennelijk dat er slaven worden bevrijd en die ander heeft een leger nodig om die te blijven onderdrukken. Dus als wij haar leger zijn, zijn we daarmee ook de onderdrukker, dat mag absoluut niet gebeuren.

'Hoor eens,' richt ze zich tot Francine, 'u stelde zelf voor dat we naar die vesting van haar zouden gaan. Als,' richt ze zich tot vrouwe Veronique, 'we dat doen, dus als uw legertje, verwacht u dan dat wij uw slaven onder de duim houden, zodat we precies datgene doen wat u,' en daarbij kijkt ze Francine aan, 'nu net niet wilt. Ik begrijp jullie twee niet. U zoekt een leger om slaven onder de duim te houden en u probeert dat te voorkomen en toch gaat u me vertellen hoe ik bij haar vesting kan komen. Waarom doet u dat?'

'Ja, om die slaven te gaan bevrijden natuurlijk.'

'Lul niet zo stom achterlijk wijf, ik heb helemaal geen slaven.'

'O nee, en die zogenaamde horigen dan, waar je het over had, dat zijn slaven, anders niet.

'Je klets, dat zijn de mensen die voor me werken en in ruil daarvoor bescherm ik ze tegen gespuis zoals jij.'

'De enige waarvoor ze beschermd moeten worden ben jijzelf.'

'Dames,' overstemt de leidster het gekrakeel, 'luister naar me. Vrouwe Veronique, als wij met u naar die vallei gaan, mogen we ons daar dan vestigen en u en uw mensen en onszelf dan verdedigen tegen kwaadwillende? En bent u dan bereid om die mensen van u te laten kiezen of ze bij u blijven werken of mogen vertrekken?'

Het kost vrouwe Veronique niet al te veel tijd om tot een besluit te komen. Als ze instemt heeft ze eindelijk een legertje en dat is nu precies waar ze al die tijd naar op zoek is geweest. En wat haar mensen betreft, die blijven heus wel. Dat Francine zo nodig moet beweren dat ik ze onderdruk, komt gewoon omdat ze zelf voortdurend anderen bespeelt en wil laten doen wat zij wil. Met dat figuur reken ik nog wel af, die kans komt vast nog wel.

'Het lijkt me een goede afspraak,' antwoordt vrouwe Veronique kalm op de vraag van de leidster, 'ik stel mijn vesting voor u open en u, op uw beurt, zorgt dan voor de verdediging. En mijn mensen zijn altijd al vrij geweest te doen en laten wat ze willen,' liegt ze er zonder blikken en blozen achteraan, 'dus wat mij betreft kunnen we op weg.'

'Heeft u daar ook vrede mee,' vraagt de leidster aan Francine.

'Heeft u dan niet in de gaten dat die vrouw staat te liegen,' vraagt Francine verbolgen.

'Liegen, heeft ze dan geen vesting en een vallei om in te wonen?'

'Jawel, dat wel, maar die mensen, die zijn heus niet vrij te doen wat ze willen.'

233

'Ach, mens, je bent er nog nooit geweest' reageert vrouwe Veronique venijnig.

'Is dat zo,' vraagt de leidster kort en bondig.

'Ja, dat wel, maar…..'

'Klaar, daarmee is de kous af, we gaan nu beginnen met het lossen en trekken dan naar de vallei van vrouwe Veronique, aan de slag.'

Francine kan zich met de grootst mogelijke moeite inhouden, net nog was ze een belangrijke adviseur, nu is ze niet meer dan een van de anderen en dat rotwijf krijgt haar zin. Ik zal bij de groep blijven, besluit ze, vroeg of laat krijg ik dat smerige feodale heersertje wel te pakken. En dan blijf ik ook in die vesting van haar wonen, wie weet kan ik die vrouwen nog wel zo gek krijgen dat ze doen wat ik wil. Om te beginnen zal ik ze nog een keer voorstellen de musketten met het schip te vervoeren, dan heb ik, als ze er mee instemmen, al een eerste stap in de machtsovername gezet.

'Mag ik nog even wat zeggen,' vraagt Francine op slijmerige toon.

'Wat nu weer,' reageert de leidster kribbig, ze heeft genoeg van al het oponthoud en vindt het verstandig om op te schieten met lossen. Je weet nooit wat er met de schuit gebeurt nu die al een paar keer de rivierbodem stevig geraakt heeft. Ze is als de dood dat het schip zinkt en dat daarmee de kostbare lading verloren gaat.

'Nou ziet u,' gaat Francine door, zonder acht te slaan op de geïrriteerde toon van de leidster, 'de vallei van Veroniekje is een heel eind stroomafwaarts. Als u het schip gebruikt voor het vervoer, scheelt dat een hoop gesjouw met die zware musketten. En daarbij ook nog al het lood en het kruit. Het is toch veel eenvoudiger om deze schuit de rivier af te laten drijven en als we dan op de hoogte van de vallei van haar komen, daar het schip te lossen.'

De leidster voelt wel wat voor het idee. Zou het inderdaad mogelijk zijn om het schip te gebruiken, vraagt ze zich af. Op het water zijn we veilig voor allerlei gespuis dat in de riviervalleien rondzwerft. Ik heb totaal geen verstand van het besturen van een schip, maar proberen kan geen kwaad.

'Goed, we wagen het erop.' Ze roept tegen de vrouwen op het schip, die al begonnen zijn met het lossen, dat ze de lading weer in het ruim terug moeten doen. De vrouwen reageren met een hoop gemopper, maar doen toch wat er gezegd wordt. Op de wal laat de leidster de paarden inspannen. Ze moeten het schip los trekken en dan verder slepen. Het grootste deel van de vrouwen klimt aan boord en stouwen hun spullen bij de verschansing aan de rivierzijde. Ook vrouwe Veronique en Francine klimmen aan boord. De een bij het voorschip, de ander aan de achterzijde. Dan gaat het fout. Eerst worden de landvasten losgemaakt, terwijl de sleepkabel nog niet aan het schip bevestigd is. Om de vrouw die met de sleepkabel van het voorschip naar het achterschip moet lopen, vrij baan te laten, gaat iedereen aan stuurboord staan. Daardoor helt het schip over stuurboord en krijgt de stroming van de rivier vat op de kiel. Het schip draait met de boeg van de oever weg. Al snel drijft het schip dwars op de stroom en raakt de achtersteven ook los van de wal. De vrouw met de sleepkabel maakt die snel vast op het verhoogde achterdek. Op de wal hebben ze echter die kabel nog niet aan de paarden bevestigd. De vrouw die daarmee bezig is wordt met een ruk achterover getrokken en het schip sleept haar het water in. Snel laat ze los en waadt terug naar de oever. Het uiteinde van het polsdikke touw zinkt snel naar de bodem. Daardoor wordt het achterschip geremd en zwenkt het schip opnieuw. Ineens drijft het met de boeg vooruit de rivier af. Met zijn allen staan ze verdwaasd toe te kijken. De leidster is het eerst bij haar positieven. Ze roept tegen de vrouwen op de wal dat ze met de dieren omzichtig door de valleien achter hen aan moeten trekken, zodat ze hen later kunnen gebruiken als ze met de lading van boord gaan. Ze vindt het vervelend om de groep op te splitsen, maar anders moeten ze de paarden opgeven en gezamenlijk de rivier afvaren, zonder dat ze kunnen rekenen op hulp aan de wal. En de vrouwen zijn heel handig in het onopvallend reizen. Stuk voor stuk zijn het ervaren vrouwen, die elk op zich een reden hadden om de plek waar ze woonde te verlaten. En na een lange zwerftocht terecht te komen bij de anderen, die ook huis en haard ontvlucht waren. Zo was er een grote groep ontstaan. Ieder met een persoonlijke achtergrond en ervaring. Een groep met een grote verscheidenheid aan talenten. Een zeer strijdbaar geheel met een gemeenschappelijk doel: overleven zonder onderdrukking.

Terwijl de vrouwen met de paarden zich een weg banen door de oeverbegroeiing worden groeten en wensen uitgewisseld. De leidster overlegt ondertussen met Francine. Ze wil weten waar de lading aan wal gebracht moet worden. Voor de laatste vrouw uit zicht verdwenen is, roept ze naar hen waar ze de wapens aan land zullen brengen en ze elkaar moeten treffen. Even is het heel stil aan boord, iedereen is zich bewust van de mogelijkheid dat ze elkaar nooit meer zullen zien. Het land is vol gevaren en het reizen over de rivier is totaal onbekend, alleen Francine en vrouwe Veronique hebben het eerder gedaan, maar als gevangene of als stoeipoes van de kapitein. Geen van de twee heeft nautische kennis.

Vooralsnog heeft het schip geen hulp nodig, het volgt zonder problemen het midden van de rivier. Of het nu door bochten of op rechte stukken is, de koers blijft constant.

38. Iedereen aan dek speurt gespannen naar de langs glijdende oever. Slechts één, de leidster, houdt haar blik naar voren gericht. Zij beseft, dat zolang er geen obstakels zijn deze manier van reizen zeer aangenaam is. Maar wat als er een ander schip in zicht komt, of hoe zal het gaan bij de eerste brug die nu niet ver meer kan zijn? Het is weliswaar zomer en daardoor zijn de dagen lang, maar het heeft lang geduurd voor ze op weg gingen en de zon staat al hoog. Straks komt de brug bij de kloosterstad, waar ze de bemanning zonder succes hadden bedwelmd, in zicht, hoe moet ze dan het schip onder de brug doorsturen? Ze zijn volledig afhankelijk van de remmende werking die de gezonken sleepkabel achter het schip uitoefent. Maar wat kunnen ze doen als de boeg de brugpijler raakt. Dan zullen ze dwars vallen en de stroom het schip tegen de pijler aandrukken, dan bezwijkt het schip waarschijnlijk. Dan rest hen slechts het snel van boord klimmen langs de stenen pilaren, of anders het overboord springen, net als ze vrouwe Veronique daar heeft zien doen. Die heeft het overleefd, maar hoe zal het hen vergaan?

Vrouwe Veronique zit met een frons op haar gezicht tegen de verschansing en overdenkt de recente gebeurtenissen. Ze heeft dan wel een leger tot haar beschikking, maar is er wel sprake van *haar* leger. De leidster bepaalt wat er gebeuren moet, niet zij. Hoe zal het straks zijn als ze bij haar vesting arriveren? Erkennen ze dan wel dat het haar bezit is, of zullen ze haar terzijde schuiven? Nu pas beseft ze hoe machteloos en afhankelijk ze geworden is. Al keer op keer heeft ze grote spijt gehad dat ze van huis vertrok, net als nu. Die verrekte Francine had haar mond moeten houden. Dan had ze de tijd gehad om eerst eens voorzichtig bij de leidster te polsen of ze tot een afspraak konden komen. Nu moet ze er maar op vertrouwen dat ze haar niet zullen doden, zodra de vesting in zicht komt. In ieder geval zijn ze van haar afhankelijk tot op dat moment, want zij is de enige die weet hoe je daar moet komen. Francine is niets anders dan een praatjesmaker en een windbuil, ze heeft geen idee waar ze haar vesting kan vinden. Dat is het laatste beetje macht dat haar rest.

Een kreet van de leidster doet haar opschrikken en vlug springt ze op. Vooruit, nog half verscholen door een bocht in de rivier, ziet ze de brug opdoemen waar ze laatst overboord sprong. Snel loopt ze naar voren en vraagt de leidster of ze niet iedereen moet bewapenen met een musket voor het geval ze bij de brug worden opgewacht door de bewoners van de stad.

'Als we onder de brug door drijven zijn we erg kwetsbaar.'

'Nee, daarvoor is het nu te laat,' roept ze, 'iedereen de bogen klaar houden en probeer jezelf zo goed mogelijk te verstoppen. Dat nog niemand weet dat wij het schip hebben overgenomen is ons grootste voordeel.'

'Laat iedereen zich verbergen in het ruim of achteronder, dat is beter. Als ze ons opwachten zullen ze denken dat we een spookschip zijn,' reageert vrouwe Veronique.

'Geen goed idee,' antwoordt de leidster op gespannen toon. Vrouwe Veronique bemerkt die spanning en vraagt zich af of ze zich niet zo openlijk met de leiding had moeten bemoeien. Ze begrijpt ook wel dat twee kapiteins op een schip voor verwarring en irritatie zorgen Nu zal ze zich nog moeten inhouden, maar straks als ze terug zijn in haar vesting zal ze de leiding opeisen.

Het schip glijdt stil op de brug af, aan dek is elke vrouw zo goed mogelijk verborgen. Een enkeling doet zich midden op het dek voor als een hoop spullen die is afgedekt door een stuk grauwe stof. Zo komt die speciale kleding van hen opnieuw goed van pas. Net als op het dek is er bij de brug ook geen enkele beweging te zien. Het lijkt wel of het schip steeds sneller gaat, naarmate het dichterbij de brug komt. Tot de grote schrik van vrouwe Veronique koerst de boeg recht op de enorme brugpijler af. Geschrokken kijkt ze opzij naar de oever, wat gaan ze hard en ze versnellen steeds meer. Het water perst zich tussen de brugpijler en de oevers door. Ze is er zeker van dat ze te pletter zullen slaan op de stenen kolos. Nog maar enkele meters, ze kan zich niet langer inhouden, gilt dat iedereen overboord moet springen. Overal duiken de vrouwen op, de leidster staat als vastgenageld op het voordek en dan komt de enorme klap. De boeg is op het allerlaatste moment iets naar rechts gedraaid en daardoor raken ze de pijler aan de bakboordzijde, net achter de kop van het schip. Hout kraakt, barst en versplintert, stukken steen spatten in het rond. Door de schok en de plotselinge dwarse beweging worden de meeste vrouwen omvergekegeld, een aantal klappen hard tegen de verschansing. En dan ineens zijn ze voorbij de brug en vaart het schip onverstoorbaar verder. Iedereen krabbelt op en vrouwe Veronique holt naar voren om de schade aan het schip te bekijken. Vreemd genoeg is daar slecht de verschansing vernield maar zo te zien is de romp nog intact. De leidster stuurt een tweetal vrouwen naar het ruim om daar te gaan controleren of het schip lekt. Achter hen hangt de brug onverstoorbaar aan de dikke kabels. De toren bovenop de pijler, die de kabels waaraan de brug hangt ondersteunen, wijst onveranderd naar de blauwe lucht. Vrouwe Veronique is verbaasd dat de brug niet is ingestort en de boeg van het schip niet is verbrijzeld. Keer op keer buigt ze zich zover mogelijk over de resten van de versplinterde verschansing met telkens hetzelfde resultaat, de romp heeft nog geen krasje. Hoofdschuddend loopt ze naar het achterdek waar de leidster met een aantal vrouwen in gesprek is. Voor ze zich met hen kan bemoeien, loopt de leidster haar tegemoet en vraagt of ze even met elkaar kunnen spreken.

Een eindje bij de anderen vandaan vraagt de leidster aan vrouwe Veronique of ze er problemen mee heeft dat zij de leiding heeft.

Vrouwe Veronique kijkt haar even nadenkend aan en voelt hoe ze een blos op haar wangen krijgt, niet van kwaadheid, maar van schaamte. Ze voelt feilloos aan waar de schoen wringt. De vrouw is gepikeerd omdat zij zich met de leiding bemoeid heeft. Heel begrijpelijk. Ze zoekt naarstig naar een uitvlucht om haar gezicht te redden en kan niets bedenken.

'Ik heb u gekwetst door me met uw taak te bemoeien?'

'Zo stellig zou ik het niet willen uitdrukken,' antwoordt de leidster, 'maar als u liever de leiding op u neemt is dat geen bezwaar. Wij zijn wat dat betreft niet zo moeilijk en de verantwoordelijkheid voor het reilen en zeilen van de groep rust zwaar op mijn schouders, dus als u zich geroepen voelt, schroom dan niet om dat te uiten.'

Een dergelijk antwoord heeft vrouwe Veronique niet verwacht, ze zou zelf behoorlijk gepikeerd reageren als het andersom zou zijn. Wat moet ze nu, zelf de touwtjes in handen nemen, of wachten tot het zover is dat ze haar vallei binnentrekken? Maar nu heeft ze de kans om te bereiken wat ze zo graag wil. De leiding over een leger dat goed bewapent haar vesting verdedigt. Maar zal de groep vrouwen haar opdrachten willen uitvoeren, waarom zouden ze? Zij trekken al een tijd samen op, ik ben een vreemde eend in de bijt. Van de zogenaamde betere komaf, ik maak deel uit van de heersende klasse en ik heb nu juist het gevoel dat zij daar allen voor gevlucht zijn. Ieder van hen zal een goede reden hebben gehad om zich bij deze groep aan te sluiten, terwijl ik simpelweg op zoek ben naar een leger om mijn bezittingen te beschermen. Om inderdaad het leven in mijn vallei te handhaven zoals het al zolang is. Ook al vind ik mezelf geen onderdrukker, ergens heeft Francine wel gelijk. De horigen deden wat ik hen opdroeg omdat ze bang voor me waren. Gedurende de reis heb ik ondervonden dat de wereld buiten mijn vallei voor mij een onbekende wereld is, dus moet ik erkennen dat mijn kennis van die wereld te beperkt is om een goede leidster te zijn. En ik moet toegeven dat Francine me nieuwe dingen heeft geleerd en laten inzien. Nee, ik ben niet geschikt om deze groep te leiden.

'Het spijt me dat ik de indruk gewekt heb dat ik de leiding wil overnemen,' antwoordt vrouwe Veronique uiteindelijk, 'en wat me ook spijt is dat ik me uitsluitend uit eigenbelang bij jullie groep aansloot. Wat Francine gezegd heeft is waar, ik ben op zoek naar een leger om mijn bezittingen te beschermen. Ik had jullie daarvoor willen gebruiken. Francine heeft gelijk, ik stam uit een andere tijd. Het is me duidelijk geworden, jullie vechten voor een leven in een veilige omgeving. Bij deze schenk ik jullie mijn vesting en de hele vallei. Als u het me toestaat zal ik jullie daar heen brengen.'

'Nou, daarvoor zijn we u dankbaar vrouwe Veronique, als we er aankomen, moeten we maar overleggen op welke manier we het beste te werk kunnen gaan. Laten we nu eerst zorgen dat we de reis goed volbrengen. Als we in dit tempo doorvaren, zullen we vannacht de grote stad bereiken. En in die stad bevinden zich kort achtereen drie bruggen. We moeten zorgen dat we die zonder al te veel schade passeren, want daarna volgt nog een lang traject op de grotere rivier.'

'Is er dan niemand onder jullie die eerder met een schip voer?'

'Slechts een, haar man was mosselvisser en nam haar soms mee om te helpen.'

'Laten we haar dan vragen of ze een betere manier kent om door de brugopeningen te varen. Als we op deze manier brugpijlers blijven rammen, is het de vraag hoelang het schip het houdt.'

De leidster glimlacht inwendig om de vanzelfsprekendheid waarmee vrouwe Veronique dingen voorstelt, die vrouw is gewoon een geboren leidster. Maar ze heeft totaal niet in de gaten, dat ze zich opnieuw met mijn leiding bemoeit en dat is maar goed ook, want ik kan haar ideeën goed gebruiken.

'Kom laten we het haar vragen.' Samen lopen ze naar een van de vrouwen op het achterdek, die daar tussen de anderen bezig is met het bereiden van voedsel. Nu pas bemerkt vrouwe Veronique dat ze erge honger heeft. Was dat nu vanmorgen voor we vertrokken, of heb ik toen ook niet gegeten en was het gisteravond voor het laatst? Het ene moment zwerf ik rond met die hond en nog geen dag later vaar ik de rivier af met een stel vrije vrouwen. Waar is die verrekte hond eigenlijk?

'Marie, luister eens,' spreekt de leidster de vrouw aan, 'zou je een manier weten waarop we veiliger door de brugopeningen kunnen varen?'

'Wat we nu doen is geen varen, we drijven maar wat, bijna even snel als de rivier stroomt. Dus kunnen we niets met het roer. Alleen als we sneller gaan dan het water kunnen we het schip besturen, maar er is geen mast en geen zeil. Trouwens nauwelijks wind. Met roeien zouden we wat kunnen veranderen aan de koers of door het duwen met lange stokken. Stootkussens om de klappen op te vangen helpen ook.'

Vrouwe Veronique kijkt verbaasd naar de vrouw, waarom kwam ze niet eerder met die informatie? Is ze dan zo onderdanig dat ze daarom niets uit zichzelf zegt? En waarom kijkt ze zo angstig, die leidster maakt op mij niet de indruk, dat ze anderen met geweld onder de knoet houdt. Wat zijn dit toch vreemde vrouwen.

'Mooi,' reageert de leidster, zou je het schip willen doorzoeken en kijken of je iets van die voorwerpen kunt vinden?'

De vrouw knikt slechts kort en loopt naar het verhoogde achterdek. Vrouwe Veronique wil de leidster vragen waarom de vrouw zo schuw naar haar doet, maar slikt de vraag snel in en bedenkt dat het beter is om een poosje de kat uit de boom te kijken. Ze gaat gelaten op het dek zitten.

De vrouw van de mosselvisser komt met lege handen uit het achteronder en daalt via het open luikhoofd af naar het ruim. Het heeft geen zin dat vrouwe Veronique haar volgt, ze heeft geen idee wat de vrouw zoekt en het is daar beneden al net zo donker als boven de rivier. Er wordt wat naar het dek geroepen en vrouwen schieten toe. Ze halen stokken en bolvormige voorwerpen door het luikhoofd naar boven. Dan volgt de vissersvrouw. Ze vertelt de leidster wat ze gevonden heeft en laat zien waar alles voor dient.

'Mooi, daarmee zijn we dan klaar voor de bruggen,' zegt de leidster. De vissersvrouw wordt aangesteld als kapitein en zij op haar beurt instrueert een viertal vrouwen. Niemand zegt wat tegen vrouwe Veronique, ze wordt volkomen genegeerd. Ze krijgt steeds meer het gevoel dat ze volkomen ongeschikt is om deze groep aan te voeren. Het lijkt wel een geoliede machine waarin elk rad berekend is voor haar taak. Wat kan ik hier nog aan toevoegen? Ze voelt zich moe en eenzaam. Haar gewonde schouder doet zeer. Moeizaam staat ze op en loopt met gebogen hoofd de gang onder het achterdek in. In de comfortabele hut van de dode handelaar laat ze zich op het bed vallen. Het zachte matras is het laatste dat haar opvalt. Ze slaapt.

39. Al gauw komen de dromen. Eerst het gevecht in het bos. Ze hoort haar nichtje gillen, haar zuster krijsen. Ze voelt hoe de bijl in haar handen trilt als ze een hoofd splijt. De aanmoedigingen van haar vader volgen, dan zijn troostende woorden naast het open graf van haar moeder. Hij pakt haar stevig bij de schouders vast en kust haar op het hoofd ten afscheid. Gezeten op zijn fraai versierde paard ziet ze hem de weg door de vallei intrekken. Ze zinkt weg in groot verdriet en een gevoel van verpletterende eenzaamheid. Ze staat geheel verlaten op de hoogste toren van haar vesting en overziet daar de vallei. De wind doet haar lange haren wapperen. Tranen stromen over haar wangen. Voorzichtig klimt ze op de borstwering, staat er even te wiebelen en stort zich dan in de diepte. Het is een eindeloze val. Ze voelt hoe de radeloosheid verdwijnt. Er voor in de plaats komt een zachte tinteling. Een prikkeling die haar doet terugdenken aan heerlijke momenten. Ze valt en valt, zweeft door de warme lucht. Haar kleed wordt door de wind opgelicht en zweeft weg. De warme lucht streelt over haar buik, langs haar borsten en gezicht. Ze kreunt van genot, geniet van elke meter die ze dieper valt. Ze maakt zich geen enkele zorg over de klap die onvermijdelijk zal volgen. Nu is er slechts die overweldigende heerlijkheid. Warmte, streling en dan de explosie van licht. Met een kreet kromt ze haar lichaam en knalt met een klap tegen het hoofdeinde van het bed.

Het eerste dat ze ziet is het lachende gezicht van Francine die haar naakte armen naar haar uitstrekt. Dan ziet ze dat ze zelf ook naakt is.

Wat doet die feeks hier, flitst het door haar hoofd. Voor ze kan schreeuwen en tieren, hoort ze rennende voeten op het dek boven haar. Vrouwen gillen, er volgt een bonk en daarna een schurend geluid. Er wordt van alles geroepen, de stampende voeten hollen op het dek heen en weer. Er klinkt een harde kreet, hout versplintert, kreunt en kraakt oorverdovend. Dan een enorme dreun, waar het hele schip van siddert. Vrouwe Veronique springt uit bed. Nog een dreun, het schip beweegt zo heftig, dat ze tegen de grond kwakt. Er volgt een angstaanjagende stilte. Ze komt overeind en staat gespannen te luisteren in afwachting van een volgende knal of dreun. Ze hoort slechts het zachte sissen van water dat langs de romp stroomt.

Boven haar beginnen vrouwen te juichen, er wordt gedanst en gesprongen op het dek. Het luik boven haar hoofd wordt open getrokken. De leidster steekt een lachend gezicht door de opening en roept haar toe dat ze er zijn. Ze verschiet van schrik, grijpt snel iets om zich te bedekken en de leidster lacht haar uit.

'Je ziet er echt niet anders uit dan ik, dus waarom je schamen voor je naaktheid,' roept ze vrolijk naar beneden. Vrouwe Veronique antwoordt niet, begint snel haar kleed aan te trekken. Het liefst kruipt ze onder dek, zakt ze door de vloer, gaat ze op in rook. Het enig dat ze kan doen is naar de gang vluchten en daar botst ze op een uitbundig lachende Francine.

'Hé, kom op Veroniekje, het wordt tijd dat jij de troep nu aanvoert, we gaan op weg naar die vallei van je!' Francine slaat haar armen om haar heen en begint met haar in het rond te dansen. De verbouwereerde vrouwe Veronique rukt zich los, probeert Francine te slaan, maar die duikt weg en vlucht door de gang het dek op. Woedend volgt ze haar en loopt recht in de armen van de leidster.

'Zo, vrouwe Veronique, uitgeslapen, mooi, dan ben je fris en helder om de leiding op je te nemen. De wapens worden op de kade gebracht

245

en dan op de paarden geladen. Dan is het aan jou om ons de weg te wijzen naar jouw vesting. O, wat is het geweldig dat nu eindelijk onze reis bijna is volbracht. Kom op, vrouwe Veronique, aan de slag!' Als ze aan dek om zich heen kijkt ziet ze dat tot haar stomme verbazing het schip aan de kade gemeerd is. De kade waar ze destijds door die handelaar aan boord is gebracht. Bewoners van de handelsstad drommen op de kade nieuwsgierig samen. Ze staren naar de in grauwe gewaden gehulde figuren, die bossen in doek gewikkelde stokken op de brede paardenruggen laden. De hond Isabel danst en springt luidt blaffend tussen de sjouwende vrouwen heen en weer. Als ze vrouwe Veronique ruikt, rent ze op haar af en begint haar handen te likken. Ze verbaasd zich niet eens meer over haar plotselinge terugkeer, die hond is gewoon een mysterie.

Kisten en een aantal zware in doek verpakte blokken worden uit het ruim gehesen en moeizaam op een kar getild.

Zo ver mogelijk bij haar vandaan scharrelt Francine achter de grove paardenlijven in het rond. Weer moet vrouwe Veronique geduld hebben en wachten op een kans om het leven van die vrouw te kunnen beëindigen. Haar woede smeult onder de oppervlakte, maar toch, zonder dat ze het wil, gaan haar gedachten terug naar de droom. Het eerste deel is niet nieuw, dat droomde ze al zo vaak, maar het vallen, en de gevoelens die daarbij naar boven kwamen, die gedachten verwarren haar. Het gebeurt keer op keer als ze naast die vrouw slaapt. Hoe kan het dat zij toch steeds weer die lust in haar weet op te wekken? En, ze weet het, ook al wil ze er niet aan toegeven, ze verlangt steeds vaker naar de nabijheid van die vrouw. Hoe vaak vroeg ze zich al niet af of ze haar heeft betoverd. Om de gedachten aan de droom te verdrijven richt ze haar aandacht op de omgeving en vraagt ze zich af hoe ze hier vandaan bij haar vesting moet komen. Die rovers hadden haar vanuit het bos hier gebracht, maar waar begint het pad dat ze moeten volgen? Achter de gebouwen ziet ze een hoog oprijzende heuvelrug. Ze kan zich niet herinneren dat ze daar vanaf gedaald zijn. Het pad volgde immers een rivier, dus die moet hier vlakbij uitmonden in de hoofdstroom. Links of rechts van die hoge heuvel achter de stad zijn. Francine is hier vaker geweest, kent de weg tussen deze stad en het stadje waar ik haar gevonden heb. Als ik het haar vraag, voelt ze zich natuurlijk weer machtig. Zal ze me laten merken hoe ze me veracht. Dat is immers wat die vrouw drijft, ze wil met het opwekken van die verrukkelijke gevoelens macht uitoefenen en, verdomme, ik moet daar niet meer aan denken. Me losmaken van die verlangens. Me bevrijden van de bedwelming, me losrukken uit de betovering. Steeds kwader wordt ze op zichzelf. Ze kan zich niet langer beheersen, stuift op Francine af. Die gaat er als een haas vandoor. Ze rennen achter elkaar aan langs de rivieroever en Isabel rent en springt blaffend met hen mee. Francine struikelt. Ze duikt bovenop haar, sluit haar handen om de hals van Francine en buigt haar gezicht naar haar gezicht. De lippen trekken als magneten naar elkaar toe en, voor vrouwe Veronique weet wat ze doet, kust ze Francine zo hartstochtelijk, dat die zich volledig overgeeft. De handen van vrouwe Veronique laten de hals van Francine los, tasten rond onder het kleed van de vrouw die dit enorme verlangen in haar losgemaakt heeft. Isabel gaat met haar kop op de voorpoten liggen kijken naar de worstelende kluwen waar het tweetal in is veranderd. Ze kreunen, kussen strelen en brengen elkaar volkomen in extase. En als in beide hoofden de vuurballen zijn ontploft, vallen ze uitgeput met een zucht van voldoening neer op het doorwoelde rivierzand. Vrouwe Veronique gaat zitten en brengt beschaamd haar kleed in orde. Francine kijkt haar lachend aan en vraagt of ze heeft genoten. Vrouwe Veronique weet niet wat te zeggen, verbergt haar rode hoofd. Maar dan knikt ze vaag en staat vlug op. Bewust van de nabijheid van de stad kijkt ze om zich heen. Niemand behalve die hond heeft hen gezien. Gelukkig, en wat nog gelukkiger is, is dat ze op het strandje van de monding van een riviertje zijn beland waarvan ze zo goed als zeker is, dat dat het riviertje is dat vanaf haar vallei hierheen stroomt. Ze durft het zelfs aan Francine te vragen en die zegt dat ze het goed geraden heeft. Nu weet ze waar het begin van het pad naar huis is.

Ook Francine staat op en samen lopen ze terug naar de kade. Als ze daar aankomen worden ze door de sjouwende vrouwen glimlachend bekeken. Nauwelijks zichtbaar, omdat hun gezichten onder de grauwe capuchons schuilgaan. Maar het gezicht van de leidster is duidelijk te zien, haar grijns en korte knik spreken boekdelen. Het is duidelijk dat ze weet wat er daar op de rivieroever voorgevallen is. Plots dringt bij vrouwe Veronique het besef door, dat er meer zijn die de gevoelens, zoals zij die met Francine deelt, voor elkaar hebben. Daardoor maakt haar hart een sprong en smelt alle angst en schaamte. Vlug kijkt ze over haar schouder naar Francine die druk is met het verwijderen van een teek uit de kop van Isabel.

Als alles uit het schip gehaald is wat ze willen hebben, verdwijnt de vissersvrouw met een brandende fakkel in het ruim. Nadat ze terug op de kade is snijden op haar teken twee anderen de meertouwen door en drijft het vaartuig langzaam weg. De stroom krijgt al vlug meer en meer grip op de romp, waardoor de boot dwars op de rivier snel wegdrijft. Vlammen komen uit het openstaande luikhoofd. Even later stijgen rookwolken op uit het dakluik, waaronder vrouwe Veronique en Francine net nog het bed deelden. Niet veel later brandt het hele schip en verdwijnt bijna achter de bocht in de rivier. Met een geweldige dreun ontploft het achtergebleven kruit en vliegt het schip uit elkaar. Brandende stukken hout worden de lucht in geslingerd. Daarna verdwijnt alles in een enorme wolk waterdamp en is het vaartuig voorgoed verdwenen.

40. Francine en vrouwe Veronique voeren de karavaan aan. De sjokkende paarden bepalen het tempo. Iedereen is op zijn hoede. Ondanks hun grote aantal zijn ze toch beducht op een aanval van rovers.

Vrouwe Veronique heeft zich lange tijd niet zo gelukkig gevoeld. En dat komt niet alleen doordat ze steeds dichter bij haar vesting komt. Evengoed doordat de schroom over wat er tussen haar en Francine gebeurd is, is weggevallen. Ze voelt zich enorm opgelucht. Nu pas weet ze waardoor ze steeds dacht dat Francine een gevaarlijke duivelin was. De schaamte over haar eigen gevoelens was de oorzaak van die gedachten. Stel je voor dat het haar wel gelukt was om die vrouw te doden, wat zou ze daar nu spijt van hebben. Nee, beseft ze dan, dan had ze deze gevoelens nooit ontdekt, was ze altijd de krampachtige vrouw gebleven die niet in staat is om gelukkig te zijn. Eindelijk is ze bevrijd uit de krampachtigheid, de kluisters waar anderen haar in opgesloten hadden. De nauwelijks waarneembare druk van de omgeving die bepaalt wat normaal is en wat ongepast. Het prediken over hel en verdoemenis, duivels kwaad en vergelding voor hen, die niet in de pas lopen. Eindelijk is ze vrij. Vertederd kijkt ze naar de vrouw naast haar. Ze dagdroomt over het leven aan haar zijde, hoe ze samen de vallei zullen besturen, zonder horigen, iedereen zal vrij zijn om te doen en laten wat ze wil.

Wat een geluk dat ze al zover gekomen zijn. Ze hadden wel met dat schip in de grote stad kunnen verongelukken. Wat heeft die vissersvrouw dat knap gedaan. Francine vertelde hoe ze steeds sneller op de in het duister gehulde bruggen afdreven. De vissersvrouw had de vrouwen in groepjes verdeeld. Een paar groepen stonden klaar met de vaarbomen, anderen met de stootkussens. De vissersvrouw liet een tweede, dik touw achter het schip in het water zakken. Dat zoog zich snel vol water en zonk. Ook het uiteinde van die tros had ze op de achtersteven laten vastmaken, waardoor het schip twee trossen voortsleurde en nog meer geremd werd. Het schip dreef wonder boven wonder perfect door het midden van de brugopeningen, waardoor de vaarbomen en stootkussens niet nodig waren geweest. In een mum van tijd doorkruisten ze de stad en kregen nog meer vaart toen ze de samenvloeiing van de kleinere en grote rivier voorbij waren. Ze gingen zo snel dat het maar goed was dat de rivier grote lussen volgt, anders had de groep met de paarden hen nooit bij kunnen houden. Die konden hele stukken afsteken. Zodat ze net voor hen bij de handelsstad aankwamen. De vissersvrouw was de laatste kilometer voor de handelsstad, met het uiteinde van een dun touw om haar middel geknoopt, overboord gesprongen en wist al worstelend met het water de oever te bereiken. Vanaf het schip trok ze een dikker touw, dat aan het dunne koord bevestigd was, naar de wal. Terwijl de vissersvrouw die dikke lijn inpalmde moest ze snel met het schip meelopen, anders zou ze achter het schip aangesleurd zijn. Toen ze het uiteinde van het dikkere touw helemaal naar zich toe getrokken had, draaide ze het vlug een slag om de stam van een dikke boom. Het andere uiteinde van het dikke touw zat nog aan het schip vast. Daardoor zou het touw strak komen te staan. Door het geleidelijk aan te vieren, verloor het schip zijn vaart en werd door de stroom naar de oever geduwd. Op het laatst vierden ze de tros niet meer en, het was een wonder, het stopte precies met een harde dreun tegen de kade. Daar werd het schip snel gemeerd en was er een eind aan de vaartocht gekomen.

Vrouwe Veronique kijkt opnieuw naar Francine naast haar. Het verlangen naar de komende nacht, die ze naast haar zal doorbrengen, en het verlangen naar de terugkeer in de vesting strijden om voorrang. Zal ze de groep al laten stoppen om te overnachten, dan hebben ze tijd voor elkaar. Nee, ze moet de paarden laten aansporen, het gaat allemaal veel te langzaam. Zo zal het dagen duren voor ze thuis is. Maar dus ook nachten naast haar. Ach, ze is al zolang onderweg, wat maken die paar dagen nog uit. Maar het verlangen naar haar vesting wordt met elke stap die ze dichterbij komt heviger. In gedachte ziet ze al de hoge torens tegen de blauwe lucht afsteken. De brede, trotse gevel van het hoofdgebouw, geflankeerd door de westelijke en oostelijke toren, het kronkelende pad waarlangs ze naar boven zullen klimmen, daarna de oost poort door en dan de trappen op naar haar verblijf. De eerste nacht in haar eigen bed, samen met de vrouw naast haar.

'Wat loop je naar me te koekeloeren, Veroniekje?'

Vrouwe Veronique lacht, raakt even haar arm aan en loopt vrolijk verder. Een zwak briesje zorgt voor wat verkoeling. De zomerdagen zijn lang en warm.

Na een aantal uren begint de zon te dalen en verdwijnt zo dadelijk achter de heuvelrug voor hen uit. Het wordt dus echt tijd om een plek voor de nacht te vinden. Het eindeloze bos met de altijd groene, dicht opeen groeiende kromme eikjes, dat als een deken over het heuvellandschap ligt, biedt niet veel plaats voor zo'n grote groep. Heel vaag herinnert ze zich dat ze niet zo ver hier vandaan op een veldje overnacht heeft. De ochtend erna hadden die grote hufters haar van achter verrast. Wat was dat een blunder, maar goed dat haar vader het niet geweten heeft, anders had hij haar er flink van langs gegeven. "Heb ik je daarvoor jaar in jaar uit getraind," zou hij haar toegeschreeuwd hebben. Haar vader, wat is er van hem geworden? Francine zal gelijk hebben, hij is dus niet naar het zuiden getrokken om met die verrekte papen te gaan vechten. Maar waar ging hij dan wel heen? En waar is hij nu? Zou hij nog leven, vast wel, misschien zit hij al thuis en tref ik hem over een paar dagen op de vesting. Oei, dan heb ik een probleem. Hoe moet ik het dan uitleggen van Francine en van dit vrouwenleger. Hij zal vast niet goed vinden dat ik het bed met een vrouw deel. Hij heeft me dan wel opgeleid alsof ik de zoon was die hij zo graag had willen hebben, dit zal hij zeker niet kunnen begrijpen. Hè verdomme, hoe red ik me hier nu weer uit.

'Vrouwe Veronique,' onderbreekt Evelien haar met zachte stem. Dat bleek de naam van de leidster, toen ze besloten elkaar voortaan met hun namen aan te spreken, 'Is dit geen mooi plekje voor de nacht?'

Door al het gepieker is vrouwe Veronique bijna het stuk grasland, waar ze naar uitkeek, voorbij gelopen.

'O, ja, natuurlijk, Evelien, ik was even met mijn gedachten elders.'

'Juist ja, ik begrijp het,' antwoordt Evelien met een glimlach en kijkt er veelbetekenend bij naar Francine.

Het ontgaat vrouwe Veronique niet en er trekt een blos over haar wangen. Het is allemaal ook zo plotseling en nog zo onwennig. Ze roept tegen de groep dat ze hier de nacht gaan doorbrengen en dat ze een kampement moeten inrichten. Ze vraagt aan Evelien of die de indeling voor de nachtwacht wil opstellen en loopt zelf een eindje verder de heuvel op, om uit te kijken naar de bergrug in de verte. Aan de voet van die berghellingen bevindt zich haar vallei. Eindelijk ziet ze het vertrouwde silhouet. Wat is het lang geleden dat ze die bergen zag. Toch was het pas dit voorjaar dat ze vertrok. Hoe zou het thuis zijn. Zal ik een goede oogst hebben, hebben de mensen hun werk goed gedaan? De ramen zullen nu toch wel eens een keertje klaar zijn. En de heer van Bollène, is hij er nog wel en heeft hij goed op mijn vesting gepast? De heer van Bollène, tja, wat moet ik daar nu weer mee? Die zal toch weg moeten, ik denk niet dat mijn nieuwe legertje orders van hem wil krijgen. Hij mag eerst eens uitleggen hoe dat zit met het verhaal waar hij mee aankwam. Francine is niet gek, die weet heus wel wat er daar in het zuiden gebeurd is, dus dat zielige gedoe over zijn kasteel dat gesloopt is door de papen zal vast niet waar zijn. En nu ik er toch aan denk, die soldaten die zomaar dood bleven, weet hij daar soms meer van? Ik zal hem eens geducht aan de tand moeten voelen. Voor ik hem laat vertrekken wil ik eerst eens weten hoe het allemaal zit. Nog een keer werpt ze een verlangende blik op de bergen in de verte waar de zon nu achter schuilgaat. Nog twee dagen, dan ben ik thuis. Met een zucht draait ze zich om en daalt af naar het kampement.

41. De halve ochtend is al voorbij en ze vorderen gestaag. Tijdens het lopen heeft vrouwe Veronique te veel tijd om te piekeren over de afgelopen nacht. Die was helemaal anders verlopen dan ze zich had voorgesteld. Francine had wel naast haar geslapen, maar van amoureuze handelingen was het niet gekomen. Op de toenaderingspoging van vrouwe Veronique had ze wat kribbig gereageerd. Ze zei moe te zijn na de afgelopen nacht, waarin ze amper geslapen had. Ze was met de anderen voortdurend alert gebleven tijdens de passage van de grote stad en had pas in de loop van de nacht gerust. Ja, dat laatste was vrouwe Veronique natuurlijk niet vergeten en dat had ze dan ook met zwoele stem in het oor van Francine gefluisterd. Ook daar had Francine wat kortaf op geantwoord dat ze daarna ook nog had geholpen met het lossen en het opladen van de paarden. Ja, dat weet ik toch, had ze gezegd, maar daarna zijn we toch samen even, je weet wel, op het strandje. "Laat me nou eens met rust," reageerde Francine toen en had haar hand weggeduwd, "je weet best dat we daarna meteen op pad zijn gegaan, dus is het toch niet gek dat ik nu moe ben. Jij hebt natuurlijk eindeloos lang geslapen, daarom ben je nu zo wakker."

Dat was waar, dat had ze ook wel geweten, maar zij was zo onrustig en kon niet slapen. Natuurlijk ook omdat ze bijna thuis was, maar de aanwezigheid van de Francine naast haar was nogal zinnenprikkelend. Ze had heus wel begrepen dat ze moe was, maar toch kon ze het niet uitstaan dat Francine totaal geen belangstelling voor haar toonde.

Daarover loopt ze nu alsmaar te piekeren, uur naar uur worden haar gedachten somberder. Het zal toch niet zo zijn dat Francine nu al genoeg van mij heeft. Het is natuurlijk wel een vreemde vrouw, ze heeft haar toch vele keren horen praten over avonturen met mannen. Houdt ze eigenlijk wel van vrouwen, deed ze niet alsof. Nee, onzin, juist zij nam steeds het initiatief en daar was ik altijd zo van in de war. Verdacht ik haar van betovering en duivels gedrag. Maar toch, waarom doet ze nu dan zo koel en afstandelijk? Ze loopt steeds met anderen te praten en laat mij maar alleen voor de groep uitlopen.

Bovenaan de volgende heuveltop gekomen, wordt ze even afgeleid door het profiel van de bergketen in de verte. Het lijkt wel of ze niets dichterbij gekomen zijn. Het gaat veel te langzaam, ze zou wel voor de groep willen uitrennen.

Francine kent deze route op haar duimpje, gaan haar gedachten opnieuw aan de haal, zonder mij komen ze er ook wel. Maar dan beland ik vanavond alleen bij dat dorp, daar heb ik geen zin in. Dat dorp, ja, daar was het begonnen, daar hebben we elkaar ontmoet. Onwillekeurig wrijft ze even met een vinger onder haar neus. Wat was die bovenlip geïrriteerd geraakt door de hars waarmee ik die haren opplakte. En zo zinloos, Francine zag meteen dat ik geen man was. Als ze me toen niet met die list uit de gelagkamer had gehaald, kon er ik weet niet wat gebeurd zijn, met al die half bezopen kerels in dat hol. Nee, daar kan ik beter niet meer alleen terecht komen. Zou het niet slimmer zijn als Francine en ik ons ook wat anders kleden. We vallen op deze manier aardig uit de toon. En Francine herkennen ze natuurlijk direct, dan hangen die zatlappen meteen weer aan haar rokken. We kunnen natuurlijk ook vannacht door dat dorp trekken, nee, dat zal ook niet gaan, de paarden zullen met hun hoeven op de keien van het plein te veel lawaai maken. Toch lijkt het me beter dat ze Francine niet zien, en mij ook niet. Hoewel, wat maakt het uit dat ze mij zien. Ik heb nu toch een flink leger om mijn vesting te verdedigen, ze zullen ons met deze troep erbij heus niet lastigvallen. Maar als ze Francine herkennen komen die geilaards misschien wel op het idee om eens naar mijn vesting te komen. Stel je voor dat die viezerikken steeds aan de poort verschijnen. Dat moet beslist voorkomen worden.

Ze draait zich om, Francine moet vermomd worden. Tot haar stomme verbazing is er niemand te zien. De hele groep is verdwenen. Ze is onwillekeurig steeds sneller gaan lopen. Ze kijkt om zich heen op zoek naar een plekje om te gaan zitten wachten. Dan ziet ze opeens die hele grote den, de boom waarin Francine gekropen was en op haar nek gesprongen. Om wraak te nemen, omdat zij kort daarvoor het zelfde had gedaan. Toen ze had gedacht dat een rover haar volgde. Er trekt een grijns over het haar gezicht en ze klimt in de boom. Daar gaat ze zitten wachten tot de groep voorbij komt en ze zich bovenop Francine kan laten vallen. Ze heeft grote voorpret. Het duurt niet lang, ze hoort de zachte stemmen al. Turend tussen de dennennaalden door zoekt ze naar Francine. Die loopt ergens in het midden en is in een geanimeerd gesprek met een van de vrouwen. Dat ergert haar, waarom heeft ze met haar zo'n lol, tegen mij heeft ze vandaag nog amper wat gezegd. De eerste vrouwen trekken onder haar door, en dan is Francine er bijna, nog drie stappen. Ze belandt nogal onhandig op de rug van Francine, die een kreet van schrik slaakt. Meteen duikt een aantal vrouwen bovenop vrouwe Veronique en wordt ze naar de zijkant van het pad gesleurd, waar een van de vrouwen een mes op haar keel zet en dan pas ziet van wie die keel is. Het is bedoeld als grap, maar niemand lacht. Evelien kijkt met een verbaasd gezicht op haar neer en Francine staat te vloeken en tieren. Ze staat voorovergebogen en heeft flinke rugpijn.

'Waarom deed u dit, vrouwe Veronique,' vraagt Evelien op afgemeten toon. Ze laat duidelijk haar afkeuring blijken. En vrouwe Veronique voelt zich verschrikkelijk opgelaten. Wat bezielde me, gaat er door haar hoofd, waar ben ik mee bezig? Ik gedraag me als een vervelend kind. Ze zullen wel denken dat ik gek geworden ben. Mijn positie als leidster is hiermee naar de bliksem. Verdomme, waarom kon die verdomde Francine wel zo'n grap uithalen en pakt het bij mij volledig verkeerd uit? Hoe moet ik me hier nu uitredden?

Ze staat op en loopt naar Francine.

'Sorry, Francine, het was als een grap bedoeld, weet je nog dat jij aan het begin van de zomer hetzelfde deed?'

Francine antwoordt niet, kijkt haar met woedende ogen aan. Heeft een hand op haar rug en probeert rechtop te gaan staan. Ze slaakt een aantal kreten van pijn, gevolgd door een razende stroom scheldwoorden.

'Vuile stomme trut, achterlijke idioot. Je bent niet goed snik. Nooit geweest ook. Nu is het genoeg geweest, blijf voortaan uit mijn buurt.

De woorden treffen haar als messteken. Ze heeft zichzelf volkomen belachelijk gemaakt. Nu is het helemaal mis, is alles verloren. Ze staren allemaal naar haar alsof ze knettergek geworden is. Ze zullen haar niet langer accepteren. Nu heeft ze geen vriendin meer, geen leger meer. Van ellende zou ze het liefst in de grond willen wegkruipen. Zonder nog naar de anderen te kijken begint ze richting haar vesting te rennen. Ze negeert het roepen van Evelien. Haar voeten roffelen op het pad, de kromme eikjes schieten voorbij. Wat verder loopt het pad steil omhoog en komt ze hijgend boven, dan stort ze zichzelf naar beneden. Rent zo hard ze kan. Weg, ver weg, steeds verder weg, weg, weg, dreunt het in haar hoofd. Na een paar kilometer moet ze het langzamer aan doen, haar borstkast pompt en pompt, maar ze krijgt niet genoeg zuurstof meer in haar bloed. Haar zijde begint te steken, de beenspieren te verkrampen. En de klim naar de volgende heuvel lijkt zwaarder en zwaarder te worden. Bovenaan gekomen moet ze stoppen, eerst op adem komen. Verdwaasd staart ze in de verte, naar de zonovergoten bergen die boven haar vallei uittorenen. Nog maar een dagreis, en ze kan zich verstoppen in haar vesting. Als ze weer voldoende lucht heeft, begint ze de heuvel af te rennen. Voor ze het goed en wel in de gaten heeft, rent ze over het stadsplein. Luide stemmen, geschreeuw en de gierende lach van een vrouw jagen haar op volle snelheid het stadje door. Dan, als ze de laatste huizen achter zich gelaten heeft, moet ze het wel langzamer aan doen. Uren rent ze door, ze drijft zichzelf tot het uiterste. Haar lichaam protesteert, alles doet zeer. Ze moet stoppen, ze kan niet meer. In de verte liggen de bergen onder de donkere avondhemel. De zon is al uren onder en het zal niet lang meer duren voor het te donker wordt om nog wat te zien. Toch drijft ze zichzelf voort, dwingt zichzelf opgang te blijven. Op het laatst schrompelt en waggelt ze volkomen uitgeput over het pad. Ze is doodop, volledig kapot. Zelfs het verlangen naar haar veilige vesting kan haar niet langer voortstuwen. Ze struikelt over haar eigen benen, belandt hard met haar gezicht op het pad. Ze weet zichzelf weer op de been te krijgen, dwingt zich opnieuw om door te lopen. Dan struikelt ze weer, valt half naast het pad en blijft uitgeput liggen. Ze voelt zich zo ontzettend rot, eenzaam en alleen. Tranen vloeien zonder dat ze het beseft. Ze kruipt het struikgewas naast het pad in en rolt zich daar op tot een bal, verandert in een zielig hoopje ellende en valt huilend in slaap.

42. De tjilpende vogels in de struiken boven haar zijn het eerste dat ze hoort. Ze gaat zitten en kijkt verdwaasd om zich heen. Dan schrikt ze van Isabel, die gapend naast haar overeind komt. Het stomme dier was haar gister kennelijk gevolgd. Ze kruipt tussen de struiken uit en gaat staan. Als ze zich uitrekt doen al haar spieren verschrikkelijk pijn. Ook Isabel rekt zich uit, gaat afwachtend zitten en staart naar haar gezicht. Het ochtendlicht is schel, de zon nog niet hoog genoeg om haar te verwarmen. Dan overvalt het verdriet van gister haar weer in volle omvang en begint ze met gebogen hoofd richting de bergen te lopen. Ze heeft honger, en ze moet nodig iets drinken. Als het pad wat dichter bij de rivieroever is, breekt ze daar door de struiken en gaat op haar knieën naast het snelstromende water zitten. Met haar handen schept ze keer op keer water, drinkt gulzig en gooit water over haar hoofd. Dan staat ze op, keert terug naar het pad en begint weer te rennen. Heuvelop, heuvelaf. Eindeloos stampen haar voeten op het zandpad. Wat zijn die bergen ver en hoelang duurt het nog voor ze eindelijk bij haar vallei is? Het verlangen drijft haar voort. Toch moet ze nu en dan stoppen om te rusten en opnieuw naar de rivieroever te gaan om te drinken. De hond volgt haar als een schaduw, heeft totaal geen moeite om haar bij te houden. Als de zon hoog aan de hemel staat, is ze de uitputting nabij. Ze is al zo vaak gevallen, dat ze geen idee heeft hoeveel keer. Haar hele lichaam zit vol schrammen en builen, haar kleed is een gore lap, er zitten overal scheuren. Haar boog is ergens aan de struiken blijven haken, haar zwaard uit de schede gegleden en in het zand achtergebleven. Haar hoofd bonkt, haar longen piepen, ze kan haast niet meer.

En dan ineens, na de zoveelste bocht in het pad, ziet ze iets bekends. Ze richt haar hoofd op en dan ziet ze het, haar vesting, ja, het is echt waar, daarboven steekt haar vesting af tegen de blauwe hemel. Haar vesting, haar paleis, haar thuis. Ze laat zich op haar knieën vallen, staart verrukt omhoog, brult een oerkreet naar de wolkeloze lucht. Isabel gaat naast haar zitten en wacht geduldig af. Een hele poos blijft ze zo bewonderend naar haar vesting zitten staren, komt dan moeizaam overeind en voelt, hoe het verlangen naar haar thuis nieuwe energie door haar aderen doet vloeien. Vol goede moed begint ze aan de lange klim. Ze is al een heel stuk geklommen, als ze verbaasd om zich heen kijkt naar de slecht verzorgde velden. Wat is hier aan de hand, waarom staat er zoveel onkruid tussen de bieten, bonen en koolplanten? Hoe hoger ze klimt, overal is het het zelfde, de velden zitten vol onkruid, er is geen schaap of geit te zien. Nergens een horige die het land bewerkt, de vruchtbomen verzorgt. Als ze na een lange klim het dorp bereikt, vindt ze niets dan lege, verlaten huizen. Het is er doodstil, er is geen bok die haar aanvalt, geen kip die rondscharrelt. Alleen de stank is onveranderd aanwezig. Verbijsterd kijkt ze om zich heen en klimt dan aangedaan verder. Geleidelijk aan maakt haar blijdschap over de terugkeer plaats voor kwaadheid. Wat is er hier aan de hand, wat is er gebeurd, waar zijn haar horigen, waar is de heer van Bollène? Is haar vesting overvallen en leeggeroofd? Radeloos klimt ze hoger en hoger langs het steile pad. Hijgend, volledig buiten adem bereikt ze eindelijk de oostpoort. Die staat wagenwijd open. Ze steekt de binnenplaats over, opent de toegang tot het hoofdgebouw. Verwonderd kijkt ze in de donkere gang. Niets is er zoals het was. Het is er angstaanjagend stil. Stil loopt ze door de gang, klimt de eerste treden naar boven, kijkt door de openstaande deur de verlaten keuken in. Er is geen vuur te zien, alles is stil en het is een grote bende. De vloer is bezaaid met kapot serviesgoed en neergesmeten kookgerei. De grote tafel ligt op zijn kant. Planken zijn van de muur getrokken. Op haar hoede, beducht op indringers, beklimt ze de trap naar haar verblijven. Als ze een hoek omslaat hoort ze stemmen, nog zacht, maar na elke stap klinken ze luider. Er wordt gezongen, gelachen en geschreeuwd. Een nieuw lied galmt tegen het gewelf bovenaan de trap. Een deur wordt open gesmeten, kletterend komt er een straal water de trap af. Er wordt geroepen, een stem schreeuwt een ruw antwoord. Ze twijfelt niet, weet het zeker, dat is de stem van de heer van Bollène. Haar omzichtigheid slaat om in kwaadheid. Ze stampvoet verder naar boven. Het stinkt naar urine op de trap, is dat het water dat ze hoorde kletteren? Ze wordt zo razend, dat ze met een rode waas voor haar ogen het laatste stuk van de wenteltrap op stormt. De heer van Bollène staat bij de ingang van haar verblijven tegen de deurpost te leunen. Hij kan amper op de been blijven en bemerkt de aanstormende vrouwe Veronique niet. Ze geeft hem een enorme duw, waardoor hij wankelend haar verblijf binnenvalt. Zijzelf volgt met een woedende blik en ziet dan de enorme chaos. Er zit weer een enorm gat in de buitenmuur. Van het raam, dat de steenhouwer daar geplaatst heeft, is niets meer te zien. De vloer ligt bezaaid met kapotte kruiken, de tafel is bedolven onder omgevallen pullen en een stapel afgekloven botten. Een houten wijnvat ligt aan diggelen in een hoek, een andere ligt tussen een paar stenen op de tafel. Iemand houdt een kroes onder de tuit van de kraan en tapt wijn uit het vaatje. Eerst lacht hij nog om zijn binnenvallende drinkmaatje en ziet haar dan in de deuropening staan. Even bevriest het hele tafereel. Hij staart haar aan en zij staart met fonkelende ogen terug. Als de kroes vol is en overloopt, verbreekt dat de betovering. De heer van Bollène staat moeizaam op en kijkt naar haar. Als hij haar ziet staan is er even een spoortje angst in zijn ogen zichtbaar. Dan krijgt hij een spottende blik.

'Hé, kijk aan, wie is daar opeens,' roept hij met dubbele tong, 'wie had dat gedacht. Zie je wie dat is,' lalt hij tegen Dewain, de bezitter van de burcht aan het einde van de vallei. 'Daar heb je onze kasteelvrouwe. Eindelijk is ze terug, en dame,' lalt hij verder, 'waar is het leger, moeten we voor ons leven vrezen?' Hij begint bulderend te lachen, wankelt naar de tafel en grijpt naar een pul, waaruit hij snel een paar slokken wijn drinkt.

'Zo, schoonheid,' laat Dewain, er op volgen, 'wil je ook een kroesje van deze heerlijke wijn, neem gerust, de kelder is nog lang niet leeg.' Hij is stomdronken en amper te verstaan. En de stem van de heer van Bollène is al niet veel duidelijker. Als die uitgelachen is laat hij een knetterende scheet, wat het tweetal weer verschrikkelijk leuk vindt. Ze lallen een paar onverstaanbare woorden, heffen een nieuw lied aan en slaan de kroezen kletsend tegen elkaar. De kroes van Dewain, slaat aan stukken, zodat de wijn alle kanten uit spat. Hij staat even lodderig naar het oortje in zijn hand te kijken en giert het dan weer uit. Snel grist hij een kroes van de tafel en tapt die vol. Gulzig drinkt hij een paar slokken. Vrouwe Veronique staat al die tijd met open mond naar het schouwspel te staren. Ze weet niet wat te doen, werktuigelijk grijpt ze naar het gevest van haar zwaard en bemerkt dan pas dat het weg is. Ze grist haar mes onder haar kleed vandaan en doet een uitval naar de door drank benevelde de heer van Bollène. Tot haar stomme verbazing weet die haar behendig te ontwijken. Hij lacht omdat ze langs hem heen schiet en over de rommel op de vloer struikelt. En er zelfs tussen belandt. Vrouwe Veronique is ten einde raad, ze is zo verschrikkelijk moe en tegelijkertijd zo verschrikkelijk kwaad. Niets is er over van haar trotse vallei. Alles is naar de bliksem. Die oplichter heeft alles laten verwaarlozen en verpauperen. Met de groots mogelijke moeite weet ze weer op de been te komen. Het lijkt wel of zij door de drank beneveld is. Ze kan haar ogen niet scherp stellen, focussen op de lachende dronkenlap. Die moet dood, is alles wat er nog in haar hoofd opkomt. Weer stoot ze in zijn richting en hij doet rustig een stap opzij, waardoor ze nog een keer langs hem heen schiet en hardhandig tegen de muur tot stilstand komt. Even blijft ze er verdwaasd tegen staan leunen, dan gaat ze weer tot de aanval over. Nu schampt het mes over zijn wang. Bloed welt op, samen met zijn woede. Hij lacht niet langer, grijpt vrouwe Veronique bij een hand en Dewain, schiet te hulp. Hij pakt haar ander hand. Samen sleuren ze haar naar het gat in de muur. Het nieuwe gapende gat is net zo groot als de opening waar de steenhouwer het raam in bouwde. Voor ze beseft wat er gebeurt, bungelt ze boven de afgrond onder haar vesting. Het walgelijke stelletje blijft haar vasthouden. Ze gieren van de lach, laten haar heen en weer zwieren. Vrouwe Veronique staart naar de diepte onder haar, ziet daar verwrongen lichamen liggen. Ze hebben ze allemaal naar beneden gegooid, flitst door haar hoofd. Nu is het voorbij, alles is voor niets geweest. Ik had nooit weg moeten gaan, ik had hem direct, toen Yann hem naar boven sleurde, naar beneden moeten laten werpen. Ik had, o wat had ik al niet moeten doen. Wat maakt het nog uit. Ze moeten me loslaten, ik wil niet meer. Laat me vallen, ik wil sterven.

'Hang je lekker,' brult de heer van Bollène met overslaande stem naar beneden. Dewain vindt het zo leuk dat hij hikkend van de lach vrouwe Veronique haast laat schieten. Plots stokt zijn lach, zijn beide mannen doodstil. Ze is er zeker van dat dit het moment is dat ze haar los zullen laten. Nog een keer werpt ze een blik op haar vallei, die prachtige vallei. De zon geeft alles een warme gloed, maar voor haar heeft het geen waarde meer. Ze sluit haar ogen, wacht op het moment dat ze haar handen loslaten en ze naar haar definitieve einde zal vallen. Het einde waar ze nu zo naar verlangt. Waar wachten ze nog op? De pijn in haar gewrichten is overweldigend, het lijkt wel of ze uiteen getrokken wordt. Ze gilt dat ze haar moeten loslaten. Ze doen het niet, maar trekken haar op, met haar rug over de onderkant van de muuropening. Ze hebben zeker nog niet genoeg genoten, de vuile sadisten. Ze voelt dat ze nog een keer stevig aan haar armen trekken, dan laten ze haar los. Ze houdt haar ogen stijf dicht, wacht op de verpletterende klap. Wat valt ze lang, is de afgrond dan zo diep? Dan hoort ze de stem van Francine, die iets tegen die rotzakken zegt. Francine, het is uitgerekend die stem, die ze op het allerlaatst moment hoort. O, Francine, was het maar anders gelopen. Nog altijd blijft de klap uit. Voelt ze slechts de pijn in haar armen en schouders, haar rug drukt ergens tegenaan. Ze opent voorzichtig haar ogen, ze wil zien hoe ver de bodem van de afgrond nog is. Ze ziet blauwe lucht en een donkere vorm boven haar. Ze kijkt naar haar voeten, niets, heel vaag, ver weg ziet ze de bergen, dat is alles. Dan dringt tot haar door dat ze op haar rug in de muuropening ligt en tegen de onderkant van de opengebroken muur aankijkt. Ze hebben haar niet laten vallen, ze moesten haar van Francine terughalen. Dus heeft ze haar opnieuw gered, net als in het dorp, net als aan boord bij die koopman, Francine, haar reddende engel. Wat zegt ze toch allemaal tegen die kerels. Ze kan ze amper verstaan, het bonken van haar hart overstemt het gepraat. Heel langzaam komt ze tot rust, hoort ze meer en meer woorden. De leugenaar van Bollène staat te lallen dat ze hem nog wat kan plezieren in zijn bed. Tja, denkt vrouwe Veronique, dat is iets waar Francine goed in is, ze heeft daarmee zichzelf vrijgekocht, dat beseft ze, maar het geeft haar een rot gevoel. De stemmen klinken opnieuw vervormd, het is net het murmelen van de rivier, vaag vangt ze klanken op. Het moeten de uitputting en wanhoop zijn die haar parten spelen. Dan klinkt de stem van Francine weer helder, ze zegt iets over naar beneden gooien of vastbinden. Hé, wat klinkt haar stem raar, anders, niet zoals ze normaal klinkt. Wat gebeurt er toch? Hoe vrouwe Veronique ook haar best doet, ze kan haar vriendin niet zien, ze ziet niets anders dan de lucht, die fel afsteekt tegen de onderzijde van de muur. Ze probeert te bewegen, zich op te richten. Het duizelt haar, ze probeert haar ogen scherp te stellen en dan weet ze het plots zeker, het is de stem van Francine niet, het is, hé wat gebeurt er, ze glijdt naar voren, de afgrond komt op haar af. Er klinkt een kreet, een ruk aan haar haar en dan ligt ze opnieuw op haar rug. De blauwe lucht is nu weg, ze ziet vertrouwde vormen, het gewelf van haar verblijf.

'Bind haar dan ook vast, sufferd,' hoort ze de hoge stem roepen, waarvan ze dacht dat het die van Francine was. Nu beseft ze dat ze die stem eerder hoorde, nog voordat ze er op uit trok. Ja, nu weet ze het weer, het is die schildknaap, dus die is er ook nog.

'Hé, ventje,' bralt buurman Dewain, 'je meester is dan wel niet helemaal, je weet wel , maar een grote bek zou ik niet doen.'

'Jullie zijn alle twee bezopen, dat gaat nu al weken zo en als jullie niet,'……. Een harde klets onderbreekt hem.

'Hé, klootzak,' roept de heer van Bollène met dubbele tong, 'blijf met je poten van mijn knaapje af.'

'Dat knaapje van jou,' reageert Dewain, en zijn stem is nu wat minder benevelt, 'krijgt te veel praatjes. En jij bent een viezerik, hoe kun je het doen met zo'n ventje, goorlap, pak liever dat wijf daar op de grond.'

'Govedomme, jij durft, in mijn kasteel me veteel wat…...' de zogenaamde heer komt er niet meer uit zijn woorden, er klinkt een enorme klap van brekend serviesgoed, hij is met tafel en al neergestort. Dewain, die hard naar hem had uitgehaald, maar hem miste, schiet achter zijn vuist aan en valt over hem heen. De kroes, die hij nog altijd vast heeft, knalt op de stenen vloer uiteen.

'Tjonge, tjonge daar liggen de grote kasteelheren,' hoort ze de jonge knaap zeggen. Die begint aan haar te sjorren. Hij zet haar in een zittende houding en probeert haar dan op haar voeten te zetten. Ze snapt niet waarom ze niets anders kan doen dan zich slap houden, ze is als een ledenpop. Ze heeft totaal geen controle over haar spieren. Het ventje laat haar op zijn rug zakken en ze voelt hoe ze wordt opgetild. Even loopt hij richting de opening in de muur, dan verandert hij van koers en loopt naar de doorgang die naar de westelijke toren leidt. Hijgend en steunend beklimt hij de paar treden, stoot vrouwe Veronique hardhandig tegen de muur, en wringt zich dan met zijn last door de opening. Hij slaakt opeens een kreet die door merg en been gaat.

'Vuile rothond.' Het is Isabel, die weer eens uit het niets is opgedoken, en de knaap in zijn been heeft gebeten. Als de knaap naar haar schopt, wankelt hij en valt met vrouwe Veronique en al terug het woonverblijf in. Isabel heeft zijn voet vast en sjort hem van zijn bazin vandaan. Gillend en schreeuwend probeert de knaap de hond weg te schoppen, maar raakt niets dan lucht. Even laat Isabel hem los, de jongen springt vlug op en rent als een speer via de doorgang naar de westelijke toren en smijt de deur achter zich dicht, zodat Isabel hem niet kan volgen. Vrouwe Veronique ligt kreunend dubbelgevouwen in een hoek en heeft totaal geen weet van wat er om haar heen gebeurt. De heer van Bollène echter, komt, nadat hij zich van het gewicht van Dewain, ontdaan heeft, stamelend overeind en staat te zwaaien op zijn benen. Hij kijkt met lodderige ogen om zich heen, ziet vrouwe Veronique in de hoek liggen en strompelt in haar richting. Isabel springt grommend tussen hen in en als de heer van Bollène probeert naar het dier te schoppen, sluiten de kaken van de hond zich om zijn enkel. Vloekend en krijsend valt de heer van Bollène achterover, kruipt achterwaarts weg. Maar Isabel laat niet los, wordt meegesleurd door de trappende voet. Hij schuift steeds verder achteruit, probeert zich van de vlijmscherpe kaken te bevrijden. Ineens zit hij in de muuropening en plotseling laat Isabel los. Doordat de tegenkracht wegvalt, schiet de bedrieger naar achter en stort brullend in de afgrond. De kreet schalt over de vallei.

Isabel gaat rustig naast het uitgetelde lichaam van vrouwe Veronique liggen en wacht af. Buurman Dewain ligt te snurken en vormt voorlopig geen bedreiging.

43. Vrouwe Veronique wordt wakker en staart suf naar de hoge gewelven boven haar. Ze komen haar vaag bekend voor. Er valt zonlicht door het raam dat haar gezicht verwarmt. Verwonderd voelt ze dat ze op een zacht veren bed ligt. Dat is lang geleden, denkt ze. Voorzichtig komt ze overeind, steunt op haar ellebogen en staart in het rond. Ze herkent haar slaapvertrek. Hoe kom ik hier, vraagt ze zich af. Vaag herinnert ze dat ze naar beneden viel, of viel ze toch niet? Ze weet het niet meer. Heel vaag weet ze nog dat ze haar vesting binnenging, dat ze daar de twee idioten aantrof die haar naar beneden lieten vallen, maar wat er precies gebeurde is ze vergeten. Dat ze razend op de heer van Bollène werd, dat nog wel, maar waarom? Ze concentreert zich maximaal, heel traag komen herinneringen bovendrijven. De muur, het gat in de muur. Hoe kan het dat er zo'n groot gat in de muur zit? De steenhouwer had er een raam geplaatst en alles was prima in orde toen ik wegging. Wat heeft die verdomde de heer van Bollène uitgespookt? Dat moet ik hem dadelijk als eerste vragen. Wat bezielt die man, zuipfeesten houden met die klootzak, hoe komt ie erbij. Wat een bende in mijn verblijf, het lijkt wel of ze al een jaar aan het zuipen waren. Dat moet meteen afgelopen wezen, en die zak van verderop moet oplazeren, laat ie de heer van Bollène ook meteen maar meenemen.

Ze zwaait haar benen over de rand. Dit kan niet wachten, deze zaak moet meteen geregeld worden. Als ze gaat staan, duizelt het haar en bij de eerste stap valt ze hard met haar gezicht op de stenen vloer.

Versuft blijft ze liggen en komt na een poosje moeizaam overeind. Zich optrekkend aan het bed ziet ze kans om weer te gaan staan, alles om haar heen begint rond te tollen. Ze laat zich op het bed vallen, hijst moeizaam haar benen omhoog en gaat liggen. Eerst even bijkomen, besluit ze, straks zal het wel beter gaan. Ze sluit haar ogen en doezelt weg.

Een stem maakt haar wakker, het is een bekende stem, maar van wie ook weer? Het is zo donker, ze ziet niets. Ze weet het zeker, iemand roept haar naam. Ze richt zich wat op en speurt in het rond. Dan ziet ze de omtrek van iemand afsteken tegen het schemerlicht uit de andere ruimte. Er staat iemand in de deuropening tussen haar woonverblijf en slaapvertrek.

'Ja,' reageert ze zacht.

'Ben je wakker, vrouwe Veronique ' zegt de stem.

'Ja,' antwoordt ze, terwijl ze probeert te bedenken wie het vraagt.

'Gaat het weer een beetje, vraagt de persoon die naar haar toe loopt en bij het bed blijft staan. Ze heeft een brandende kaars bij zich, waardoor ze haar gezicht kan zien. Ze weet dat ze Evelien heet, maar wie is dat ook alweer? O, wacht, dat is de aanvoerder van die groep, natuurlijk die, ja nu weet ik het weer.

Evelien zet de kaars op de plank boven het hoofdeinde van het bed en gaat naast vrouwe Veronique op het bed zitten.

'Zo, ik denk dat je wel een beetje opgeknapt bent, je hebt zo diep geslapen.

'Ja, gaat wel, wat is het al donker, heb ik de hele middag in bed gelegen?'

'De hele middag en de drie dagen daarvoor ook.'

'Zo lang,' vraagt ze verwonderd en gaapt uitvoerig. Evelien kan de prikkel om ook te gapen niet onderdrukken en geeuwt ook eens flink.

'Zo, dus dit is die vesting van je. Het is er wel een beetje een zooitje, heb je altijd van die kerels over de vloer? Voor de zekerheid hebben we die maar opgesloten, samen met dat knulletje dat we bij de lijken onderaan de vesting vonden. Wie zijn dat? Ik kan me niet voorstellen dat jij die naar beneden gegooid hebt. Die bovenste zou kunnen, maar die anderen liggen er al een poosje.

Allerlei herinneringen komen bovendrijven. Die vrouw is de leidster van haar nieuwe leger en die verrekte heer van Bollène heeft niet op haar vesting gepast maar lopen feesten. Ze weet het weer, die doden zag ze liggen toen ze daar boven de afgrond hing. Wat is er toch allemaal gebeurd, dat moet eerst uitgezocht, en van wie zijn die lichamen? Heeft die oplichter met zijn mooie verhaaltjes dan al mijn horigen uit dat gat gegooid? Heb ik daarom niemand gezien? Verdomme, het zal toch niet, dan heb ik weer een nieuw probleem. Wie gaat er voor me werken. En hoe komt die vrouw hier terecht? Hoe hebben ze me kunnen vinden? Maar goed, ze hebben die vent dus opgesloten, die mag me eens haarfijn uitleggen wat hij allemaal uitgevreten heeft.

'Dus je hebt de heer van Bollène opgesloten, en die knaap van hem ook, die twee moeten we eens uitvoerig aan de tand voelen, dat zijn een stelletje oplichters.'

'Die man die we opsloten heet niet heer van Bollène, hij zegt dat hij de eigenaar van de hele vallei is en dat deze vesting sinds kort ook zijn eigendom is.'

'Dat kan niet, dit is mijn vesting en van niemand anders, wie beweert dat? Welke gek durft dat te beweren,' reageert vrouwe Veronique steeds heftiger, 'vierendelen zal ik hem, gehakt van hem maken!' Ze begint uit het bed te klimmen en om ongelukken te voorkomen drukt Evelien haar snel terug op het bed.

'Niet doen, vrouwe Veronique, u moet niet zo plotseling opstaan, er is geen haast bij. Die man, die u de heer van Bollène noemt, ligt aan de voet van de vesting, dat vertelde de knaap die we er naast vonden. Hij is kennelijk uit dat grote gat in de muur gevallen. Die kan geen kwaad meer doen. Die jongen, wat is die van hem?'

'Zijn schildknaap, althans, dat beweerden dat tuig. Dus die vuile oplichter is dood, mooi. Toch had ik hem graag zelf de hals afgesneden, jammer, maar opgeruimd staat netjes. Ik herinner me ineens dat iemand iets over die knaap zei, vlak voordat ik, tja, wat. Nou ja, dat weet ik niet meer. Mooi, die vuile leugenaar is dus dood, nu die andere leugenaar nog, wacht eens, hé, natuurlijk, het is die Dewain, die was hier samen met die andere dief aan het feesten. Wat een tuig. Nu snap ik het, hij is natuurlijk degeen die beweert dat de hele vallei van hem is. Hij bezit de burcht aan het eind van de vallei, maar niet deze vesting. Dat zou hij wel willen. Gelukkig zou de heer van Bollène met het restant soldaten op mijn bezit passen, maar….Natuurlijk nu snap ik het, nu begrijp ik waarom steeds een van mijn soldaten dood bleef, daar zaten die twee natuurlijk achter. Doe me een plezier, Evelien, help me op de been, ik wil weten wat die lui uitgevreten hebben.'

'Vrouwe, u bevindt zich in uw eigen vesting en u kunt doen wat u wilt, toch wil ik u aanraden om nog een paar dagen te rusten. Ik weet niet wat er allemaal gebeurd is, nadat u er plots vandoor ging. De vrouw die ik achter u aan stuurde om op u te passen heeft me verteld dat ze u amper kon bijhouden. U moet volledig uitgeput geweest zijn toen u hier arriveerde. En dan al de dingen die u daarna doormaakte, het kan niet anders dan dat dat ook een enorme aanslag op uw conditie is geweest. U moet het zelf weten, maar als ik u was zou ik het even kalm aan doen, en trouwens, het is bijna nacht. Laten we in ieder geval tot morgen wachten, dan moeten we het eens hebben over de voedselvoorziening voor mijn mensen en over de verdeling van de

271

taken.' En, denkt Evelien, over de veertien uitgemergelde mensen die we in een van de torens gevonden hebben.

'Ja, nou, goed dan,' legt vrouwe Veronique zich er sputterend bij neer. 'Morgen, zien we verder.' Ze wil niet laten merken dat ze door het gesprek met Evelien opnieuw volkomen uitgeput is. Ze gaat weer liggen en merkt amper dat Evelien de kaars oppakt en ermee naar de deur loopt. Voor dat die de deur gesloten heeft, slaapt ze alweer.

44. Als vrouwe Veronique de volgende ochtend moeizaam uit haar bed klimt en begint aan een inspectietocht door haar vesting, is ze verbaasd dat er overal vrouwen bezig zijn om de enorme puinhoop op te ruimen. Wat heeft de heer van Bollène toch uitgevreten, waar zijn mijn horigen gebleven, zijn die er allemaal vandoor gegaan? Het antwoord op die vraag vindt ze in de oostelijke toren. Daar treft ze tot haar grote verbazing de broodmagere horigen aan. Ze kijken schuw naar haar op, durven geen antwoord te geven op haar vragen. Uiteindelijk weet ze Yann zover te krijgen dat hij met haar meeloopt naar haar verblijf. Ze laat hem op een van de banken plaatsnemen en begint hem vragen te stellen. Eerst wil Yann niet antwoorden, pas als Evelien ook de woonruimte binnenkomt, durft hij aarzelend iets te zeggen. Hij vraagt aan vrouwe Veronique waarom zij hen opgesloten heeft, wat hebben ze misdaan om hen zolang zonder voedsel en water te laten zitten? Na veel heen en weer praat, blijkt dat de heer van Bollène hen heeft verteld, dat zij opdracht gegeven had om al haar mensen in de westelijke toren op te sluiten. Uiteindelijk gelooft hij dat zij daar niets van wist. Immers, toen ze vertrok, op zoek naar soldaten, waren ze allemaal nog gewoon aan het werk, ze is gister pas teruggekeerd, hoe kan zij dan die opdracht gegeven hebben. En nadat Evelien dat bevestigt, gelooft Yann haar uiteindelijk en is hij bereid te vertellen wat er gebeurde nadat vrouwe Veronique vertrok.

'Eerst, begint Yann aan zijn verhaal, 'ging alles gewoon zijn gangetje, toen kwam die vent van verderop. Al gauw deden die twee niets anders dan de hele dag zitten zuipen. Van de meiden uit de keuken konden ze niet afblijven en dat kleine ventje van die zogenaamde heer, begon de mensen van de keuken steeds vaker te slaan en uit te schelden. We durfden niets te doen, het waren uw gasten, niet waar. Toene, als die kerels iets niet beviel, werden we geslagen of in de toren opgesloten, hij heeft zelfs de kok en twee soldaten naar beneden gegooid. Op een dag, die vent van verderop was er al een week niet geweest, dook ie plots weer op. En toene zaten ze stomdronken in uw woonverblijf. Hij had een kist vol spullen meegebracht, uit een stad ergens ver weg. Dat hoorde ik van een van de meiden. Wij waren op het veld aan het werk en toene hoorde we een enorme dreun en vloge de stenen uit die muur daaro. Die kerels beweerden alsmaar dat een van ons vuur in die kist heb laten vallen en dat het daardoor gekome is. Maar wij wisten van niks niet, dus toene heb tie ons met zijn alle opgesloten. Hij zei dat we er pas uit mochte als we vertelde wat er gebeurde. Geen ene van ons weet dat, dus wat moesten we dan zegge. Elke keer kwam dat ventje vragen wat er gebeurd was, wij wisten het niet. Een van die kerels mot kenne toveren, hoe kan er anders opene zo'n gat zijn.'

'In die kist zal wel kruit gezeten hebben,' antwoordt Evelien.

'Kuit, vraagt Yann, hoezo kuit?'

'Laat maar, Yann, het doet er niet toe,' antwoordt vrouwe Veronique 'dat is spul dat je niet kent. Denk je dat er nog iets van de oogst te redden is, zien jullie kans om voldoende voorraad voor de winter aan te leggen?'

'Ja, hoor es, dame, we zijne allemaal ziek van de magerte, als we een paar dagen wat eten, zal het weer gaan. Maar we willen eerst terug naar huis. De geiten moeten op springen staan en de bok mot eten. De kippen kenne we slachte, daar zalle we soep van make en ons mee aansterken.'

'Nou die kippen zijn weg en die stinkbok is er ook vandoor, dus vergeet die maar. Geiten heb ik ook nergens gezien. Gaan jullie maar naar beneden en zodra het kan aan het werk alsjeblieft. Wij zullen kijken of we ergens voorraad vandaan kunnen halen.'

'Tis dat u het zo vriendelijk vraagt vrouwe, we zulle het doen.' Het is voor Yann een vreemde ervaring om op een dergelijke vriendelijke wijze benaderd te worden. Naar de oorzaak kan hij slechts gissen. Dus neemt hij het maar zoals het is. Als Yann vertrokken is vraagt vrouwe Veronique aan Evelien of die een idee heeft waar ze voedsel vandaan kunnen halen.

'Tja, vrouwe Veronique, wij zijn vreemd hier, het is uw vesting en uw vallei.'

Daar kan vrouwe Veronique niet veel tegenin brengen, ze denkt een poosje na en vraagt dan aan Evelien of ze buurman Dewain van de burcht verderop, uit de toren wil laten halen.

Als hij onder luid protest naar binnen gesleurd wordt, begint hij een scheldkanonnade tegen vrouwe Veronique. Het liefst rijgt ze hem meteen aan haar zwaard, er zal er heus nog wel eentje in haar vesting te vinden zijn. Als hij eindelijk buiten adem is en even zwijgt, zegt ze hem op ijskoude toon dat hij de keuze heeft tussen een landing naast de heer van Bollène of het afstaan van de helft van de voorraden uit zijn burcht. Hij vloekt en tiert, schreeuwt dat er geen haar op zijn hoofd aan denkt om haar wat dan ook te geven.

'Alles is hier van mij, jullie zijn indringers, dieventuig. Ik zal jullie er uit laten gooien.'

Er volgt een worsteling waarna hij aan samengebonden handen op de plek hangt, waar niet zo heel lang geleden vrouwe Veronique hing. Ze is opnieuw onder de indruk van de snelle manier waarop de vrouwen te werk gaan, het zijn indrukwekkende strijders.

Na een tijdje smeekt de buurman om genade en halen ze hem binnen.

Hij belooft hen de helft van zijn voorraden te geven. Niet veel later vertrekt, onder leiding van Evelien, met een van haar horigen als gids en met Dewain als gevangene, een zwaar bewapende groep vrouwen naar zijn burcht. Als hij woord houdt, zullen ze hem daar loslaten. Vrouwe Veronique vraagt dan aan een van de vrouwen, die nu onder haar leiding staan, om het schildknaapje uit de toren te halen. Na een poosje wordt hij jammerend binnengebracht.

'Zo, begint ze op strenge toon tegen de knaap als hij met op de rug gebonden handen op zijn knieën voor haar zit, 'nu mag jij een en ander uitleggen. Wie verzon dat verhaal over dat zogenaamde kasteel in Bollène dat door de papen is afgebroken?'

'Mijn meester,' antwoordt hij snel.

'En wie heeft mijn soldaten vermoord,' snauwt ze.

'Ook mijn meester.' Tranen stromen over zijn wangen, niets is er over van het dappere knaapje dat haar ooit aanviel.

'En hoe deed hij dat?'

'Met gif, hoogedele vrouwe, ik kon er niets aan doen.'

'Met gif, hoe deed hij dat dan?'

'Ik moest hen wat te drinken brengen als ze op wacht stonden en daarin deed hij het gif. Echt, machtige vrouwe, ik kon er niets aan doen, ik moest van hem.'

'En wie heeft die kist met kruidt laten ontploffen, waardoor ik weer met een gat in de muur zit?'

'Niemand vrouwe, ze waren aan het drinken en de luiken zaten voor de raamopeningen en toen hebben ze kaarsen aangestoken en die stonden overal en toen waren ze zo zat dat ze in bed kropen en toen viel een kaars en toene......'

'Klets niet, jij hebt die kaars in de kist gegooid,' schreeuwt vrouwe Veronique.

'Nee, nee, heus niet ik zweer het.'

'Is het waar dat je beneden bij het lichaam van je meester gezeten hebt?'

'Ja, antwoordt de knaap met een klein stemmetje.

'Mooi, dan weet je wat er van hem overbleef, dat gat komt mooi van pas, nu zal ik jou daar ook doorheen laten gooien.'

'Nee, machtige vrouwe,' gilt hij op hoge toon, 'alstublieft doe dat niet, ik zal alles voor u doen, ik smeek u, laat me leven,'

Voor vrouwe Veronique hem verder kan dwingen te vertellen wat er tijdens haar afwezigheid is gebeurd, wordt ze onderbroken door een van de vrouwen die met Evelien naar de burcht van Dewain vertrok.

'Neem me niet kwalijk dat ik stoor, vrouwe Veronique, maar we hebben een probleem. Die Dewain heeft zich van zijn paard laten vallen en probeerde weg te rennen. Daarbij is hij gestruikeld en in een afgrond gestort. Evelien vraagt of de vrouwen die uw vesting bewaken, met mij mee mogen om de burcht van hem over te nemen. Ze zegt dat we zonder die vent waarschijnlijk niet zomaar binnen komen.'

'Weten jullie zeker dat hij, dood is?'

De vrouw geeft geen antwoordt op die vraagt, kijkt haar slechts stuurs aan en wacht tot ze antwoord op haar vraag krijgt. Het is vrouwe Veronique duidelijk dat ze nog lang niet voor vol aangezien wordt. Het zal nog veel tijd kosten om haar plaats als aanvoerster te verwerven. Als ze nu samen met de anderen naar de burcht van die lul optrekt, heeft ze kans om zich tijdens de strijd te bewijzen. Maar dan moet ze haar vesting weer onbewaakt achterlaten. En ze is nog lang niet helemaal fit, dus loopt ze het risico zich de zoveelste keer te blameren. Dat niet alleen, ze heeft helemaal geen zin om helemaal naar het einde van de vallei te gaan. En op de terugweg dan weer helemaal naar boven te moeten klimmen. Laat ze het maar zonder mij doen, ik heb aan één vesting al de handen vol. Zo, dus hij is in een afgrond gestort, is hij daar in gevallen, of hebben ze hem een handje geholpen? Kan ik die troep vrouwen wel vertrouwen, gooien ze mij straks ook door dat gat naar beneden? Heb ik er wel goed aan gedaan om hen hier mee naartoe te nemen?

'Hier blijven, jij,' schreeuwt ze tegen de knaap, die van haar gepieker gebruik maakt om er stilletjes vandoor te gaan. Vanaf de dag waarop die de heer van Bollène en deze knaap hier aan kwamen is alles fout gelopen, piekert ze verder. Eerst hebben ze de paar soldaten die ik over had vermoord, waarschijnlijk om zonder al te veel problemen de vesting van mij af te kunnen pikken. Daarna was ik zo stom om zelf te vertrekken, te gaan zoeken naar een nieuw leger. Die zogenaamde heer van Bollène zal zich rot gelachen hebben en er vast op gerekend hebben dat ik niet terug zou komen. En daar heeft hij bijna gelijk in gehad. Als Francine en later die vrouwen, me niet geholpen hadden, was het verkeerd met me afgelopen. Waar zit die Francine eigenlijk, die heb ik ook niet meer gezien sinds ik er vandoor ging. Ze richt zich tot de vrouw die nog steeds op een antwoord wacht.

'Heeft u Francine ergens gezien, heeft u een idee waar ik die kan vinden?'

'Vrouwe, ik wacht op antwoord, daarvoor sta ik hier,' reageert de vrouw stuurs. Ze doet geen enkele poging om haar ergernis te verbergen, het is al een wonder dat ze tijdens het gepieker van vrouwe Veronique niets gezegd heeft. Nog altijd kan ze niet tot een besluit komen, ze begint weer van voren af aan. Als ik mee ga sla ik, of een modderfiguur, of ik sneuvel tijdens de aanval op de burcht van die vent. Als ik hier blijf denken ze misschien dat ik bang ben. Maar wat kan mij dat schelen. Dus, besluit ze uiteindelijk, voorruit, laten ze de rest van mijn leger ook maar mee nemen.

'Het is in orde,' zegt ze tegen de ongeduldig wachtende vrouw, laat iedereen maar met je meegaan. Ik blijf hier, er moet nog het een en ander gebeuren voordat de boel hier weer een beetje op gang komt. Breng wat kleinvee mee en zorg dat we wat gedroogd vlees krijgen, de mensen in het dorp moeten wat te eten hebben, voordat ze weer kunnen werken.'

De vrouw antwoordt niet, draait zich om en verdwijnt. Ze is er zeker van dat ze haar minacht. Ach barst, wat zou het, nu moet ze eerst wat met de knaap, die kan ze misschien toch nog wel gebruiken.

'Luister, jochie, je gaat nu eerst op zoek naar vrouwe Francine en vraagt haar heel vriendelijk of ze mij wil bezoeken, daarna ga je naar het dorp, beneden, en vraag je aan Yann of hij naar boven komt. Hup, opschieten, en als je er vandoor gaat en niet doet wat ik zeg, kun je er op rekenen dat ik een paar van mijn soldaten achter je aan stuur. Die hebben je in een mum van tijd te pakken. Als ze je terug brengen hang ik je net zolang aan de buitenmuur, tot er niets van je over is dan een verdroogd skeletje. Begrepen?'

'Ja, edele vrouwe, ik zal alles doen wat u vraagt, edele vrouwe.'

'Opschieten, wegwezen,' snauwt ze hem toe.

Ze gaat in de overgebleven nis op de bank zitten en tuurt uit de raamopening. Haar vallei ligt er op het oog vredig bij, de zon verwarmt de velden. Kleine figuurtjes ziet ze er gebogen aan het werk, het lijkt er op dat de dorpelingen de draad weer opgepakt hebben. Wat kunnen ze anders, wegtrekken, de vallei verlaten? Zij hebben ook geen idee waarheen ze dan moeten gaan of waar ze dan terecht komen. Ze ploeteren hier al hun hele leven en daarvoor hun ouders net als de ouders van de generatie voor hen. Horigen, denkt ze en schaamt zich nu voor het woord. Francine heeft gelijk, het zijn geen horigen, die mensen vormen samen met mij een eenheid. Zij zorgen voor het voedsel en ik bescherm hen tegen de gevaren van buitenaf. Maar dat evenwicht was lelijk verstoord. Haar vader had niet weg moeten gaan, wat een idioot om zich te mengen in de religieuze strijd. Wat hebben wij daar mee te maken, we hebben nooit iets met een godsdienst van doen gehad. Daardoor is alles feitelijk al fout gegaan. Ook als die verrekte zogenaamde heer hier niet gekomen was, had ik nog niet voldoende soldaten gehad om afdoende bescherming te bieden aan de mensen daar beneden. We hadden het hooguit een paar maanden uitgehouden, als ze ons hadden belegerd. Maar wat maakt het uit, nu heb ik een nieuw leger. Als ze mij nu vermoorden verandert er voor de dorpelingen niets, die kunnen gerust zijn. Met het vrouwenleger zijn ze afdoende beschermd wanneer er een aanval komt. De enige die dan de pineut is ben ik. En mij maakt het zo langzamerhand ook niets meer uit.

Ze ziet het vrouwenleger in de diepte richting de burcht trekken. Ze hollen in gesloten formatie over het brede pad, dat langs de rivier loopt, naar het gebied van de burcht. Het wordt tijd dat het weer eens regent, de grond is zo droog dat ze met hun voeten een wolk stof veroorzaken. De mensen in de burcht van Dewain kunnen ze al van verre zien aankomen. Het is wel een imponerend gezicht. Ik ben blij dat ze mijn vesting niet aanvallen. Ach, waarom zouden ze, ze kunnen hier zo binnen lopen. De natte snuit van de hond Isabel haalt haar met een schok uit haar overpeinzingen.

'Hé, stom beest, waar kom jij opeens vandaan, het is ook steeds hetzelfde met jou, zo ben je er en dan ineens smeer je hem weer.'

'Ze was bij mij,' antwoordt Francine in haar plaats. Vrouwe Veronique draait zich met een ruk om. Francine staat midden in haar vertrek. In een oogopslag ziet vrouwe Veronique dat ze gekleed is om te vertrekken. Ze heeft haar reismantel omgeslagen en draagt de bundel, waarmee ze haar voor het eerst zag lopen, in haar hand.

'Ga je weg,' vraagt ze volkomen overbodig. Ze heeft nog een klein sprankje hoop dat ze alleen maar even ergens wat gaat halen en dan snel terugkeert.

'Ja, je moet begrijpen dat ik hier niet kan blijven. Ik kan niet te lang op een en de zelfde plaats zijn, dat ben ik niet gewend.'

'Je zou het kunnen leren, ik zal je erg missen. Wat er tussen ons voorviel betekent heel veel voor me, maar ik begrijp ook dat we daar niet mee door kunnen gaan. Het is niet normaal, dat besef ik heus wel, maar toch, ik zal altijd naar je verlangen.'

'Luister, Veronique, zo moet je dat niet zien, wat er met ons gebeurde is helemaal niet verkeerd, je moet je daar niet voor schamen, wat kan het jou schelen wat er over gedacht wordt. Als ik weg ben hoef je helemaal niet alleen te blijven, je hebt een hele grote groep vrouwen om je heen, er is er vast wel eentje bij die jou wil.'

'Houd op, ik wil niet dat je zo praat, dat zijn geen dingen die.....'

'Je moet je niet zo aanstellen,' onderbreekt Francine haar, 'ik heb gemerkt dat je fijn vond wat we deden, dus nu niet zo schijnheilig doen.'

'Scheid uit, houd op,' roept vrouwe Veronique wanhopig, 'ik wil die dingen niet horen, ga weg. Het is goed, ga weg en keer niet weer.'

'Goed, vaarwel, Veroniekje, maak wat van je leven, probeer dat krampachtige kwijt te raken. Ik ga nu en wees niet bang, ik zal niemand vertellen wat er tussen ons geweest is.' Ze draait zich om en daalt de stenen trappen af. Vrouwe Veronique kijkt, in hevige tweestrijd, naar de lege deuropening. Ze wil haar achterna rennen, haar smeken te blijven, maar ze weet dat het geen zin heeft. Francine is een vrij mens, een zwerfster die van plaats naar plaats trekt, een levensgenieter, niet iemand zoals zijzelf. En ze kan haar moeilijk openlijk gaan smeken om te blijven, wat zullen haar mensen daar niet van denken. Nee, zij moet berusten, ze heeft geen keus. Zonder dat ze het wil, wellen de tranen op. Ze verbergt haar gezicht in haar handen, draait zich naar het raam. Als er iemand binnen zal komen wil ze niet dat die haar verdriet ziet. Snikkend laat ze haar hoofd op haar armen rusten, leunt tegen de onderbalk van het raam. Nu pas beseft ze hoeveel ze om Francine geeft, hoe ze haar zal missen. Ze was kwaad op haar, ja dat is ze niet vergeten, daarom was ze er vandoor gerend, maar die kwaadheid is allang verdwenen. Ze heeft zo gehoopt dat ze haar weer zou omarmen, dat, zonder dat iemand het wist, ze de nachten weer samen zouden doorbrengen. Ook dat heeft ze nu verloren. Na die strijd met de roversbende in het bos, is het een aaneenschakeling van verliezen geweest. Eerst haar zwager en vader, daarna haar zus en nichtje, nu Francine en straks waarschijnlijk haar vesting. Niets blijft er over. Het wordt tijd dat ze zelf ook afscheid van het leven neemt. Het zou beter zijn als ze zich door het gat in de muur werpt. Het is genoeg geweest, nog meer tegenslag kan ze niet verdragen. Maar eerst wil ze nog een laatste keer afdalen naar de watervallen. Nog eenmaal met haar voeten in het koude water zitten en zo afscheid nemen van haar vallei. De gedachten aan dat moment laten de tranen terugkeren. Lusteloos veegt ze met een arm weg en begint met gebogen hoofd aan de afdaling. Ze kijkt niet op of om, zoals ze altijd op het steile pad deed. Ze houdt haar ogen strak op de grond gericht. Het verdriet heeft haar volkomen in zijn greep. Er is geen enkele ruimte voor een positieve gedachte. Alles in haar hoofd voelt somber en triest. Er is niemand in het dorp, ze zijn allemaal op het veld aan het werk. Gelukkig, ze zou het verschrikkelijk vinden als ze haar zo zouden zien. Snel loopt ze verder naar beneden. Ze hoort het ruisende water al duidelijk, maar het maakt haar nu niet blij, zoals dat altijd het geval is geweest. Al gauw zit ze op de rotsbodem en steekt haar voeten in het koude water. Het zou haar moeten verkwikken, haar moeten opbeuren. Maar het doet haar niets. Het allesoverheersende verdriet voorkomt dat ze iets anders voelt dan de pijn in haar hart. Na een poosje staat ze op, sjokt terug omhoog. Dat was het dan, nu moet ze vlug naar boven, terug naar haar verblijf en het gat in de muur. Een laatste blik over de vallei werpen en zich dan naar voren laten vallen. Een einde maken aan al het verdriet. Eindelijk geen pijn meer, gewoon helemaal niets meer.

Bij het dorp gekomen hoort ze harde stemmen, blijde kreten. Er wordt gejuicht, geroepen. Er klinkt het kakelen van kippen, duidelijk de roep van een haan. Geiten blaten, ze hoort zelfs schapen blèren. Wat is hier aan de hand?

'Vrouwe, vrouwe, kijk,' roept Yann opgewonden, 'kijk vrouwe, we hebben weer dieren, we hebben weer te eten.' Anderen roepen ook, er wordt gedanst, gezongen. Vrouwe Veronique reageert niet, probeert stilletjes langs ze heen te komen, snel het pad naar boven op. Daar lopen de vrouwen die net nog ten strijde trokken voor haar uit. Wat is dit, wat gebeurt er toch allemaal? Nu kan ze niet ongezien naar haar verblijf. Wat doen die vrouwen hier? Voor ze weg weet te duiken en een andere route naar boven nemen, hebben ze haar gezien. Ze roepen naar haar en er komen twee vrouwen naar beneden om haar op te vangen.

'Vrouwe, vrouwe Veronique, u moet snel naar uw verblijf, daar zit Evelien op u te wachten, zij heeft nieuws en wil een en ander met u bespreken.' Opnieuw wordt ze door de verantwoordelijkheden verhinderd haar besluit ten uitvoer te brengen. Ze ziet de dwingende ogen en besluit zich niet te verzetten. Ze laat zich willoos meevoeren en als ze uiteindelijk in haar verblijf terugkeert, treft ze daar Evelien die haar met een glimlach begroet.

'Kom, vrouwe Veronique ga snel zitten, ik heb geweldig nieuws.'

Ze doet wat Evelien zegt, werpt ondertussen een steelse blik op het gat in de muur. Het sprankje hoop, dat door het enthousiasme van haar dorpsbewoners in haar opkwam, weerhoudt haar er nu van, om direct door het gat in de afgrond te springen.

'Luister, vrouwe Veronique, het is geweldig, er was totaal geen weerstand bij de burcht. Toen we er binnen gingen werden we met gejuich ontvangen. Nadat we vertelden waarvoor we kwamen, waren de bewoners meer dan bereid om alles met ons te delen in ruil voor bescherming. Die Dewain van de burcht schijnt zich als een beest te hebben gedragen. Met terreur en angst hield hij hen onder de knoet. Dus hebben we besloten het als volgt te doen. Een deel van mijn vrouwen blijft bij jou en de rest vestigt zich onder mijn leiding in de burcht. Als jij het goed vindt natuurlijk. We willen samen de vallei verdedigen en ons hier voorgoed vestigen. Je hoeft je niet af te vragen of de vrouwen die hier blijven, loyaal aan je zijn, want we hebben iedereen laten kiezen onder wiens bevel ze wilden staan. Dus, eigenlijk is alles geregeld, wat vind je ervan?'

Vrouwe Veronique is perplext, zit met stomheid geslagen naar de vrouw aan de andere kant van de tafel te staren. Ze weet niet wat ze zeggen moet. Zijn ze dan niet van plan om mijn vesting af te pikken, zijn ze dan niet van plan mij de macht te ontnemen? Is dit allemaal waar? Kan ik hen geloven? Ja, waarom niet, wat heb ik nu nog te verliezen, net wilde ik nog door dat gat in de muur springen. Laat ik me er bij neerleggen, gewoon meedoen. Waarom niet, zo beroerd klinkt haar voorstel immers niet. Ze moet eerst de brok in haar keel wegslikken voor ze kan antwoorden.

'Goed, het is goed,' zegt ze aarzelend, 'ik heb geen bezwaar tegen deze regeling. Ik denk dat het zo, nou ja, ik weet niet wat ik moet zeggen. Het is eigenlijk te mooi voor woorden, veel mooier dan ik verwachtte. Wat zeg ik, het is fantastisch. Ja, ik vindt het een geweldig plan!'

En zo geschiedde, Evelien vertrok naar de burcht en vrouwe Veronique naar haar bed om te rusten. Morgen, bedenkt ze voordat ze in slaap valt, zal ik de steenhouwer vragen het gat te dichten. De vesting moet klaar zijn voor de winter.

45. Als ze tevreden op de bank in de nieuwe raamnis zit en over haar zonnige vallei uitkijkt, denkt ze terug aan de tijd dat op deze plaats het gapende gat in de muur zat. Er is sindsdien veel gebeurd. Maar waar ze aanvankelijk bang voor was, gebeurde niet. Niemand heeft geprobeerde haar de macht te ontnemen, de vrouwen die gekozen hadden om deel uit te maken van haar leger, hebben geen moment geprobeerd onder haar gezag uit te komen. Evelien komt van tijd tot tijd op bezoek en dan bespreken ze wat ze kunnen verbeteren aan de leefomstandigheden van de valleibewoners. De winter zijn ze goed doorgekomen. Het was een strenge winter geweest, toch was er aan voedsel en brandhout geen gebrek, ondanks het feit dat de oogst vorig seizoen matig was. De bewoners van de burcht hebben hun voorraden eerlijk met hen gedeeld. Ze werken nu samen aan de bouw van een poort in de nauwe toegang tot de vallei. Door die af te sluiten zal het nog veiliger worden. Zo hebben ze straks de controle over de enige toegang. De vallei is immers omsloten door steile rotsen en achter de burcht van Evelien door de steil oplopende berghellingen. Straks, met de nieuwe afsluiting, is het onmogelijk om de vallei gemakkelijk binnen te vallen.

Tijdens zwerftochten door de vallei heeft ze altijd verwacht Isabellineens te zien opduiken.

Francine is ook nooit teruggekeerd en vrouwe Veronique mist haar nog iedere dag. Soms denkt ze er over om naar haar op zoek te gaan, maar ze weet dat het zinloos is. Het zal haast onmogelijk zijn om haar te vinden en als dat wel zou lukken, weet ze zeker dat ze toch niet bij haar zal terugkeren. Hooguit even een paar weken, dan zou de onrust haar weer dwingen te vertrekken. Het kost moeite, maar ze moet zich er bij neerleggen. De hond Isabel is vast samen met haar verdwenen. Die heeft ze ook nooit meer gezien. Ze zullen wel gezamenlijk rondtrekken. Ze heeft er aan gedacht om zelf een andere hond te nemen, er zwerven er genoeg door de dorpen in de vallei. Dat is er ook niet van gekomen, de hond die ze Isabel noemde, was uit zichzelf naar haar toegekomen en zoiets gebeurt geen tweede keer.

Haar voormalige horigen hebben ieder een stuk grond van haar gekregen en bouwen daarop nieuwe boerderijen. De afspraak is dat ze een deel van de oogst afstaan aan de vesting, in ruil voor bescherming. Precies op de manier waarover Francine het had, toen ze aan het bekvechten waren over de horigen. Destijds had ze niet willen toegeven dat het hele idee van horigen een achterhaald principe was. En dat terwijl ze niet zo heel lang daarvoor had beseft dat de twee partijen, de horigen en de heerser, niet zonder elkaar kunnen. Nu is ze erg tevreden over het besluit hen land te schenken. Diep in haar hart weet ze zelfs dat ze niets te schenken had, het land was eigenlijk altijd al van hen.

Haar leger heeft de vesting prima voorbereid op een eventuele aanval, maar die echt verwachten doet niemand. Zeker als straks de nieuwe poort klaar is. Om die te verdedigen zal een deel van haar soldaten en een deel van de soldaten van Evelien zich installeren bij het poortgebouw. Daarvoor wordt er een nieuwe kazerne opgericht.

Iedereen kan nu prima omgaan met de musketten, dat is geen probleem. Ze had veel verwacht van die wapens. Dat viel ontzettend tegen. Ze schieten onzuiver, weigeren vaak en het is een heel gedoe om ze te laden. Vrouwe Veronique is er van overtuigd dat er vroeg of laat iets nieuws bedacht wordt waarmee die wapens worden gedegradeerd tot een paar waardeloze stokken. Daar twijfelt ze geen moment aan. Maar er zich veel zorgen over maken doet ze ook niet.

Ze heeft veel meer fiducie in haar boog en zwaard. Het zwaard had de groep vrouwen gevonden toen ze haar volgden naar de vesting. Tijdens een feestelijke bijeenkomst, toen ze de nieuwe toestand in de vallei vierden, werd het wapen haar plechtig teruggegeven. Ze zal er nu wel voor oppassen het niet weer te verliezen.
De zon daalt langzaam en zal straks achter de hoge bergen verdwijnen. Morgen zal ze een tocht door de vallei gaan maken, niet langer haar vallei, maar de vallei van iedereen die er woont.

Puffend klautert ze langs het steile pad naar beneden. Ze had deze route niet moeten nemen. Het is er nu veel te warm voor. Maar ze is al te ver op weg om nu nog terug te keren. Nog even volhouden. Ze klimt van de volgende steile rots af. Ze moet goed opletten waar ze haar voeten neerzet, anders wordt het een lange glijpartij over de puinhelling onderaan de rots. Dan moet ze een stuk opzij, over een smalle richel, aan de voet van een andere rots. Ze kan zich amper vasthouden en achter haar lonkt de afgrond. Daarna loopt een wildpaadje naar een smalle doorgang in steile, hoge rotsen, waar ze zich doorheen wurmt en eindigt aan de rand van het waterbekken. De hele klimpartij is een riskante onderneming en dat alles om in het bekken wat af te koelen. Het ruikt er heerlijk naar kruiden. Vlinders dwarrelen door de lucht. Eindelijk is ze er. Het bekken is net de bodem van een put. Alleen door de nauwe doorgang kan het water, dat naar beneden valt, weer ontsnappen. Maar door de droogte van de afgelopen weken is de waterval niets anders dan een dun straaltje water dat over de steile, glibberige rots naar beneden sijpelt.

Ze heeft het zo warm gekregen, dat het zweet onder haar haren vandaan in haar ogen loopt. Snel doet ze haar kleed uit en laat zich omzichtig van de gladde rotsbodem in het waterbekken glijden. Ze slaakt een gil, wat is het water koud. Maar even later, als ze gewend is, vind ze het heerlijk, wat een verademing na alle hitte. Ze gaat languit in het water liggen dobberen, dompelt haar hoofd ook even onder. Als ze het optilt loopt het water in straaltjes uit haar haren. Het maakt een klaterend geluid, dat door de steile, hoge rotsen rondom haar weerkaatst wordt. Ze gaat bij de rotsmuur op de bodem zitten en geniet met gesloten ogen van de rust en stilte.

Ploep, er valt een druppel in het water.

Ploep, even later nog een, het is een wat grotere druppel.

Plons, dat is wel een heel grote druppel die naast haar in het water valt!

Ze doet haar ogen open en ziet hoe de kleine cirkelvormige rimpel steeds wijder wordt.

Plons, weer valt er iets in het water, ze schrikt er van. Vlug kijkt ze omhoog. Gooit daar iemand iets naar haar? Dan ziet ze op de plaats vanwaar het water normaal naar beneden stort een hondenkop over de rotsrand steken. Het beest kijkt naar haar, ze kan hem door het felle tegenlicht niet goed zien. Weer vliegt er iets naar beneden en plonst in het water bij haar voeten. Ze gaat snel staan. Wil haar kleed grijpen, het moet een indringer zijn die haar via de waterval besluipt. De hond kan geen dingen gooien, er moet iemand bij dat beest zijn. Dan klinkt er plots een luide lach. Zie je wel, er is daarboven iemand, en die lacht haar uit. De hond blaft, ze kijkt gespannen naar boven. Dan pas herkent ze het dier en vraagt op verbaasde toon: 'Ben jij dat Isabel?'

'Ja,' antwoordt iemand met dichtgeknepen neus, om net te doen alsof het de hond is die praat.

Het beest blaft luid, het geluid weerkaatst zo hard tegen de rotsen, dat het zeer doet aan haar oren. Tot haar stomme verbazing laat het beest zich plots langs de steile rots naar beneden glijden. Ze stort naast haar in de poel. Het dier duikt op en komt op haar af. Ze gilt en ziet dan dat het echt die verdomde Isabel is.

Jeetje, Isabel, verdomme, waar kom jij ineens vandaan? Je flikt het ook steeds weer. Waarom laat je me zo schrikken?' Ze knuffelt de hond en laat zich weer in het water zakken.

'Stomme hond,' roept ze blij, 'laat me toch niet steeds zo schrikken.

'Ik zal het niet meer doen,' antwoordt het dichtgeknepen neusstemmetje.

Haar blik schiet weer omhoog, ze springt op, het water klotst wild door het bekken. Ze ziet een donkere vorm, waar ze net de hond zag. Onverwacht glijdt die ook over de glibberige rots naar beneden en plonst naast haar in het water. Als die boven komt kijkt ze in het lachende gezicht van Francien.

Ze is sprakeloos, staart naar de lachende ogen en dan naar de rond spartelende hond.

'Ha, die Veroniekje, daar zijn we weer.'

Ze weet niet wat ze moet zeggen, vergeet helemaal het kleed in haar hand, is vergeten dat ze naakt is.

Francine komt naar haar toe en omhelst haar. Ze kust haar langdurig op de mond en zegt daarna: 'Sorry, ik mistte je, mag ik terugkomen?'

www.ingramcontent.com/pod-product-compliance
Lightning Source LLC
Chambersburg PA
CBHW052016020726
47501CB00004B/1098